Christine Grän wurde in Graz geboren, lebte in Berlin, Bonn, Botswana und Hongkong und ist heute in München zu Hause. Die gelernte Journalistin wurde durch ihre Anna-Marx-Krimis bekannt. Bei ars vivendi erschien 2014 ihr Kurzgeschichtenband »Amerikaner schießen nicht auf Golfer«, 2015 folgte »Sternstraße 24 – Weihnachtsgeschichten vom Parterre bis unters Dach«.
2016 erschien bei ars vivendi »Glück am Wörthersee«, der erste gemeinsame Kriminalroman von Christine Grän und Hannelore Mezei um Chefinspektor Martin Glück. 2018 folgte »Glück in Wien«, 2019 »Glück in der Steiermark«, 2020 »Glück in Salzburg« und 2021 »Glück im Burgenland«.

Christine Grän

Anna Marx und der sanfte Tod

Kriminalroman

ars vivendi

Originalausgabe

Erste Auflage April 2021
© 2021 by ars vivendi verlag
GmbH & Co. KG, Bauhof 1,
90556 Cadolzburg
Alle Rechte vorbehalten
www.arsvivendi.com

Lektorat: Dr. Felicitas Igel
Umschlaggestaltung: FYYF
Motivauswahl: ars vivendi
Coverfoto: mauritius images / Walter Bibikow
Druck: CPI books GmbH, Leck
Gedruckt auf holzfreiem Werkdruckpapier
der Papierfabrik Arctic Paper

Printed in Germany

ISBN 978-3-7472-0278-4

Anna Marx und der sanfte Tod

Prolog

Liebe Marion,

die Stunden, in denen ich Dir schreibe, sind mir die liebsten. Weil ich dann zur Ruhe komme. Mich ganz auf Dich konzentriere. Wahrhaftig sein kann. Die Lügen, die einem die Gesellschaft abverlangt, finde ich wirklich anstrengend. Zu Dir, zu Dir allein kann ich vollkommen aufrichtig sein. Muss nicht Interesse heucheln, Aufmerksamkeit, Zustimmung oder gar Zuneigung.

Die Menschen wollen geliebt, ergo belogen werden. Ich mag die Menschen nicht, im besten Fall sind sie mir gleichgültig. Diese naive Gier nach dem Glück, dem sie nachjagen bis ins hohe Alter, ja bis zum Tode. Wie kleine Kinder werden sie zuletzt, verkommene Wesen und auch noch grässlich anzusehen. Habe ich schon erwähnt, dass mich vor Greisen ekelt? Schönheit ist ein Geschenk mit beschränkter Haftung. Man muss sich schon sehr lieben, um sich ein Leben lang auszuhalten. Ich weiß, Du nennst mich zynisch. Doch ist es nicht der geglückte Versuch, die Welt zu sehen, wie sie nun einmal ist?

Das habe ich irgendwo gelesen: »Nur weil du paranoid bist, bedeutet das nicht, dass sie dich NICHT verfolgen.«

Natürlich bist Du nicht paranoid, meine Liebe. Aber ich fühle, dass Du in Gefahr bist. Es sind nur Blicke, Gesten, keine Worte. Böse Schwingungen. Pfeile, unsichtbar abgeschossen. Schwerelose Messer, die in der Luft tänzeln ...

Auf meine Gefühle habe ich mich immer verlassen können. MEINE. Nicht die der anderen. Wer auf die baut, ist hoffnungslos verloren. DU MUSST AUF DICH AUFPASSEN!

Der Unterwürfigkeit misstrauen, auch der Freundlichkeit. Eben all den Lügen, auf die Du ja kein Monopol hast.

Dreh Dich um, wenn Du im Dunkeln gehst. Bleib weg von offenen Fenstern. Meide die Heuchler und Schmeichler und alle, die vorgeben, Deine Gesellschaft zu suchen. Ich mache mir ernste Sorgen um Dein Wohl. Und kann nicht mehr tun, als Dich zu warnen.

Darf ich den Dichter zitieren, unseren geliebten Rilke:

> *»Der Tod ist groß.*
> *Wir sind die Seinen*
> *lachenden Munds.*
> *Wenn wir uns mitten im Leben meinen,*
> *wagt er zu weinen*
> *mitten in uns.«*

Denk an diese Worte! Ich umarme Dich.

1

Sie hat nur zwei Rotweinflaschen zu ihrem Geburtstag eingeladen.

Nie rückwärtsgehen. Wenn das eine Art Lebensmotto ist, haben ihm die Jahre zugesetzt. Die Taten und Untaten und Untätigkeiten. Anna Marx ist vierundsechzig Jahre alt. Wie in dem *Beatles*-Song, den sie wieder und wieder spielt. *When I'm Sixty-Four* ... unmelodisches Schniefen als Untermalung, aber da ist sie schon ganz schön betrunken.

Gibt es Schlimmeres, als einen vierundsechzigsten Geburtstag nur mit Alkohol zu verbringen? Gut, sie könnte tot sein, doch die Orgie des Selbstmitleids lässt weiterführende Gedanken nicht zu. Anna sitzt vor einer Flasche Rotwein, die leer ist, der Aschenbecher dagegen voll. Selber schuld, sie hätte Nachbarn einladen können und gute Bekannte. Paul, den Kleinspurcasanova, mit dem sie eine Weile Sex hatte. Inzwischen reden sie nur noch darüber. Weißt du noch?

Ja, Anna weiß noch, dass er sie mit Sybille betrogen hat, ihrer besten Freundin. Aber Sybille war so, die reizende Schlampe schlief mit jedem, den sie auch nur annähernd sympathisch fand – und Moral kam in diesem Kontext einfach nicht vor. Anna hat ihr tatsächlich schnell verziehen und lediglich Paul aus ihrem Intimleben verbannt. Der letzte Ritter, der sich auf Anna Marx gestürzt hatte wie in eine Schlacht, die er nur verlieren konnte. Seither ist er auf schlampige Weise gealtert, er lässt sich gehen.

Sybille ist tot. Brustkrebs. Eins, zwei, drei – jede vierte trifft's. Sybille ging zu spät zum Arzt, brach die Chemo ab, trank und lachte und liebte, solange sie konnte ... und starb an einem grauen Sonntag im Januar. Im Hospiz. Anna war kurz aus dem Zimmer gegangen, um eine Zigarette zu rauchen. Typisch Sybille, genau diesen Augenblick für ihren letzten Atemzug zu wählen, sie war ein Miststück bis zuletzt. Und Anna weint um sie an ihrem vierundsechzigsten Geburtstag, weil sie niemanden mehr hat, den sie lieben und hassen kann. Weil sie allein ist. Uralt. Und außerordentlich pleite.

Ihr Detektivbüro läuft schlecht, Ehefrauen lassen ihre Männer nicht mehr bespitzeln, sondern gehen gleich zum Anwalt. Eltern wollen ihre Kinder nicht mehr suchen, die sind halt dann weg. Keiner will mehr irgendwas genau wissen oder jemanden dafür bezahlen, dass er unangenehme Wahrheiten ans Licht bringt.

Auf der Lauer zu liegen, um herauszufinden, welcher Hund ständig vor das Tor einer Villa am Wannsee scheißt – das war wirklich der allerletzte Auftrag! Den Anna angenommen hat, um die Miete zu bezahlen. Und jetzt hat ihr die Firma, der das Haus gehört, in dem sie seit gefühlten Ewigkeiten wohnt, gekündigt. Der alte Kasten soll abgerissen werden, so wie die beiden Häuser daneben, um einem Einkaufszentrum Platz zu machen. Weil Berlin nichts so dringend braucht wie einen weiteren Konsumtempel.

Marx ist tot, und Anna ist mit dieser Stadt nie richtig warm geworden. Damals, als sie von Bonn nach Berlin zog, war da immerhin noch der Trost des billigen Wohnens und der schäbigen Trinkanstalten mit ihren schrägen Figuren. Das grandiose Gefühl eines Anfangs in einer alten, verkommenen Stadt, die sich bereit machte, jung und hip und zu guter Letzt teuer zu werden. Kein Journalismus mehr, Anna wollte sich als Detektivin selbstständig machen. Der Verlag hatte ihr eine Abfindung bezahlt, die sie als Startkapital nutzte. Anna war davon überzeugt gewesen, es in Berlin zu schaffen. Gnadenlos optimistisch, eine ihrer besseren Eigenschaften, inzwischen ein wenig ramponiert – wie die Hülle auch.

Nach einem guten Jahrzehnt des Verdrängens nistet sich das bittere Gefühl des Scheiterns ein. Ja, es gab ein paar schöne und lukrative Aufträge, aber viel zu wenige. Es gab Männer, die Anna liebte, jedoch nie für lange. Die meisten Amouren blieben oberflächlich. Doch es gab auch wunderbare Stunden der Heiterkeit mit den verlorenen Seelen in Sybilles Kneipe. Jetzt ein fernöstliches Nagelstudio, warum arbeiten da nur Asiatinnen? Eine der vielen ungelösten Fragen in Annas Leben. Der Tante-Emma-Laden, in dem man auch nachts Zigaretten kaufen konnte, ist einem veganen Teehaus gewichen, wer braucht denn so was? Die schäbigen alten Wohnungen sterben für unerschwingliche Luxusbehausungen. Alles fließt ... aber in die falsche Richtung, denkt Anna.

Tränen schon wieder. Sie hasst ihre Ausflüge ins Selbstmitleid, so wie sie ihre Raucherei hasst. Die achtzig Kilo, die sich üppig um ein Meter achtzig verteilen. Anna Marx, die lieber in den Kühlschrank sieht als in den Spiegel, ist eine ewig hungrige Seele geblieben. Ja doch, frau sollte sich lieben, genau so, wie sie innen und außen beschaffen ist. Unzulänglichkeiten akzeptieren und in Stärken umwandeln. Ihr Fett umarmen und ihre Falten zärtlich streicheln. Vierundsechzig ist das neue sechsundvierzig! Mit Photoshop und plastischer Chirurgie, mit sportlicher Disziplin und Diäten. Nichts davon stand je auf Annas Speise- und Lebensplan.

Joggen: insgesamt drei Mal. Pilates: fünf Einheiten. Yoga: zwei Stunden. Fitnessstudio: ein Jahr bezahlt, vier

Wochen durchgehalten. Die Quersumme aller Bemühungen ergibt am Ende eine fette Null. Darüber könnte sie lachen, nur nicht an diesem Scheißgeburtstag, dem ersten seit Langem, den sie nicht in Sybilles Kneipe feiert. Ihrem zweiten Zuhause. Der Mensch, der ihr am nächsten war, mit dem sie über alles reden und streiten und lachen konnte. Anna kommt es so vor, als habe man ihr etwas Wesentliches herausgeschnitten. Mit Sybille begraben. Zur Urnenbestattung kamen alle Stammgäste des *Mondscheintarif*, so hieß die Kneipe, und sie feierten zusammen ein letztes rauschendes Fest, das der Wirtin gefallen hätte. Anna betrank sich, als gäbe es kein Morgen, und der Kater war so übel, dass er beinah den Schmerz verdrängte. Nun hat sie alle Phasen der Trauer durchlaufen, durchtrunken, durchraucht – und immer noch tut es weh, wenn sie an die Freundin denkt. Nichts altert so schnell wie das Glück, aber das weiß man ja immer erst, wenn es zu spät ist.

Das Haus, in dem Anna lebt, ist hellhörig, die Zwischendecken sind nicht isoliert. Fjodor, der über ihr wohnt, übt Tonleitern. Russischer Opernsänger ohne Engagement, Bariton, schwul wie nix und eine Seele von Mensch, wenn er nüchtern ist. Ex-Stammgast im *Mondscheintarif*. Seit die Kneipe geschlossen ist und Fjodor einen Afghanen aufgenommen hat, sehen sie sich nicht mehr so oft. Im Treppenhaus gelegentlich. Die Umarmung. Wangenküsse. *Wie geht es dir? Gut – und dir? Ganz wunderbar. Wir müssen uns unbedingt mal sehen!*

Er hat ihr versprochen, nur einmal am Tag eine halbe Stunde lang Tonleitern zu üben, Arien schmettert er zu jeder Tages- und Nachtzeit. Wenn es ihr zu viel wird, klopft sie mit dem Besen an die Decke, das hilft manchmal. Oder sie geht spazieren in den kleinen Park, der unlängst von

Junkies und Dealern gesäubert wurde, um Müttern mit Kleinkindern Platz zu machen. Die Drogenleute werden zurückkommen, das weiß jeder, und dann wird es wieder Bürgerbegehren geben und Anhörungen und endlose Diskussionen ... und vielleicht rückt dann abermals die Polizei an, und das alte Spiel beginnt von Neuem. Berlin, wie es leibt und lebt. Man könnte darüber lachen.

Zurzeit haben Mütter und plärrende Zwerge die Oberhand. Kinderwagen werden wie Panzer eingesetzt, wehe, du weichst nicht rechtzeitig aus. Panzer mit Babygeschrei, und im veganen Teeladen sitzen die Mamis und stillen stolz. Sie könnte jetzt Oma sein, denkt Anna, wenn sie jemals den Kinderwunsch gehabt hätte. Aber nein, es waren immer die richtigen Männer zur falschen Zeit und vice versa. Es gab guten und schlechten Sex, glückliche Tage und miese Abgänge. Einmal hat sie sich sogar in einen Mörder verliebt, die geniale Detektivin. Natürlich nur so lange, bis sie es wusste. Sybille fand das wahnsinnig witzig. Sie nannte Anna eine Komikerin, die gegen ein tragisches Drehbuch anspielt.

Seit sie den alten Jaguar verkauft hat, geht Anna viel zu Fuß. Schon weil sie die U-Bahn nicht mag, die in Berlin streckenweise verdammt verlottert ist. Auch nachts ist sie lieber per pedes unterwegs. Einmal ist sie bisher überfallen worden, das Geld war weg, aber bis auf einen unsanften Stoß ist nichts weiter passiert. Sie war so überrascht, dass sie gar nicht auf die Idee kam, sich zu wehren. Oder zu schreien. Detektive im Fernsehen agieren irgendwie anders. Doch das Schnappmesser, das sie sich illegal besorgt hat, ist so tief versunken in ihrer Handtasche, dass sie es ohnehin nie rechtzeitig finden würde. Sie weiß ja, wie lange sie braucht, um ihren Hausschlüssel zu finden. Und wieder eine Waffe beantragen? In Berlin? Das würde Monate dauern, wenn nicht Jahre. Bis dahin könnte sie längst tot sein.

I don't need sex, life fucks me every day.

Der Satz des Jahres, den sie auf die weiße Wand der Küche gesprüht hat. Anna verabscheut Sinnsprüche, Lebensweisheiten, all die Anmutungen, die durchs Internet geistern wie Brei auf Stelzen. Diesen aber nicht! Jeden Morgen, wenn sie auf die Wand schaut, weiß sie zumindest, woran sie ist. Manchmal bringt sie der Satz zum Lachen.

Sie checkt auf dem Laptop die Facebook-Glückwünsche. Viele sind es nicht. Anna ist mehr ein Social-Media-Gespenst, nutzt den Account gelegentlich nur, um Leute ausfindig zu machen. Sie stellt grundsätzlich nie Privates ins Netz. Wen soll das interessieren? Schon das Profil: Anna Marx, Privatdetektivin, Berlin. Auf dem Foto schaut sie ernst, beinahe grimmig. Das Bild soll Leute nicht dazu bringen, sie zu mögen, sondern sie zu engagieren. Aber das eben ist das Problem: Es gibt zu viele Detektive in Berlin, und die großen Büros sahnen fast alles ab. Frauen engagieren außerdem lieber Männer, und Männer tun das sowieso, weil die meisten den Frauen wenig zutrauen außerhalb der Küche und der vier Bettpfosten.

Der Hund, den Anna nach zwei Tagen Observierung der Villa als Täter entlarvte, ist ein Dackel, und seine Besitzerin eine alte, fast blinde Frau. Anna hat den Dackel in flagranti fotografiert, die Identität der Hundehalterin ermittelt und ihren Bericht bei der Villenbesitzerin abgeliefert. Das war ein leichter Job. Aber irgendwie beschissen. Außerdem sehen Hunde immer so blöd aus, wenn sie ihr Geschäft verrichten. Als ob es ihnen peinlich wäre.

Von dem Dackelhonorar hat sie eine Flasche Château Latour für knapp hundert Euro gekauft, für ihren Geburtstag.

Der Wein ist jetzt alle, welche Verschwendung, wenn man doch auch vom billigen Roten betrunken wird. Die Stampfkartoffeln mit Kaviar und Sauerrahm sind ebenfalls perdu. Der Kaviar mit verflossenem Ablaufdatum war ein Geburtstagsgeschenk von Fjodor, er handelt mit Schmuggelware, solange er von keiner Opernbühne entdeckt wird. Und jetzt hört er auf zu üben, stattdessen hört sie über ihrem Schlafzimmer das Bett knarzen. Amir, der Afghane, ist ein attraktiver Mann, dessen Asylantrag nach sieben Jahren abgelehnt wurde, weshalb er untertauchte, was in Berlin leichter sein mag als anderswo. Die beiden sind glücklich miteinander, das freut Anna, von den Geräuschen abgesehen. Sie zündet sich eine Zigarette an und überlegt, ob sie den Chianti öffnen soll, den ihr die Nachbarn zur Rechten mit angehängter Glückwunschkarte vor die Tür gestellt hatten. Zu feige, um zu läuten und ihr zum Vierundsechzigsten zu gratulieren?

Auf dem Küchentisch, der auch als Schreibtisch dient, liegt neben dem Laptop das Kündigungsschreiben des Hauseigentümers. Sie hat drei Monate Zeit, sich eine neue Wohnung zu suchen. Maklerhonorar, Umzugskosten, Kaution ... Wie soll sie all das bezahlen? Anna verflucht die Kapitalistenschweine, die Berlin aufkaufen und die kleinen Leute vor die Tür setzen. Als ob die Sozis im Senat was dagegen tun würden! Wut ist besser als Selbstmitleid, nur hilft sie ihr auch nicht an diesem schwarzen Tag. Nichts hilft, außer die Chianti-Flasche zu köpfen. Sie wird so lange trinken, bis sie tot ist, denkt Anna. Auf der Küchenkommode steht noch eine Flasche Wodka. Ein Geschenk des Hausmeisters, der wird auch arbeitslos, wenn sie die Bude abreißen. Otto ist so berlinerisch, dass er beinah wie eine Karikatur wirkt. Er kann alles reparieren, aber es hält nur für eine gewisse Zeit. Das ewige Provisorium, damit verkörpert er Berlin perfekt.

Das alte Berlin. Baustellen sind nicht sexy. Anna mag die Stadt nicht mehr, am liebsten würde sie weggehen.

Als ihr Handy klingelt, will sie gerade eine Zigarette anzünden. Anna schaut auf das Display und erkennt die Nummer nicht, wohl aber die Vorwahl: 0228. Bonn. Wegdrücken ist ihr erster Instinkt, doch dann ist sie zu neugierig. »Marx«, sagt sie streng. Nur für den Fall, dass einer was verkaufen will.

Eine muntere Stimme: »Anna? Hier ist Gaby. Gabriele Lehmann. Erst einmal herzlichen Glückwunsch zum Geburtstag!«

Eine Stimme aus der Bonner Zeit, und in ihrer trunkenen Einsamkeit freut sich Anna sogar darüber. Gaby war eine Kollegin in der Redaktion des *Stadtanzeigers*. Sie volontierte, als Anna längst »Klatschtante« war, und ließ sich von ihr journalistische Tipps geben. Eine Weile waren sie oberflächlich befreundet, bis die Kollegin ihren Millionär kennenlernte. Die schöne Gaby, die noch dazu ein Herz aus Gold hatte, musste einfach ihren Prinzen finden. Alle Frauen in der Redaktion waren neidisch und gratulierten mit spitzer Zunge. Zur Hochzeit war Anna noch eingeladen, und danach zweimal in die Villa in Bad Godesberg. Doch allmählich schlief die Freundschaft ein, was auch mit Gabys Millionärsmann zu tun hatte, der nach Annas Meinung ein richtig blöder Arsch war.

»Anna ...?«

»Sorry, aber dein Anruf kam so unerwartet. Außerdem hab ich zu viel getrunken. All die Leute, die vorbeikamen und mit mir anstoßen wollten ...«

»Verstehe. Also geht es dir gut in Berlin?«

»Bestens«, sagt Anna und merkt selbst, dass sie nicht überzeugend klingt.

Gabys Stimme bleibt unverändert heiter. »Das freut mich für dich, Anna. Anderseits ... Ach, ich fall gleich mit der Tür ins Haus: Ich fände es toll, wenn du mal nach Bonn kommst. Für länger. Ich hätte nämlich einen Auftrag für dich. Und eine Wohnung. In der Villa. Mit separatem Eingang natürlich: zwei Zimmer, Küche, Bad, Balkon im ausgebauten Dachgeschoss. Voll möbliert. Mietfrei.«

Jetzt zündet Anna ihre Zigarette an. Denkt an Jakob Lehmann mit seiner Arroganz gegenüber allen Leuten, die ihm nicht wichtig schienen. »Nett von dir, aber danke. Wie hast du mich überhaupt gefunden?«

»Na, über Google. Dein Detektivbüro. Es wäre ein sehr lukrativer Auftrag. Oder brauchst du kein Geld?«

Was für eine blöde Frage. »Doch, natürlich. Aber ich möchte nicht für deinen Mann arbeiten. Weil er – in aller Höflichkeit formuliert – nicht grad mein Typ ist.«

Das leise Lachen am anderen Ende der Leitung überrascht Anna dann doch.

»Du hast dich nicht verändert. Aber wenn es dich beruhigt: Er konnte dich auch nicht leiden, nannte dich immer ›die rothaarige Schlampe‹.«

»Na, siehst du«, sagt Anna, von Gabys Offenheit verblüfft. »Aber nett, dass du fragst. Und mir gratuliert hast ...«

Anna will das Gespräch beenden, doch Gaby ruft dazwischen: »Warte, hör mir doch erst mal zu. Jakob ist voriges Jahr gestorben. Ich bin Witwe und wohne seither allein in der Villa, weil meine Mutter im Seniorenheim ist – war. Sie ist dort Ende Dezember ebenfalls ...« Gaby redet schnell weiter. »Der Tod meiner Mutter hat mir echt den Rest gegeben. Ich hätte sie nicht ins Heim lassen sollen. Aber sie wollte es unbedingt – und ich dachte, sie hätte es besser dort.«

Weshalb erzählt sie mir das alles? Anna hält den Hörer ein Stück weg und nimmt einen Schluck von dem Rotwein, der nicht halb so gut schmeckt wie sein Vorgänger. Alkohol immerhin. Sie setzt das Glas ab. Auf dem Holztisch sind viele Rotweinflecken, zwei Zigarettenlöcher, ein paar Wachsreste, unsachgemäß behandelt (die Idee, mit dem Bügeleisen drüberzugehen, war nicht die beste). Der Tisch passt aber zu Anna. Sie sucht nach angemessenen Worten: »Das tut mir sehr leid, Gaby. Jakob war ja noch nicht so alt. Woran ist er denn gestorben?«

»Herzversagen.«

»Du Ärmste ...« Beileidsbekundungen waren ihr schon immer ein Gräuel. »Aber ich versteh nicht, was für ein Auftrag das sein soll? Und warum ich?«

Gabys weiche, ein wenig hohe Stimme klingt jetzt härter: »Natürlich gibt es auch in Bonn Detektive. Aber ich dachte sofort an dich, Anna. Dass du vielleicht Lust hast, die alte Heimat wiederzusehen. Die Stadt hat sich verändert, seit du weg bist ... Also: Du kannst in der Villa mietfrei wohnen, solange du willst – und ich biete dir ein Tageshonorar von hundert Euro. Dafür, dass du den Tod meiner Mutter aufklärst.«

Mietfreies Wohnen klingt zauberhaft. Hundert pro Tag plus Spesen, denkt Anna, wären auch nicht schlecht. Andererseits: Geld und Freundschaft sind keine gute Kombination. Waren sie überhaupt Freunde? Oder bloß Kolleginnen? Anna wischt eine Tränenspur von der Wange. Scheißselbstmitleid. Sie fühlt sich nicht mehr so betrunken. »Wieso? Denkst du, dass mit ihrem Tod was nicht stimmt?«

Gaby seufzt: »Mutter war sechsundsiebzig. Okay, geistig hatte sie ein bisschen abgebaut, aber körperlich war sie verdammt fit für ihr Alter. Sie hat noch Yoga gemacht und viel im Garten gearbeitet. Die offizielle Diagnose war Herzversagen. Sie lag tot in ihrem Apartment, als man sie fand. Für eine Reanimation war es zu spät. Sagten sie. Ich war zu der Zeit auf den Malediven und bin sofort zurückgeflogen, als Lisbeth mich anrief. Als ich ankam, hatte meine emsige Schwester schon alles fürs Begräbnis geregelt.«

Anna erinnert sich vage an Gabys Schwester Lisbeth – nur wenig älter, nicht so hübsch, sehr selbstbewusst, die beiden schienen sich nicht sonderlich zu mögen. »Alte Menschen sterben, Gaby. Wie kommst du auf diesen Verdacht?«

Kurze Stille. »Weil ... es hat innerhalb von zwei Monaten zwei Todesfälle im Heim gegeben. Mama war die Dritte. Und die teure Uhr, die ich meiner Mutter zu ihrem letzten Geburtstag geschenkt habe, war auch weg. Ich hätte sie nicht dort einziehen lassen sollen, Anna. In der Villa wäre genug Platz gewesen – auch für eine Pflegerin. Es war falsch, und ich habe ein schlechtes Gewissen. Vielleicht bilde ich mir deshalb ein, dass mit ihrem Tod was nicht stimmt. Aber wenn du dich umhören würdest, das kann ja nicht schaden. Und Geld spielt wirklich keine Rolle ...«

Der Satz ist gemein. Anna nimmt noch einen Schluck und beschließt, dass dies der letzte war. An diesem Abend. »Deine Trauer ist verständlich, noch dazu nach dem Tod deines Mannes. Trotzdem, für eine Form der Trauerverarbeitung kommt mir das wie ein echt teurer Spaß vor. Entschuldige die Formulierung. Wie denkt Lisbeth darüber?«

Gabys Stimme klingt bei manchen Sätzen wie das Geräusch von Kreide auf einer Schiefertafel. »Meine Schwester denkt, dass ich verrückt bin und mehr Geld habe, als mir guttut. Sie hat sich immer schon für was Besseres gehalten, nur weil sie einen Professor geheiratet hat. Hilf mir, Anna ... um der alten Zeiten willen. Bitte!«

Der erste Schritt zurück: »Kann ich darüber nachdenken?«

2

Wenn sie nach so vielen Jahren beim Anblick der jeweils anderen erschrecken, lassen sie es sich nicht anmerken.

»Anna Marx, wie sie leibt und lebt«, sagt Gaby lachend und versucht, ihr den schweren Rollkoffer abzunehmen. Anna will ihn nicht hergeben und überlässt ihr den kleineren. »Die Jahre sind spurlos an dir vorübergegangen«, sagt sie und meint es halbwegs ehrlich. Gabriele ist zehn Jahre jünger als sie und wirkt jünger als vierundfünfzig. Reichtum konserviert besser, denkt Anna ketzerisch, und dass Gabys Haare im alterstypischen Bob ein bisschen zu blond und Jeans und Lederjacke zu glänzend sind. Gaby war immer sehr schlank, jetzt wirkt sie dürr. Annas Betrachtungsweise, aber natürlich wandert sie auf diesem Gebiet über ein seelisches Minenfeld. Und die ganze Zeit lächelt Anna mit ihrem breiten Mund, dieses Bonner Abenteuer muss einfach gutgehen, denn einen Weg zurück gibt es kaum. Sie lächelt, während sie neben Gaby herläuft und versucht, nicht so viel größer und breiter auszusehen. Annas Koffer eiert mit quietschendem Protest nur noch auf drei Rollen. Passt gut zur Marx. Irgendwie.

Die beiden Frauen steuern dem Ausgang zu, der Köln/Bonner Flughafen ist übersichtlich, und Anna, die in den letzten zwei Jahren aus Berlin nicht weiter raus als bis zum Wannsee gekommen ist, staunt über den Mangel an Chaos. Wären da nicht Maskierte überall, Touristen auf dem Weg von oder nach Bonn und Köln, zu den Hochburgen des rheinischen Karnevals. Im Gedränge drückt ihr ein Clown einen Luftballon in die Hand, auf dem das Motto dieser Saison steht: *Jötterfunke överall – Ludwig, Bonn un Karneval.*

Das große Jubiläumsjahr in Bonn, das im Anschluss an den Karneval seinen Lauf nehmen soll. Zweihundertfünfzig Jahre Beethoven. Dreihundert Veranstaltungen sind geplant, den Meister zu ehren.

Es ist Faschingsdienstag. Helau und alaaf. Grenzenloser Frohsinn, von Alkohol beflügelt. Denn morgen ist alles vorbei. Anna schwankt zwischen Grauen, Nostalgie und Hoffnung auf ein baldiges Ende und hinkt wie immer ihren Erwartungen hinterher. Sie erinnert sich, dass Gaby eine Karnevalistin der ersten Stunde war. »Du bist ja gar nicht kostümiert«, sagt sie, und Gaby lacht: »Ich wollte dich nicht gleich zu Anfang erschrecken. Aber gestern war ich natürlich beim Umzug dabei, und heute Abend muss ich noch zu einer Karnevalsparty. Du kannst gern mitkommen, es ist allerdings Kostümzwang.«

Annas Seitenblick ist mörderisch: »Nur über meine Leiche ... aber ich finde es lustig, dass du immer noch auf dem Trip bist. Ich hab einfach nie Zugang dazu gefunden.«

Gaby weicht einem betrunkenen Beethoven aus. »Ich glaube, man muss hier geboren sein. Dir fehlt das Karnevals-Gen, da kann man nichts machen. Ich find es herrlich, ein paar Tage lang zu feiern, die ganze Stadt ist eine riesige Fete.«

In Berlin kaum vorstellbar. Anna fragt sich, warum sie nicht einen Tag später geflogen ist, dann wäre der Spuk vorbei gewesen. Nur noch Kamelle auf den Straßen, leere Flaschen, Konfetti, Alkoholleichen, Zigarettenkippen, benutzte Kondome. Bis die Stadtreinigung anrückt. »Als was wirst du heute Abend gehen?«

Sie nähern sich dem Ausgang und lassen die reisenden Karnevalisten hinter sich. Gaby schiebt den Handkoffer, Anna den großen, schweren.

»Als Eleonore von Breuning. Sie war Beethovens Klavierschülerin und vielleicht auch mehr. Ich habe mir Kostüm und Perücke extra nach dem Bild von ihr anfertigen lassen. Das Fest steht unter dem Motto ›Roll over Ludwig‹.«

»Wie putzig«, sagt Anna und erklärt, dass es in Berlin viel kälter war, dafür gebe es dort keine Maskierten. Ihr fällt ein, dass Gaby früher ein Tanzmariechen war. Einmal sogar eine Bonna, die Karnevalsprinzessin Bonns. War sie dafür nicht mit einem der Offiziellen ins Bett gegangen? Böse Gerüchte. Anna fällt ein bitterer Zug um Gabys Lippen auf. Feine, senkrechte Falten links und rechts. Dann sind sie am Parkplatz, und Gaby öffnet per Fernbedienung die Türen eines silberfarbenen Porsche Cayenne. Er hat den gleichen Ton wie ihre Lederjacke, die mit blauem Pelz gefüttert ist. Anna trägt ihren grünen Parka mit schwarzem Plüschfell, er ist alt und wärmt, und sie mag ihn sehr. Es bringt nichts, sich an Gaby zu messen, damals nicht und heute schon gar nicht. Sie hievt ihren Koffer ins Auto, dann steigt sie ein. Viel Platz für Annas lange Beine. Die waren immer schon das Beste an ihr.

Eine Zigarette wär jetzt schön, aber sie wagt nicht zu fragen. »Nettes Auto, ich habe meins vor drei Jahren verkauft. Hat sich nicht mehr gelohnt mitten in der Stadt, und ständig hat irgendein Mistkerl was in den Lack geritzt. Der letzte Streich war ›nice car‹, quer über die Motorhaube geschrieben. Ich habe es nicht als Kompliment aufgefasst.«

Gaby fährt auf den Zubringer zur Autobahn. »Oh mein Gott – war das noch der alte Jaguar?«

Sentimental Journey: »Ja, *Fat Cat* – ich hab ihn über zwanzig Jahre lang gefahren. Oder geschoben. Oft verflucht. Immer geliebt. Bis die Vernunft siegte – und ich hab auch noch einen Liebhaberpreis dafür bekommen. Wenn ich jetzt ein Auto brauche, miete ich mir eins. Alles ist billiger als *Fat Cat*.«

Gaby lacht. »Mein Mann fuhr einen Volvo, stell dir vor. Autos waren Jakob vollkommen egal. Ich habe mir den Cayenne erst nach seinem Tod gekauft, vorher hatte ich einen kleinen Peugeot.«

»Das tut mir leid«, sagt Anna und meint natürlich den Witwenstand. »Es war eine so schöne Hochzeit.«

»Das immerhin«, sagt Gaby, und Anna denkt, da kommt noch was. Sie hat immer schon geglaubt, dass Gaby mehr aus ökonomischen denn aus romantischen Gründen geheiratet hat. Jakob war um einiges älter, und seine Arroganz fand Anna abstoßend. Geld kann man nicht umarmen. Obwohl Anna einen Sack voll Geld inzwischen geradezu innig herzen könnte.

Gaby fädelt ein und tritt aufs Gas. Sie fährt schnell und konzentriert, und Anna mustert sie von der Seite. Erbarmungsloses Seitenlicht: Gaby ist immer noch attraktiv, doch langsam kommt sie in das Alter, in dem »für immer jung« zur Chimäre wird. Die Augen sehen nach einem Lifting aus, die Stirn nach Botox, und die Lippenpartie nach Hyaluronsäure. In Würde altern ist so ein bombastischer Satz, den die meisten Frauen milde belächeln. Anna, wenn sie je zu viel Geld gehabt hätte, wäre vielleicht auch in Versuchung gekommen: als Erstes die Hängebrüste, danach eine Bauchstraffung ... mit dem Gesicht steht sie inzwischen nicht mehr auf Kriegsfuß. Es ist würdelos gealtert, basta.

»Hast du denn inzwischen einen ... Neuen?«

Gaby lächelt, ein schneller Seitenblick. »Nein, nicht wirklich. Und du?«

Anna holt tief Luft. »Seit zwei Jahren lebe ich in Keuschheit. Oder so ähnlich. Es gibt keine guten Männer mehr in meinem Alter. Oder wenn, dann verstecken sie sich irgendwo vor mir.«

Ihr Lachen erinnert Anna an früher. Gaby war immer schon eine rheinische Frohnatur. Sie war so verdammt hübsch damals mit ihren blonden Locken und den blauen Augen, kein Wunder, dass sie sich einen Millionär geangelt hatte. Im Vergleich zu ihr erschien Anna nahezu schwermütig, schwergewichtig sowieso, und vermutlich basierte ihre damalige Freundschaft darauf, dass sich Gegensätze anziehen.

Als Gaby dem Schild »Bonn-Süd« folgend von der Autobahn abbiegt, fühlt Anna einen Anflug von Panik. Was hat sie sich dabei gedacht, in Berlin alles aufzugeben, nur weil Gaby um Hilfe bat beziehungsweise Hilfe anbot? Anna hat eine Woche lang über den Vorschlag nachgedacht, das Für und Wider abgewogen, konnte sich aber nicht entscheiden und warf schließlich eine Münze. Kopf oder Zahl? Das Schicksal in Form einer Zahl entschied, Berlin den Rücken zu kehren. Anna kündigte ihre Wohnung, aus der sie ohnehin rausgeflogen wäre, und verteilte ihre Möbel an Nachbarn und Amirs Freunde. Ein paar Sachen kamen auf den Sperrmüll, sechs Kisten mit Büchern, Platten und Bildern, Wäsche und Kleidung hat sie nach Bonn geschickt. Ein Abschiedsfest in der leeren Wohnung mit Bier und Buletten, das hatte sie nach dem einsamen Geburtstag verdient. Fjodor sang Schmachtfetzen, ein Freund spielte auf der Gitarre, Amir hatte »Schwarzen Afghanen« mitgebracht, und Joints machten die Runde. Bekannte aus dem »Club erfolgloser polnischer Frauen« kamen um Mitternacht mit einem Riesentopf Bigosch, da waren alle schon bekifft oder betrunken und in jedem Fall hungrig. Am Schluss, so gegen fünf Uhr morgens, weinten alle, während Fjodor schmetterte: »Wir wollen niemals auseinandergehn.« Anna schlief auf der Luftmatratze ein, die Nachbarn ihr geborgt hatten. Stellte den Wecker auf neun, räumte zwei Stunden lang die Partyreste auf, putzte sehr oberflächlich, duschte und nahm dann ein Taxi zum Flughafen.

»Rauchst du noch?«, fragt Gaby.

»Ab und zu«, lügt Anna.

»Ich wäre dir dankbar, wenn du nur auf der Terrasse oder im Garten rauchst. Oder auf dem Balkon. Geht das?«

»Aber natürlich.« Es fängt nicht gut an, denkt Anna. Obwohl sie ohnehin vorhat, mit dem Rauchen aufzuhören.

Gaby wirft ihr einen forschenden Seitenblick zu: »Die Wohnung ist sehr hübsch eingerichtet, überwiegend Jugendstil, gemixt mit ein paar modernen Klassikern. Jakob war mehr so der Typ skandinavische Möbel, viel Naturholz und kein Schnickschnack. Nach seinem Tod hab ich angefangen, Zimmer um Zimmer neu zu gestalten. Ich hätte Innenarchitektin werden sollen – ich glaube, das hätte mir Spaß gemacht.«

»Du warst eine gute Journalistin.« Darauf war Anna damals neidisch gewesen. Dass sie die Klatschtante vom Dienst war – und Gaby die Gerichtsreporterin.

»Danke, aber du glaubst nicht, wie langweilig die meisten Prozesse sind. Da sitzt du stundenlang drin, um danach einen Zweispalter zu schreiben. Nein, damit habe ich abgeschlossen. Und du?«

Bevor Anna antworten kann, biegt Gaby ab und hält vor einem Holztor, das sich per Fernbedienung zurückzieht. Sie fahren über einen Kiesweg zur weißen Villa, die Anna nicht so groß in Erinnerung hat. Gaby parkt das Auto direkt vor der Eingangstür, und eine ältere Asiatin kommt über die Treppe und nimmt ihren Koffer, obwohl Anna protestiert.

Die Frau geht ihr gerade mal bis zur Schulter und soll ihr Gepäck schleppen?

»Lass sie, sonst ist Salita beleidigt. Außerdem ist sie viel stärker, als sie aussieht.«

Gaby nimmt Annas freie Hand: »Willkommen in deinem neuen Zuhause. Ich bin sehr froh, dass du da bist, Anna!«

Die Panik ist verebbt. Vorübergehend. Anna holt tief Luft und schreitet über die Schwelle ihres neuen, noblen Zuhauses. Hofft, dass das Gefühl der Fremdheit sich legen wird. Alles ist so durchgestylt und ordentlich, sie durchqueren die Eingangshalle, und Salita geht voraus über die Treppen in den zweiten Stock. Wie war das mit dem getrennten Eingang?

Gaby: »Es gibt einen separaten Zugang vom Garten aus, du musst halt einmal ums Haus herumgehen. Ich hoffe, das macht dir nichts aus.«

Salita öffnet die Tür, und Anna fühlt sich nach dem ersten Rundblick zu einem Kompliment genötigt. »So edel habe ich ja noch nie gewohnt. Hast du ne Hausratversicherung?«

»Klar.« Gaby macht die Tür zu dem großen Balkon auf. »Im Sommer ist es ganz wunderbar, und du hast den vollkommenen Rheinblick.« An dem ich oft spazieren war, denkt Anna, früher, denn sie mochte den trägen Fluss und die Promenade mit den Touristen und Joggern und Liebespaaren. Sie mochte Bonn, weil es klein und überschaubar war, der Gegenentwurf zu jeder Metropole und von le Carré einmal so oder ähnlich definiert: *Entweder es regnet – oder die Bahnschranken sind zu.*

Ihr Wohnzimmer ist groß mit integrierter Küche. Altneuer Möbelmix, an den Wänden hängen Bilder mit Jugendstilmotiven. Originale? Anna wagt nicht zu fragen. Auch das

Schlafzimmer ist weitläufig, und im Badezimmer haben Dusche und eine frei stehende Wanne Platz, das gefällt Anna sehr, und auch, dass die Toilette separat ist. Sie lobt Gabys guten Geschmack und sehnt sich zurück nach Berlin.

Salita hat den Koffer vor dem Schrank deponiert. Asiatisches Pokerface. Sie fragt, ob sie für Anna auspacken soll?

»Danke, das mach ich selbst«, sagt Anna schnell. Peinlicher Inhalt: der feuerrote Kunstpenis. Ein Abschiedsgeschenk von Fjodor, und sie hat das Ding tatsächlich mit nach Bonn genommen. Konnte es schließlich nicht zurücklassen.

Gaby schließt die Balkontür. »Ich schlage vor, du packst aus und erfrischst dich – und dann öffnen wir zur Feier des Tages eine Flasche Champagner. Salita hat eine Kleinigkeit gekocht, du hast heute sicher keine Lust auszugehen. Ich muss so um acht weg und brauche etwa eine Stunde, um mich als Beethovens Geliebte herzurichten.«

Anna lächelt. Sie sehnt sich nach einer Zigarette. Und nach ihrem alten Zuhause. Die chaotische Wohnung, in der ihr niemand das Rauchen verboten hat. In der sie sich geborgen fühlte. »Fein, ich komm dann gleich runter, wenn ich ausgepackt habe.«

Salita wirft ihr zum Abschied einen Blick zu, den Anna nicht deuten kann. Hätte sie ihr Trinkgeld geben sollen? Das kann sie immer noch tun, aber im Prinzip will sie mit Gabys dienstbaren Geistern so wenig wie möglich zu tun haben. Anna kann selber putzen und kochen, auch wenn sie Ersteres nicht gern tut. Und jetzt steht sie draußen und raucht, nachdem sie vergebens einen Aschenbecher gesucht hat. In sämtlichen Küchenschränken und Schubladen, und dort ist wirklich alles zu finden, was die gute Hausfrau so braucht. Sie hat das Gefühl, hier überhaupt nicht reinzupassen. Was, wenn sie betrunken die blattgoldverzierte Art-déco-Vase zerdeppert? Oder Rotwein auf das weiße Ledersofa schüttet?

Anna hatte in Berlin nicht halb so viele Küchenutensilien, obwohl sie in den letzten Jahren eine gewisse Lust am Kochen entwickelt hat. Sie findet es entspannend, am Herd zu stehen und etwas zu schaffen, das Genuss bereitet. Anna tippt auf Alterserscheinung, denn in jüngeren Jahren fand sie Kochen langweilig. Sie drückt ihre Zigarette an der Untertasse aus. Verdammte Kälte, sie hat den Winter nie gemocht, jedenfalls nicht seit ihrer Kindheit. Zurück in die Wohnung, die überheizt ist. Anna findet keinen Schalter, mit dem sie die Temperatur regulieren könnte, und lässt deshalb die Balkontür offen. Dann packt sie ihren Koffer aus, überwiegend warme Kleidung, ein paar Kosmetika, Schuhe, Unterwäsche, zwei Bücher. Sie widersteht dem Impuls, alles in den Schrank zu werfen. Es geht auch anders, dauert aber länger. Inzwischen ist sie hungrig und durstig. Und neugierig, was Gaby über ihre Mutter erzählt. Nach der Dackelaffäre wäre ein Mord ja nicht mal so übel.

Anna wäscht sich die Hände und das Gesicht, bürstet die Haare und dreht sie zu einem Knoten im Nacken. Ein wenig Lippenstift – voilà, besser geht's nicht. Und wenn, wäre es zu zeitaufwendig.

Auf der Kommode im weitläufigen Entree stehen Fotos in Silberrahmen. Gaby als Baby, Teenager und Braut, als Karnevalsprinzessin, Tennisspielerin und Bikinischönheit, zwei Bilder mit ihrer Mutter, die Ähnlichkeit ist groß. Jakob ist außer auf dem Hochzeitsfoto nirgendwo zu sehen. Anna könnte sich vorstellen, dass er seine Schwiegermutter genauso arrogant ignorierte, wie er es mit Gabys Freundinnen tat.

Sie verschließt die Tür ihrer neuen Wohnung. Die steile Treppe, denkt sie, war für eine alte Frau sicher nicht ideal gewesen. Anna hat Gabys Mutter im *Rheinischen Hof* kennengelernt, als Gaby dort ihren Geburtstag feierte. Und ein Jahr später begegneten sie sich wieder bei der Hochzeit, ein relativ bescheidenes Ereignis mit Catering in der Villa und einem DJ, der Musik aus den 80er-Jahren auflegte. Danach ging es für das Brautpaar nicht in die Südsee, sondern nach Venedig. Jakob lebte trotz seines Geldes ziemlich bescheiden. An diesen Satz kann sich Anna erinnern. Sie ordnet ihn Gabys Mutter zu.

Anna war zu Hochzeiten immer nur eingeladen, nie die Hauptperson. Eine erstaunliche Auswahl an Männern, die nicht heiratswillig waren oder bereits gebunden. Retrospektiv ein großer Haufen vergeudeter Gefühle. Andererseits waren es aber auch die glücklichsten Zeiten, jene der Verliebtheit – und die traurigsten die Phasen der Trennung. Hätte sie irgendeinen von ihnen heiraten wollen? Philipp vielleicht, aber der war es bereits und nicht willens, sein Leben für Anna Marx auf den Kopf zu stellen. Bonner Erinnerungen. Fängt man mit vierundsechzig Jahren an, rückwärts zu leben?

Als Anna im Esszimmer auftaucht, füllt Gaby zwei Champagnergläser und hebt ihres: »Herzlich willkommen in Bonn. Auf uns – und alles, was wir lieben.«

Anna trinkt auf sich. Sie mag Schampus überhaupt nicht, doch Gaby stand immer schon drauf. Nun hat sie ihr Champagner-Leben, denkt Anna, diesmal ganz ohne Neid. Sie muss aufpassen und dieses Gefühl unter Verschluss halten. Gaby hat viel mehr Geld als sie, das ist alles. Darüber hinaus ist sie auch allein, hat keine Kinder, ihre Eltern sind tot, und mit der Schwester ist sie nie gut ausgekommen. Freunde?

Vermutlich nicht so viele. Wozu hat sie sich einen so großen Tisch angeschafft, wenn sie Single ist? Das Art-déco-Monster bietet Platz für mindestens zwölf, und man muss dankbar sein, dass nicht an beiden Enden gedeckt wurde wie manchmal in Filmen, wo sich die Protagonisten über den Tisch hinweg anschweigen.

»Gelegentlich gebe ich Dinnerpartys.« Gaby stellt ihr Glas auf einen Untersetzer, und Anna tut es ihr nach. Das muss sie sich auch abgewöhnen, Gläser und Teller direkt auf den Tisch zu knallen. Aber wer gibt denn heute noch Dinnerpartys außer Botschafter und Societydeppen?

Aus der Küche kommt Salita mit verschiedenen Schüsseln, die sie auf den Tisch verteilt. Gesenkte Augen, devot wirkt sie auf Anna dennoch nicht. Sie und Gaby schauen schweigend zu, wie Deckel gelüftet und Vorlegebestecke daneben platziert werden. Die Servietten sind weiß und so gestärkt, dass sie bei Berührung rascheln. Salita trägt eine Schürze mit Rüschen. Dinnermusik plätschert aus unsichtbaren Lautsprechern. Anna fühlt sich wie im falschen Film.

Eine einladende Geste der Hausherrin: »Es gibt Hähnchenbrust mit verschiedenen Gemüsen und Reis. Nimm dir einfach, was du magst.«

Anna lächelt Salita an, doch wieder keine Erwiderung. »Ich glaube, sie mag mich nicht«, sagt sie, nachdem sie raus ist.

»Bitte nimm dir, bevor es kalt wird. Salita wird es nie lernen, Speisen heiß aufzutragen, das ist so eine philippinische Eigenart. Und mach dir keine Gedanken: Sie ist eine harte Nuss, ich musste mir ihre Zuneigung nach Jakobs Tod auch erst mit einer kräftigen Lohnerhöhung erkaufen.«

»Lebt sie hier im Haus?«

»Ja, im Souterrain. Gott sei Dank hat sie hier keine Familie, nur entfernte Cousinen und so. Ich möchte ja keinen philippinischen Clan unterhalten.«

Anna bedient sich aus den Schüsseln und häuft sich deutlich mehr auf den Teller als Gaby, die lieber vor der Party essen wollte. »Ich hasse dieses Fingerfood im Stehen. Glas, Teller, Handtasche ... Man muss immer irgendwie jonglieren.«

Das Essen schmeckt ziemlich fade, wie Anna findet. Gedünstetes Gemüse, und das Hähnchen ist auch zu wenig gewürzt. Anna verzichtet auf einen Nachschlag: »Ich muss auf meine Figur achten. Du weißt ja, was für einen beschissenen Grundumsatz alte Frauen haben.«

Gaby lächelt ganz kurz. »Ach Anna, du bist einfach köstlich. Ich fühle mich überhaupt nicht alt. Du etwa?«

»Manchmal schon. Wenn ich in den Spiegel schaue. Oder wenn es hier und dort zwickt. Wenn ich an einer Gruppe Bauarbeiter vorbeigehe – und keiner pfeift mir nach wie früher. Ja, dann fühle ich mich alt. Und fast schon überflüssig.«

Gaby hatte ein klares Nein erwartet und denkt nicht zum ersten Mal, dass Anna durchaus charmanter und verlogener sein könnte. Aber das war nie ihr Stil. »Ach was, du siehst doch noch blendend aus.«

»Kuh oder Ziege«, sagt Anna, »man muss sich entscheiden.«

Gaby spießt mit großer Sorgfalt zwei Erbsen auf ihre Gabel und sagt mit unbestimmtem Lächeln: »Du warst immer schon eine Kuh.«

Ein überraschendes Statement. Anna kann jetzt nicht anders: »Und du eine Ziege.«

Sekundenlang ist nur das Ticken der Wanduhr zu hören, dann lösen sie die Spannung mit einem synchronen Lachen, leicht hysterisch. Schließlich steht Anna auf und entschuldigt sich, weil sie draußen rauchen will. Das braucht sie jetzt dringend.

»Du solltest wirklich mit diesem Laster aufhören«, ruft Gaby ihr nach. Sie hat recht und nervt trotzdem, Anna lächelt nur und geht auf die Terrasse. In der Dämmerung sind die Bäume im Garten lediglich als dunkle Schatten wahrnehmbar. Was für ein Luxus, so einen Riesengarten für sich allein zu haben! Vermutlich gibt es einen Gärtner, denkt Anna, und dass Gaby aus kapitalistischer Sicht alles richtig gemacht hat. Und sie selbst fast alles falsch. Dafür, dass sie ihr Leben lang gearbeitet hat, wird sie mit sechsundsechzigeinhalb Jahren unsanft in die Altersarmut gleiten, sofern sie nicht dazuverdient. Tausendzweihundert Euro Rente monatlich sind nicht die Welt. Ersparnisse von zwölftausend Euro auch nicht. Sonstige irdische Besitztümer hat Anna nicht aufzuweisen. Weshalb Gabys Honorarangebot höchst willkommen ist. Obwohl ... mal sehen, ob sie es aushalten wird, sich ständig als Gast und arme Freundin zu fühlen. Anna hasst jegliches Gefühl von Abhängigkeit, weshalb sie ein schwieriges Kind und eine katastrophale Jugendliche war, dem abwesenden Vater und der überanwesenden Mutter in hilfloser Zu- und Abneigung verbunden. Sie sind beide tot, es gibt nichts mehr zu bedauern, doch die Trauer über den Verlust ist seltsam hartnäckig. Überfällt sie oft, wenn sie im Dunkeln irgendwo draußen steht und raucht. Es war so eine undefinierte Kindheit. Keine Grausamkeiten, aber auch wenig schöne Erinnerungen. Mit fünfzehn fing sie an zu rauchen, um irgendwo dazuzugehören. Anna löscht die Zigarette am Boden aus und nimmt sie mit in die Küche. Mülleimer. So entstehen Brände. Sie muss einen Aschenbecher besorgen, sonst wird sie noch Gabys Bude abfackeln.

Die Gastgeberin hat in der Zwischenzeit das Geschirr abgetragen und in die Spüle eingeräumt. So ordentlich. In Annas Berliner Welt wurde über dreckigen Tellern weiter getrunken, geraucht, diskutiert. Das war am nächsten Morgen dann immer eine Schweinerei, aber ...

Die Gläser sind wieder gefüllt. Zumindest trinkt sie, denkt Anna. »Tut mir leid, ich hätte dir gerne geholfen.«

»De nada, Salita nimmt mir ohnehin fast alles ab. Ich habe nichts zu tun, und das kann verdammt langweilig sein, Anna.«

Wenn Leute auf hohem Niveau jammern, fühlt Anna sich herausgefordert: »Dann tu halt was. Studiere Architektur – oder Philosophie. Tue Gutes! Engagier dich in der Flüchtlingshilfe. Reise um die Welt ...«

»Mach ich doch, aber ... meine Mutter fehlt mir. Dabei mochten wir uns gar nicht. Nur mit Jakob verstand sie sich ganz prima. Wirklich, die zwei waren ein Herz und eine Seele. Man hätte fast eifersüchtig werden können.«

Den Satz findet Anna seltsam, doch sie übergeht ihn. »Ich verstehe nur nicht, warum sie kurz nach Jakobs Tod ausgezogen ist?«

Gaby holt tief Luft und sieht an Anna vorbei auf das Bild eines stilisierten Embryos. Ein Geschenk von Jakob, ein böses. »Ich hab es auch nicht verstanden, glaub mir. Wir brauchten einander doch, gerade damals, aber ... meine Mutter konnte so unfassbar stur sein, wahrscheinlich wollte sie mich für einen Streit kurz nach Jakobs Tod bestrafen. Alte Leute können so verdammt kindisch sein! Und jetzt denke ich, dass sie wahrscheinlich noch am Leben wäre, wenn sie nicht ins *Paradies* gezogen wäre.«

Paradies? Anna fragt sich, wie jemand auf die schräge Idee kommen kann, ein Altersheim *Paradies* zu nennen. Irgendwo im Haus schlägt eine Uhr siebenmal. Gaby springt auf und sagt, dass sie sich fertig machen muss. »Tut mir wirklich leid, aber du kommst doch allein zurecht an deinem ersten Abend? Wenn irgendwas ist, frag Salita.«

Das werde ich sicher nicht tun, denkt Anna, und wünscht Gaby einen wundervollen Abend zum Ausklang des Karnevals. Helau und alaaf.

Gaby verschwindet in den ersten Stock, Anna geht über die Innentreppe in ihre Wohnung. Findet sogar den Lichtschalter, öffnet das Schlafzimmerfenster und nimmt sich vor, am nächsten Tag das Thema Überheizung anzusprechen. Das Badezimmer ist riesig, trotz der schrägen Wände. Anna putzt sich die Zähne, das tut sie immer, während das Abschminken vom Alkoholpegel abhängig ist. Der sich an diesem Abend in Grenzen hält, weshalb sie ihrer Haut sogar Nachtcreme gönnt. Bevor sie sich auszieht, geht sie noch einmal nach draußen. Die letzte Zigarette, dieses blöde Ritual. Von unten hört sie Stimmen.

Gaby und Salita? Oder der Fernseher? Anna tritt an die Brüstung und versucht zu lauschen, doch sie kann nichts verstehen, die Stimmen sind zu leise. Ihr Gehör ist auch nicht besser geworden. Was überhaupt? Sie zieht sich leise zurück, löscht die Zigarette und legt sie auf die Untertasse. Zu guter Letzt lässt sie sich auf das wunderbare Bett fallen. Nackt, so hat sie immer schon geschlafen, ein paar Seltsamkeiten muss man sich bewahren bis zum Tode.

I don't need sex, life fucks me every day. Den Spruch an der Wand wird sie auch vermissen. Anna schläft ein mit dem Gedanken, dass es von diesem Schritt an nur noch vorwärts geht. Die Frage ist bloß: wohin?

3

Wie gelangt man ins Paradies? Klar kommt aus der Sache keiner lebend raus, die beunruhigende Frage ist eher, wie sich das Finale gestaltet. Nach einer unruhigen Nacht mit verstörenden Träumen ist Anna in einem fremden Bett in einem fremden Haus aufgewacht und hatte den dringenden Wunsch, sofort aus Bonn abzuhauen. Stattdessen geht sie ins Badezimmer und starrt missmutig in ein altes Gesicht, umrahmt von strubbeligen, gewellten roten Haaren. Die Farbe von Rost. Sie putzt mit geschlossenen Augen die Zähne und stellt sich todesmutig unter die Dusche. Komplizierte Armaturen, erst ist das Wasser kalt, dann heiß, sie flucht und muss an Hitchcock denken, während ihr die glitschige Seife aus der Hand gleitet. Anna badet lieber, doch das dauert, und von unten hört sie Geräusche emsiger Morgenmenschen, die von einem Planeten kommen, den Anna im Rahmen eines Sternenkrieges bombardieren würde.

Sie wäscht die langen Haare, das ist Arbeit, doch andererseits konnte sie sich mit einer praktischen Kurzhaarfrisur noch nie anfreunden. Weil kurze Haare zwar schneller trocknen, aber immer irgendwie in Form gebracht werden müssen. Dazu ist Anna zu faul. Waschen, einmal mit dem Föhn durch, basta. Jeans, weiter Pullover, kein Büstenhalter. Sie hasst BHs, Nachfolger des Korsetts. Ihre Generation war einmal angetreten, Büstenhalter zu verbrennen. Scheiß drauf! Interessiert sowieso keinen mehr, sagt Anna zu ihrem Spiegelbild. Creme, Make-up, Wimperntusche, Augenbrauen- und Lippenstift. Haare wachsen jetzt eher am Kinn als an den Brauen. Falten vertiefen sich, und der

Hals runzelt friedvoll vor sich hin. Aber die Ohren sehen noch recht frisch aus. Anna lächelt ihren Ohren zu.

Sie ist ganz und gar nicht daran gewöhnt, zu dieser Uhrzeit munteren Menschen zu begegnen. »Guten Morgen« zu sagen, sich an einen gedeckten Tisch zu setzen. Gaby trägt Yogakleidung, wirkt frisch wie der frühe Tag und löffelt anmutig aus einer Schüssel Müsli mit Treibhausblaubeeren. »Und du willst wirklich nichts essen?«

»Danke, nur schwarzen Kaffee.« Anna geht mit ihrer Tasse nach draußen, um die erste Zigarette zu rauchen. Morgennebel umhüllt den Rhein, und die Bäume, die den Garten begrenzen, sehen kahl und langweilig aus. Doch dann sticht die Sonne durchs Grau, und Anna denkt, es könnte doch noch ein schöner Tag werden.

Gaby hat ihre Yogaübungen schon hinter sich, jeden Morgen vor dem Frühstück trainiert sie exakt zwanzig Minuten. Disziplin ist lebensnotwendig, davon ist sie überzeugt. Anna hingegen ist Disziplinlosigkeit auf zwei Beinen, denkt sie und schaut von ihrer Zeitung auf. »Du solltest es mal mit Yoga versuchen. Jaja, ich weiß, keine esoterischen Neigungen. Aber Yoga ist viel mehr als das, probier es einfach mal.«

»Vielleicht«, sagt Anna, ihr Lieblingsersatzwort für Nein. »Und? Wie war die Party?«

»Sie war herrlich, du hättest wirklich mitkommen sollen. So viele Beethovens hast du noch nie an einem Ort gesehen. Einer spielte seine Klaviersonaten. Irgendwann wurde getanzt. Champagner floss in Strömen …« Gaby nimmt ihr iPhone und zeigt Anna Fotos von ihr und anderen Kostümierten. Sie sehen alle lustig aus.

»Tolle Fotos. Tolle Party.« Anna schenkt sich Kaffee ein. Das Aschermittwochsgefühl findet sie gar nicht so schlecht. »Magst du mir was über Marions Altersheim erzählen?«

Gaby streicht sich eine silbrigblonde Haarsträhne aus dem Gesicht. Sie trinkt aus ihrer Teetasse, Anna hat sich schon oft, aber nie ernsthaft gefragt, ob Teetrinker die besseren Menschen sind.

»Seniorenresidenz! Mutter hat sie ausgesucht, weil sie direkt am Rhein liegt, sehr hübsch mit einem großzügigen, eingezäunten Park. Das Haus ist überschaubar, sie haben maximal fünfzig Gäste – überwiegend in Einbettzimmern oder kleinen Apartments.«

»Klingt nett«, sagt Anna. Ihr Adjektiv für alles, was sie grausig findet. Das letzte Heim, in das die Alten ziehen – und warum lassen sich Dinge nicht beim Namen nennen? *Hotel Ende* zum Beispiel. Oder *Die letzte Zuflucht*. *Hölle auf Erden*. Irgendwas in der Art.

Gaby erzählt von der Direktorin Nina Winkler: »Eine sehr kompetente Person – so in unserem Alter, schätze ich, also vielleicht eher in meinem. Das Haus gehört ihr und war früher ein Hotel. Weil es nicht lief, hat sie es in eine Seniorenresidenz umgewandelt.«

Anna macht sich keine Notizen. »Und die Bewohner? Sind die alle noch fit? Oder auch Pflegefälle dabei?«

Gaby ist unsicher. »Keine Ahnung, ich meine, ein paar sehen schon ziemlich alt aus. Ich habe nicht so genau hingeschaut, wenn ich Mutter besuchte.«

»Nur Frauen?«

»Nein, es sind auch ein paar Männer da, aber stark in der Unterzahl. Einer ist ganz reizend: Friedrich von Hempen. So was wie der Hahn im Korb. Meine Mutter hat mit ihm Canasta gespielt.«

Anna versucht sich an Gabys Mutter zu erinnern. Bei der Hochzeit erschien sie ihr attraktiv, elegant gekleidet und ebenso herzlich wie ihre Tochter. Doch hinter aller Liebenswürdigkeit schien eine Härte durch, ein überaus starkes Ego. Sie hat sich mit Marion Hellich damals gut unterhalten, zwei Raucherinnen, die auf der Terrasse standen und in den festlich geschmückten Raum schauten, in dem das Brautpaar und die Hochzeitsgäste an einer langen Tafel saßen und sich durch das fünfgängige Menu aßen. Marion war zu der Zeit schon im Ruhestand und schien sehr glücklich darüber. Nie mehr Kinder in Biologie unterrichten! Nie mehr mit ebenso blöden Eltern über Noten diskutieren! Marion wollte ihre bescheidene Rente dazu nutzen zu reisen. Weshalb sie das Angebot ihrer Tochter angenommen hatte, in die Villa zu ziehen. Ins ausgebaute Dachgeschoss, in dem Anna jetzt wohnt.

»Ich frage mich immer noch, warum sie nach Jakobs Tod in diese ... Residenz wollte. Sie muss doch einen Grund gehabt haben.«

Gaby seufzt. »Ihre großen Reisepläne hat sie nach ihrer Hüft-OP ad acta gelegt. Irgendwie fühlte sie sich auf einmal alt und gebrechlich. Und sie meinte, dass sie die Treppe zu ihrem Apartment nicht mehr schaffen würde. Mutter hat das *Paradies* bei einem ihrer Spaziergänge zufällig entdeckt. Na ja, dann hat sie sich erkundigt und sich vormerken lassen. Ungefähr drei Wochen nach Jakobs Tod ist eine Bewohnerin verstorben. Und Mutter hat Nägel mit Köpfen gemacht, trotz meiner Proteste. Ich bin nie gegen sie angekommen, sie war stur wie zehn Nashörner.«

»Ist so ein Heim nicht teuer?«

Gaby sieht Anna an und denkt, du wirst dir das niemals leisten können. »Die höchste Kategorie, also das Balkon-Apartment meiner Mutter, liegt bei dreitausendvierhundert Euro pro Monat. Ärztliche Versorgung ist bis zu einem gewissen Grad inklusive, Medikamente sind extra zu bezahlen. Getränke auch.«

Anna pfeift nicht anerkennend, eher erschüttert. »Stolzer Preis. Hatte sie denn so eine gute Pension?«

Gabys Gesichtsausdruck ist schwer zu deuten. »Ich habe noch was draufgelegt. Dagegen hat sie sich nicht gewehrt.« Sie sieht jetzt gereizt aus. »Was meinst du, wie wir uns deshalb gestritten haben. Völlig irre, so viel Geld zu bezahlen, wenn sie hier eine komfortable Wohnung hatte. Wir hätten ja einen Treppenlift einbauen können. Und jemanden engagieren, wenn sie aus irgendeinem Grund pflegebedürftig würde. Eine Verwandte von Salita aus den Philippinen holen ... Mit Geld lässt sich doch fast alles regeln.«

Krieg den Palästen, denkt Anna sofort. Folgenlose Gedankenakrobatik einer Altlinken. »Wie hat deine Mutter argumentiert?«

Gaby haut plötzlich mit der Faust auf den Tisch, das Rosenthal-Geschirr klirrt dezent. »Sie wollte meine Kreise nicht weiter stören, sagte sie. Und dass wir uns ja trotzdem sehen könnten, wenn ich das wollte. Als ob ich Lust gehabt hätte, jeden Tag ins Seniorenheim zu spazieren.«

Anna kann das ewig schwierige Verhältnis von Töchtern und Müttern nachvollziehen. »Möglich, dass sie nicht wollte, dass du mitkriegst, wie sie immer älter und hilfsbedürftiger wurde. Ich habe nur einmal etwas länger mit ihr geredet. Ich glaube, sie war eine stolze, eigenwillige Frau. Das klingt jetzt altmodisch, oder?«

»Stimmt schon«, erwidert Gaby. »Aber es war kein Zuckerschlecken, unter der Fuchtel einer Lehrerin und alleinerziehenden Mutter aufzuwachsen, das kannst du mir glauben. Sie war immer so streng. Prinzipientreu. Eine moralische Instanz, an der man sein fragiles Ego messen musste. Unter ihrer fröhlichen, liebenswerten Art steckte ein stählerner Kern.« Gaby lächelt entschuldigend. »Sie war richtig wütend darüber, dass sie nicht mehr so beweglich war wie früher. Und manchmal gedankliche Aussetzer hatte. Marion hatte eine Todesangst vor Demenz. Vor jeder Art von Kontrollverlust.«

Salita erscheint und räumt das Frühstücksgeschirr ab. Sie nickt Anna kurz zu, die Andeutung eines Lächelns. Eigentlich zucken nur die Mundwinkel. Gaby reicht ihrer Haushälterin eine Einkaufsliste und hundert Euro. Zu Anna: »Wir könnten heute essen gehen, wenn du magst. Morgen gebe ich eine kleine Dinnerparty. Du bist natürlich eingeladen. Dazu Nachbarn, meine Yogalehrerin und ein Paar, das ich im Malediven-Urlaub kennengelernt hab. Und Nina Winkler vom *Paradies*. Ganz zwanglos. Nur bitte erwähne nicht, weshalb ich dich nach Bonn geholt habe. Du bist einfach eine alte Freundin, die zu Besuch ist.«

Anna nickt, obwohl sie keine Lust hat auf eine Dinnerparty mit Leuten, die Yoga machen oder auf die Malediven fliegen. Nur fällt ihr nicht schnell genug eine Ausrede ein. Während Gaby mit Salita die Einkaufsliste bespricht, geht Anna wieder einmal auf die Terrasse. Die Sonne ist durch, nicht stark für elf Uhr morgens, doch sie wärmt. Seit Neuestem schmerzt das rechte Knie ein wenig. Arthrose wahrscheinlich, die Einschläge kommen näher. Vor langer, langer Zeit hatte Anna Marx getönt: *Wenn ich fünfzig bin, bringe ich mich um.* Nun, sie hat den Zeitpunkt verstreichen lassen. Seit vierzehn Jahren und zwanzig Tagen schon.

»Sollen wir einen Spaziergang machen und dabei weiterreden? Ich zieh mich nur schnell um.«

Gaby ist kurz auf die Terrasse gekommen, hat ihre Frage selbst beantwortet und ist dann wieder verschwunden. Warum nicht?, denkt Anna, nur würde ich gerne auch mal eine Antwort geben oder so. Sie geht nach oben und checkt ihre

Mails auf dem Laptop. Überwiegend Werbung, schnell gelöscht. Fjodor schreibt, dass ein paar von Amirs Freunden in Annas alte Wohnung gezogen sind, vorübergehend, sie sei ja ohnehin leer. Anna hätte doch sicher nichts dagegen?

Anna schreibt zurück, dass es ihr recht sei, sie aber hoffe, dass die Bude in ordentlichem Zustand übergeben werde. Woran sie nicht glaubt. Fjodors roten Kunstpenis hat sie im Schrank hinter den Pullovern versteckt. Anna kann sich vorstellen, dass Salita eine neugierige Person ist, und geht dabei von sich selbst aus. Wenn sie irgendwo Hausmädchen wäre, würde sie ohne Ende spionieren. Sie nimmt sich vor, Salita in einer günstigen Stunde über die Beziehung zwischen Gaby und ihrer Mutter zu befragen. Wieso ist Marion Hellich nach Jakobs Tod weggezogen? Sturheit allein erscheint ihr keine plausible Antwort.

Gaby wartet am Tor auf Anna. Ein Blick auf ihre Uhr, die ist von Cartier. Anna lächelt entschuldigend, ihre ist von Swatch. Oh ja, es hat bessere Zeiten gegeben, aber die liegen weit zurück – in der Bonner Republik. Das »Raumschiff«, das ewige Provisorium, die ständig brodelnde Gerüchteküche. Ölkrise, RAF-Krise, Politintrigen, Spionage-Paranoia. Die Seilschaften und Netzwerke, Sauf- und Skatrunden der alten Herren. So wenige Frauen unter den Journalisten und Politikern, und die paar, die es gab, mussten einiges einstecken. »Klatschspalten« wurden Anna und ihresgleichen genannt. Der Feminismus steckte noch in Stöckelschuhen, auf denen frau die ersten Trippelschritte auf dem männlichen Parkett wagte. Die frühen Exemplare hielten sich bedeckt, nur Annemarie Renger, Ex-Sekretärin eines Politikers und danach Bundestagspräsidentin, zeigte sich öffentlich mit einem Leopardenmantel nebst Hut und wurde dafür mit heftiger medialer Kritik überzogen.

Anna schrieb in ihrer Klatschspalte über die Garderoben der Frauen zu allen möglichen Anlässen. Was Männer trugen, war nicht der Rede wert. Anzüge, meist mit gedeckten Krawatten. Graublauschwarz, manch rote Krawatte, und Genscher trug gelbe Pullunder, was als modisch gewagt galt. Nichts an der Bonner Republik war glamourös – mit Ausnahme des Leopardenmantels. Nervös traf eher zu, vielleicht, weil die Demokratie noch so jung war, und das Lebensgefühl immer noch verdammt spießig. Altnazis in Tarnanzügen, die DDR ante portas, die BRD von Spionen unterwandert, die RAF schon in den Startlöchern. Man schrieb die 70er-Jahre, und Anna tippte auf ihrer Schreibmaschine und gab eilige Artikel aus einer öffentlichen Telefonzelle durch. Die Zeitung wurde im Keller des Verlagshauses gesetzt und gedruckt. Bleibuchstaben. Ein Archiv mit Hängeordnern. Manchmal fühlt sie sich wie ein Dinosaurier. Das alles ist doch erst ein paar Jahrzehnte her!

Sie gehen eine Weile schweigend. Das Godesberger Villenviertel hat sich kaum verändert, die Nebenstraßen sind immer noch wenig befahren, nur sind die Schilder, die auf ausländische Vertretungen hinweisen, verschwunden. Keine Polizisten mehr, die sich vor Botschaften und Residenzen langweilen. Viele Villen wurden verkauft oder umgewidmet, ein paar stehen leer. Alles ist hübsch und gediegen, ein bisschen wie Berlin-Dahlem, denkt Anna. Gaby hat sich bei ihr untergehakt und erzählt ihr, wer ausgezogen und neu eingezogen ist. Bonn war für Anna immer ein großes Dorf, in dem sie sich geborgen fühlte. Nur die Karnevalszeiten fand sie furchtbar. Während der einzigen Prunksitzung, an der sie je teilnahm, verstand sie so gut wie nichts, schon gar nicht, was daran lustig sein sollte. Sie wurde nur zu dieser einen Veranstaltung geschickt, danach nie mehr. Meistens nahm sie Urlaub, wenn in Bonn und Köln der Kamelle-Wahnsinn ausbrach.

Das *Paradies* liegt direkt an der Rheinuferstraße, ein unscheinbares Gebäude im Katastrophenstil der 60er-Jahre, doch das Grundstück ist ein Kleinod. Gaby zeigt auf einen Balkon im zweiten Stock: »Das war Mutters Apartment. Wenn ich anrief und sagte, dass ich komme, stand sie schon draußen und winkte.«

Anna sieht auf den leeren Balkon. »Ich versteh immer noch nicht, weshalb du glaubst, dass es kein natürlicher Tod war. Dass ihre Armbanduhr verschwunden ist – das kann doch auch ein ganz gemeiner Diebstahl sein, deshalb bringt man doch niemanden um.«

Gaby wickelt ihren Schal fester um den Hals, ihr ist immer kalt, weshalb sie das Haus überheizt. »Das ist mir klar. Aber Marion hat sich verändert, nachdem sie hier einzog. Sie wurde irgendwie ... komisch. Ich weiß nicht, wie ich es beschreiben soll, aber sie war nicht mehr die Alte.«

Sie stehen am Zaun, und Anna sieht eine weißhaarige Frau mit Rollator, die sich langsam auf eine Gartenbank zubewegt, Schritt für Schritt. Anna denkt, dass ihr ihre Welt jetzt schon ziemlich klein erscheint. Was kommt noch? *Das* wahrscheinlich!

Die Frau hat es geschafft, sie setzt sich auf die Bank und zündet sich eine Zigarette an. Das hält Anna für eine gute Idee und macht es ihr nach. Gaby fällt einen halben Schritt zurück und redet lauter. »Sie wurde mir unheimlich. Keine Beschwerden mehr, keine Kritik an meiner Person oder am Essen oder Wetter oder Fernsehprogramm. Weißt du, ich hatte noch nie erlebt, dass meine Mutter glücklich oder zufrieden war. Diesen Zustand gab es bei ihr überhaupt nicht, seit mein Vater das Weite gesucht hatte.«

Anna schaut auf den Rhein. Braune Brühe mit leichtem Wellengang. Gelegentlich schiebt sich ein Schiff ins Bild und tuckert gemächlich vorüber. Vater Rhein teilt die Stadt in zwei Hälften, gegenüber liegt Beuel, die Rheinauen. »Du meinst also, dass man ihr was gegeben hat – irgendwelche Sedativa, Glückspillen ... in der Art.«

»Es ist nicht auszuschließen, oder?«

»Und die anderen Bewohner, waren die auch so drauf?«

Gaby schiebt ihre Zungenspitze gegen die Oberlippe, ein Zeichen des Nachdenkens, das Anna immer schon an ihr kennt. »Ich hab das nicht so beachtet, aber ... Ja, die Stimmung war insgesamt so ... friedfertig. Ich meine, alte Leute sind doch in der Regel boshaft und halsstarrig und überhaupt nicht ... nett. Ja, das war komisch. Aber wenn ich meine Mutter fragte, welche Tabletten sie nimmt, zuckte sie mit den Achseln. Rote, weiße, blaue Pillen ... etwas zur Blutgerinnung und zur Stärkung des Kreislaufs und gegen Arthrose, sie hat eine Menge Zeug geschluckt und gar nicht darüber nachgedacht. Was wäre die Pharmaindustrie ohne die Alten!«

»Hast du die Winkler konkret darauf angesprochen?«

»Eher indirekt, aber da kam nichts zurück. Nina Winkler ist liebenswürdig, tüchtig, unangreifbar ... Und ich hatte ja auch nichts als vage Vermutungen.«

»Und die Todesfälle?«

Gaby steht neben der rauchenden Anna, einen Meter entfernt. Sie schaut auf den Fluss, nicht auf das Haus, in dem ihre Mutter starb. »Na ja, da war erst einmal Hilde, sie war Mutters Nachbarin und um die zehn Jahre älter. Körperlich völlig okay, nur manchmal ein bisschen wirr im Kopf, und sie hörte schlecht. Man musste laut mit ihr reden. Hilde starb an Herz-Kreislauf-Versagen. Kurz darauf war Sophia tot, einen Stock tiefer. Herzversagen. Das hat Mutter schon mitgenommen. Sie wurde irgendwie ... stiller, und ich dachte schon, sag den Malediven-Urlaub ab und bleib bei ihr. Aber dann bin ich doch geflogen, ich hasse den Winter, und Nina Winkler versicherte mir, sich persönlich um Mutter zu kümmern. Nun ja, Marion starb am 29. Dezember – auch wieder Herz-Kreislauf-Versagen. Drei Tote relativ kurz hintereinander ... Findest du das nicht auch merkwürdig?«

In einem Altersheim eher nicht, denkt Anna. »Warum hast du deine Mutter nicht exhumieren lassen, wenn du einen Verdacht hattest?«

Gaby seufzt. »Ich war nach dem langen Flug fertig. Und geschockt sowieso. Und meine blöde Schwester hatte schon alles organisiert, die Feuerbestattung und das Urnenbegräbnis ... Ich hatte einfach nicht die Kraft, ach, ich hätte es machen sollen. Dann wüsste ich wenigstens Bescheid.«

Ja, denkt Anna, und ich wäre nicht von Berlin nach Bonn gekommen. Schon wieder der Gedanke, dass dieser Umzug eine Wahnsinnsentscheidung war.

Die Frau im Garten hat zu Ende geraucht, sie stemmt sich mühsam hoch und schlurft langsam, auf den Rollator gestützt, zurück ins Haus. Anna hat eine Vision ihrer selbst in zwanzig Jahren und möchte laut schreien. Stattdessen hebt sie einen Stein auf und wirft ihn in Richtung Rhein. »Gut, da kann man nichts mehr machen. Aber was stellst du dir vor, dass ich unternehmen soll? Mich mit vorgetäuschter Demenz ins Heim begeben? Das wär jetzt echt übertrieben.«

Gaby fröstelt trotz Sonne und sagt: »Komm, lass uns zurückgehen. Nein, ich dachte, dass du meinem Godesberger Damenkreis beitrittst. Wir sind so eine lose Vereinigung von Frauen, die sich sozial engagieren. Einige betreuen

Flüchtlinge, andere Kinder in Krankenhäusern, andere haben sich auf Besuche in Seniorenheimen spezialisiert. Sie lesen vor oder spielen Karten oder plaudern einfach mit den Leuten. Und du könntest das im *Paradies* machen und gleichzeitig herumschnüffeln.«

Diese Idee gefällt Anna schon besser. Sie atmet tief durch, und die Bronchien rasseln dazu, fünfundvierzig Jahre Nikotin fordern Satisfaktion. »Du klingst furchtbar«, sagt Gaby.

»Ich weiß. 2020 ist das Jahr, in dem ich mit dem Rauchen aufhöre. Dafür mach ich dann Yoga und Pilates und geh am Rhein joggen und ...«

»Übertreib es nicht, Anna.«

»Ich hab immer alles übertrieben.«

»Ich weiß. Willst du es so versuchen? Dann sag ich der Winkler morgen Bescheid und avisiere deinen Besuch.«

Anna wartet ihren Hustenanfall ab. »Ich glaube, ich bin ganz schlecht im Umgang mit alten Leuten. Ich meine, mit *ganz* alten Leuten.«

Gaby lächelt beruhigend. »Ach was, du musst ihnen einfach nur zuhören und ab und zu nicken. Und dann fragst du sie ein bisschen aus. Die sind ja nicht alle gaga. Das geht schon. Und Nina Winkler platziere ich beim Essen neben dich, dann kannst du sie ausquetschen. Ich stelle dich den Leuten hier übrigens als alte Freundin und Journalistin aus Berlin vor.« Übergangslos: »Heute Nachmittag habe ich ein paar Termine. Du kommst doch allein zurecht?«

Gott sei Dank, denkt Anna, die Alleine-Zurechtkommen seit Jahrzehnten praktiziert. Es gab Krisen, doch die Vorteile überwiegen ihrer Ansicht nach sehr deutlich. Sie hat das Bett für sich allein, kann essen, trinken, rauchen, wann und wo und wie sie will. Nachts lange lesen oder Serien anschauen. Sex mit sich selbst haben, wenn sie Lust hat. Keiner da, der Anna Marx und ihre Handlungen infrage stellt. Ihr allerliebstes Lächeln: »Aber ja, vielleicht mach ich eine nostalgische Fahrt auf dem Rhein. Und ich will mich mal in Bonn umschauen. Du brauchst sicher keine Hilfe für deine Dinnerparty?«

Gaby schüttelt den Kopf. »Vielleicht solltest du dir ein Auto mieten. In den Öffentlichen sind inzwischen doch viele Ausländer unterwegs.«

Anna sagt nichts. Schaut auf den Fluss. Vater Rhein ist ein so träges Gewässer, vielleicht mag sie ihn gerade deshalb. »Na und?«, meint sie schließlich.

4

Aschermittwoch, der Beginn der vierzigtägigen Fastenzeit, ist für Anna, mäandernd zwischen Atheistin und Agnostikerin, nur der Tag, an dem der Karneval vorbei ist. Erste Gerüchte machen die Runde über Corona und Karnevalisten im Kreis Heinsberg.

»Haben die sich vielleicht als Chinesen verkleidet?«, fragt Elfi Pilz, und die anderen lachen. Gabys Gäste zum Aschermittwochsessen in ihrer Villa. Die geizige Spaßbremse mochte keine Gästeschar, keine Geselligkeit. Jakob. Sein Porträt im Wohnzimmer hat sie abgehängt, sobald ihre Mutter ausgezogen war. Eigenhändig. Gaby fand es schrecklich, wie er auf sie herabsah von der Wand. Als ob seine Augen sie überallhin verfolgten. Sein Porträt rottet jetzt im Keller vor sich hin. So wie Jakob in seinem Grab. Gaby hat ihre Gäste einander vorgestellt und bereut, dass sie die Yogalehrerin eingeladen hat. Weil Elfi sich immer in den Vordergrund drängen muss. Mit witzigen Bemerkungen und Geschichten, die zu gut sind, um wahr zu sein.

Elfi Pilz ist auf eine Weise rundlich, die Anna nicht mit einer Yogalehrerin in Verbindung bringen würde. Sie findet sie auf Anhieb sympathisch. Elfi ist kaum kleiner und dünner als sie und von dieser rheinländischen Zutraulichkeit, die Anna sich nie aneignen konnte. Elfi und Nina Winkler, die Leiterin der Seniorenresidenz, nickten einander zu auf eine distanzierte Art, die gekünstelt schien. Als ob sie ein Geheimnis teilten, das sie vor anderen verbergen wollten. Denkt Anna. Nur die Malediven-Eheleute, die ihr vorgestellt wurden und deren Namen sie sofort wieder vergaß, scheinen wie sie neu in der Runde. Zu guter Letzt

Gabys Nachbarn, ein Professoren-Gespann, das ebenso klug wie langweilig aussieht. Intellektuelle Überlegenheit, manifestiert in hochmütigen Mienen. Kein weiterer Akademiker am Tisch und eine Gastgeberin, die sich erst qua Trauschein in die Godesberger High Society aufgeschwungen hat.

Die Aufsteigerin trägt einen weißen Hosenanzug mit rosa Seidenbluse und sieht edel aus. Die Malediven-Frau ist auch sehr blond, ihr Kostüm geschätzte Größe vierunddreißig. Perlenkette. Spitze Schuhe. Anna findet sie spindeldürr, es gibt Frauen, die sie auf Anhieb mag, und all die anderen. Dem Ehemann schenkt Anna ein mitleidiges Lächeln. Er ist klein und dick und betet seine Frau offensichtlich an. Rhinozeros und Gazelle.

Nach dem Champagner, der stehend und im Salon eingenommen wurde, geht es zu Tisch. Anna sitzt zwischen der Gastgeberin und Nina Winkler. Sie ist jünger als ich, vielleicht auch etwas jünger als Gaby, denkt Anna, und von jener alterslosen Unscheinbarkeit, die sich jeder Schätzung entzieht. Doch sie ist freundlich und versichert Anna, wie sehr sie sich freut, sie im *Paradies* zu begrüßen. »Was unsere lieben Senioren am meisten brauchen, ist Zuspruch, Frau Marx. Natürlich pflegen sie auch untereinander Kontakt, aber da gibt es doch die einen oder anderen Animositäten. Die Damen aus Frau Lehmanns Zirkel sind uns überaus willkommen. Schön, dass Sie die guten Werke Ihrer Freundin unterstützen. Wie lange werden Sie bleiben?«

Sie spricht den breiten rheinischen Akzent, an den Anna sich wieder gewöhnen muss. Ihre Antwort ist ein unverständliches Gemurmel, und Gaby grätscht ein: »So lange meine Freundin möchte. Das Haus ist viel zu groß für mich allein.«

»Ein Jammer, dass deine Mutter so früh von uns gegangen ist.« Elfi Pilz greift als Erste nach dem Brot auf dem Tisch und bestreicht es mit Butter.

Gaby schenkt Weißwein ein und Wasser, still oder prickelnd. »Meine Mutter hätte noch lange leben können«, ist ein Satz, den Anna fragwürdig findet. Auch die Yogafrau sieht kurz irritiert aus, dann beißt sie genussvoll in ihre Brotscheibe.

»Es kam wirklich sehr unerwartet«, sagt Nina Winkler. »Ich habe deine Mutter sehr geschätzt, Gaby. Sie war bei allen außerordentlich beliebt – und eine gefragte Ratgeberin in vielen Belangen.«

»Sie war Lehrerin, so was streift man nicht ab nach der Pensionierung.« Gaby lächelt in die Runde, sie scheint es zu genießen, Leute an ihrem großen Tisch zu versammeln, nur sollten einige nicht in den Brotkorb greifen, solange die Vorspeisen nicht serviert sind. Gute Manieren, davon ist Gaby überzeugt, sind ein Bollwerk gegen die Verrohung der Sitten. Gegen das, was aus dem ehemaligen Diplomatenviertel geworden ist. Aus einer Stadt, in der einst Weltgeschichte geschrieben wurde. Alles ist so gewöhnlich geworden. Sterbenslangweilig. Lächeln! Eine gute Gastgeberin muss alles unter Kontrolle haben, vor allem sich selbst.

Gaby gibt Salita ein Zeichen, die Vorspeise zu servieren. Hering in vielen Variationen. Das Aschermittwochsessen. Anna mag Hering, besonders mit viel saurer Sahne. Als ihr Weinglas leer ist, will sie nach der Weinflasche greifen und fängt sich einen tadelnden Blick der Gastgeberin ein. Dann nimmt Gaby die Flasche und füllt nach. Etikette! Das Tischgespräch dreht sich um das Karnevalsgeschehen in Bonn und Köln, den Skandal um die Beethovenhalle, die nicht rechtzeitig zum Jubiläumsjahr fertig wurde und schon Unsummen verschlungen hat. Ach ja, die Politik, und Laschet ist einfach zu klein, um als Kanzlerkandidat eine gute Figur zu machen. Anna hört eine Weile schweigend zu, wendet sich dann an Nina Winkler, die zu ihrer Rechten sitzt, und senkt ihre Stimme: »Gehe ich recht in der Annahme, dass ich mir Ihre Seniorenresidenz nicht leisten könnte?«

Nina Winkler hat viele Lachfältchen in ihrem runden Gesicht. Kuhaugen, die braunen Haare sind glatt und sehr kurz geschnitten, Anna schätzt sie bei näherer Betrachtung auf irgendwas um die fünfzig herum, sie trägt einen Ehering. Ihre Stimme ist warm und einschmeichelnd. »Ich weiß nicht, Frau Marx … Wir haben höhere Beamte, halt Leute mit guten Pensionen, Selbstständige … Es gibt eine Warteliste, schließlich sind wir ein recht kleines Haus. Es war ein Glücksfall, dass das Apartment so schnell frei wurde. Nun ja, Marion hat es leider nicht allzu lang genießen können.«

Anna, flüsternd: »Eine Tragödie! Wie ist sie aufgefunden worden?«

Wenn sie Annas Frage als aufdringlich betrachtet, lässt sie es sich nicht anmerken. »Willi, eine der Pflegerinnen, wollte ihr ein Dessert bringen, weil Marion auf das Abendessen verzichtet hatte.«

»Willi?«

Nina lacht. »Sie ist Thailänderin und hat einen so komplizierten Namen, dass wir ihn auf Willi abgekürzt haben. Sie hatte Spätdienst und war für Marions Stockwerk zuständig. Eine sehr kompetente Kraft, und sie verstand sich außerordentlich gut mit Gabys Mutter. Marion hat Willi Bücher geliehen oder empfohlen. Sie war wirklich eine Bereicherung für unser Haus. Sie hat sich auch sehr für den Garten und für Pflanzen interessiert, ja, sie hat sogar ein paar Kräuterbeete angelegt. Wirklich ein großer Verlust.«

Salita räumt die Teller ab, und Gaby schenkt wieder nach, wofür Anna dankbar ist. Die Weingläser sind hübsch, aber definitiv zu klein für Annas Durst. Sie steht auf, entschuldigt sich und geht nach draußen, um eine Zigarette zu rauchen. Zu ihrem Erstaunen folgt ihr die Yogalehrerin. Anna gibt ihr Feuer. »Sie gefallen mir«, sagt sie zu Elfi Pilz, und die lacht. »Ja, ich entspreche so gar nicht dem Klischee. Wissen Sie, mein Freund ist Konditor. Ich kann dem süßen Zeug einfach nicht widerstehen.«

»Ich«, sagt Anna, »wollte immer einen Weinbauern heiraten. Leider ist mir keiner untergekommen.«

Sie lachen beide. Anna revidiert ihr Vorurteil gegenüber einem Berufsstand. »Sind Sie Gabys Yogalehrerin?«

»Ja, sie kommt zweimal die Woche ins Fitnesscenter zu meinen Power-Yoga-Stunden für Fortgeschrittene. Und ich gehe einmal die Woche ins *Paradies*: Senioren-Yoga.«

»Vielleicht sollte ich da auch mitmachen«, sagt Anna.

Elfi mustert sie grinsend. »Marion war immer dabei. Sie war körperlich fit für ihr Alter und auch geistig noch gut drauf. Auf jeden Fall hat mich ihr Tod kalt erwischt.«

»Keiner kommt lebend raus«, sagt Anna.

Elfi drückt lachend ihre Zigarette aus. »Da haben Sie recht. Vielleicht war das ja auch ein Glücksfall. Kein Siechtum, kein geistiger und körperlicher Verfall …« Sie fröstelt: »Sollen wir wieder reingehen? Unsere Gastgeberin findet Zigarettenpausen nicht so amüsant.«

»Seid ihr jetzt bereit für den Hauptgang?« Gaby lächelt, doch es wirkt ein wenig gefroren.

»Wir freuen uns darauf«, erwidert Elfi. Anna nimmt sich vor, Elfi irgendwann zu fragen, ob sie und ihr Zuckerbäcker noch Platz für eine Untermieterin haben. Wenn der Fall Marion Hellich gelöst ist. So oder so.

Nach dem Zwischengang – Fischsuppe – serviert Salita gebratenen Lachs mit Gemüse und Kartoffeln. Annas Glas ist schon wieder leer. Sie hat noch nie so kleine Weingläser gesehen. Mundgeblasen, aber definitiv nicht für Durstige geschaffen.

Die Gastgeberin ist weniger mit dem Essen beschäftigt als damit, ihre Gäste im Auge zu haben. Niemand sollte zu viel trinken, zu wenig essen, sich langweilen.

Oh ja, sie ist wirklich gut darin, Dinnerpartys zu geben, was Jakob gar nicht zu schätzen wusste. Als er nicht mehr ins Büro ging, saß er in seiner kleinen Werkstatt und reparierte alte Uhren. Das war kein Hobby mehr, es war Besessenheit. Seine Uhrensammlung hat er seinem Sohn aus erster Ehe vermacht, sie war sicher ein kleines Vermögen wert. Und das, obwohl Vater und Sohn überhaupt nicht miteinander auskamen. Der Sohn ist Golflehrer in Spanien, für Jakob kam das einem Scheitern auf ganzer Linie gleich.

Sie wendet sich an ihren Hausgast: »Keine Angst, Anna, du musst keinen grünen Kittel tragen im *Paradies*.«

»Nein«, sekundiert Nina Winkler, »Frau Lehmanns Kreis gehört nicht zu den ›Grünen Damen‹, die in Bonner Altersheimen und Krankenhäusern ehrenamtlich arbeiten. Es ist eine separate Initiative, die sich zeitgemäß auch den Flüchtlingen widmet.«

»Von denen wir ja mehr als genug haben. Man weiß nicht mehr, ob man in Bad Godesberg ist oder in Dubai.« Die Malediven-Frau sieht ein klein wenig angewidert aus.

Der Professor riskiert Widerspruch. »Die meisten sind Medizin-Touristen. Natürlich fallen einem die Niqab-Trägerinnen besonders auf, und der ein oder andere Salafist, aber insgesamt stellen Personen mit Migrationshintergrund nur ein knappes Drittel der Godesberger.«

Die Blondine widerspricht: »Ein Drittel! Ja früher, als wir nur Diplomaten hier hatten und deren Personal, da war das was anderes. Ich jedenfalls fühle mich als Minderheit, wenn ich in Godesberg unterwegs bin. Und was ist mit den schönen Geschäften, die es früher gab? Eine Shisha-Bar neben der anderen … und arabische Imbissbuden … und Billigläden mit orientalischen Klamotten!«

Anna, die ihren Aschermittwoch-Nachmittag in der Bonner Innenstadt verbracht und zur Diskussion wenig beizutragen hat, schaut von einem zum anderen. Die Yogalehrerin sieht aus, als wollte sie widersprechen, hält sich aber zurück. Nina Winkler wiegt ihr Haupt, sie denkt, dass die Frau nicht unrecht hat, aber übertreibt. Man will ja nicht als Rassistin dastehen.

Gaby findet die Diskussion unerquicklich und beendet sie mit den Worten: »Man muss ja nicht hingehen. Wenn ich ins Theater will, parke ich irgendwo am Hintereingang. Wart ihr schon in Löschs Stück *Bonnopoly*?« Zu Anna: »Da musst du unbedingt rein. Zumindest der erste Teil ist sehenswert. Der zweite war mir zu viel Agitprop, außerdem insgesamt zu lang.«

Alle waren sie da, und Anna nimmt sich vor, ins Theater zu gehen – durch die Bahnunterführung und dann quer durch das »islamisierte« Zentrum. Wer die Berliner Multikulti-Viertel kennt, neigt nicht zu Schreckhaftigkeit angesichts dessen, was fremd anmutet. Auch die Bonner Altstadt hat sich nach Annas erstem Eindruck verändert, dort leben jetzt viel mehr Türken und Araber neben Studenten, Rentnern und Arbeitern. Das heutige Bonn erscheint Anna immer noch international – auch wegen der UN-Behörden, der Deutschen Welle und allen möglichen Instituten und Organisationen, die sich angesiedelt haben. Und doch reden die

Bonner bevorzugt von früher, vor der Jahrtausendwende, als Bonn noch Bundeshauptstadt war. Ein Phantomschmerz. In der gar nicht so guten alten Zeit, die Anna miterlebte, war die Stadt zwar sehr politisch, aber nie kosmopolitisch. Ein Biotop aus Regierenden, Opponierenden, Journalisten, Lobbyisten, Diplomaten, Spionen ... alkoholfeucht, inzüchtig, sexuell verklemmt und natürlich frauenfeindlich. Bis Willy kam. Alice Schwarzer. Und die Grünen.

Zum Nachtisch (Vanilleeis mit heißen Himbeeren, wie originell, denkt Anna) ist der Skandal um das World Conference Center Bonn das beherrschende Gesprächsthema. Ein scheußlicher Bau, wie Gaby findet, und ein Dreihundert-Millionen-Euro-Grab, in dem ein südkoreanischer Felix Krull und die Stadt Bonn samt Verwaltung und Oberbürgermeisterin unrühmliche bis groteske Rollen spielten. Bonnopoly. Die Stadt ist seither hoffnungslos verschuldet, der Malediven-Mann meint dazu, man müsste alle Beteiligten einsperren, nicht nur den Südkoreaner, der zwischen ehrenwertem Geschäftsmann, Hochstapler und Betrüger changierte. Und jetzt noch die Beethovenhalle! Man sollte das gesamte Baureferat der Stadt feuern!

Anna wirft den Berliner Flughafen in den Ring und vertritt die Meinung, dass dafür auch ein paar Leute ins Gefängnis gemusst hätten. Gaby lenkt das Thema wieder in stille Gewässer. Das Beethoven-Jahr: Spektakuläre Veranstaltungen stehen auf dem Programm, und man erhofft sich einen Zustrom von Beethoven-Fans aus aller Welt. Bonn ganz im Glanz seines berühmten Sohnes. Das Professoren-Paar hat bereits Karten für zwanzig Events reserviert.

Gaby bietet kurz nach dem Dessert Espresso und Schnäpse an. Anna bleibt beim Wein. Früher hat sie durcheinandergetrunken, das geht heute nicht mehr so gut. Und es wäre unklug, sich in Gabys Gegenwart zu besaufen. Obwohl Nina Winkler schon glänzende Augen und rote Backen hat. An der Menge kann es bei den kleinen Weingläsern nicht liegen, denkt Anna, wahrscheinlich verträgt sie wenig. Anna sieht zur Yogalehrerin, und sie stehen gleichzeitig auf, um auf die Terrasse zu gehen.

»Eigentlich«, sagt Elfi Pilz nach dem ersten tiefen Zug, »stehe ich nicht auf Gabys Einladungsliste. Eine Yogalehrerin, ich bitte Sie! Ich bin nur der Notnagel für den schönen Pfarrer, der kurzfristig abgesagt hat.«

Anna sieht ihr Gegenüber fragend an.

»Alle Damen in Gabys Helferinnen-Kreis sind entzückt von ihm. Deshalb stürzen sich auch so viele auf die Flüchtlinge, weil er alles organisiert und manchmal selbst vor Ort ist. Im Flüchtlingscafé. Fürs *Paradies* fehlen seither Freiwillige, kein Wunder, dass Gaby Sie gleich rekrutiert hat.«

»Ich weiß gar nicht, ob ich das kann«, sagt Anna.

»Ist nicht schwer. Seien Sie wie immer, vielleicht reden Sie ein bisschen lauter und langsamer. Nina Winkler wird Ihnen sicher eine Einführung geben. Wie lange wollen Sie überhaupt in Bonn bleiben?«

»Keine Ahnung«, sagt Anna. »Ich habe meine Zelte in Berlin abgebrochen. Es war Zeit. Und das Haus, in dem ich wohnte, wird auch abgerissen. Berlin ist eine riesige Baustelle geworden.«

»Bonn auch. Haben Sie das Loch gesehen dort, wo früher das Europa-Center war?«

Anna nickt und denkt an das Kabarett im Europa-Center, in dem sie früher Dieter Hildebrandt und Werner Schneyder beklatscht hat. Die schummrige Bar im Keller mit den wunderbaren Cocktails ... Tempi passati. »Na ja, die Wohnung, die Gaby mir angeboten hat, ist für mich so eine Art

Zwischenlösung. Ich werde mir früher oder später was suchen, wobei meine lächerlichen Pensionsansprüche zu berücksichtigen sind.«

»Arbeiten Sie denn noch als Journalistin?«

»Gelegentlich«, sagt Anna ausweichend. Sich als Detektivin zu outen, gehört nicht zum Plan. Einen Plan gibt es auch gar nicht jenseits des absurden Verdachts, dass Marion Hellich keines natürlichen Todes gestorben ist.

»Kommen Sie doch mal in meine Yogastunde. Entweder im *Paradies* oder im Fitnesscenter, wie Sie wollen. Es ist da, wo früher Hertie war. Sie müssen dafür aber durch die muslimische Innenstadt, igitt.«

Anna lacht. »Ob ich das wohl schaffe? Gehen wir wieder rein ... Ich glaube, die Rauchpausen waren immer das Beste in meinem Leben.«

»Vielleicht kommt ja noch was«, meint Elfi Pilz, und Anna denkt, dass dies sehr unwahrscheinlich ist. Außer dem Tod erwartet sie nichts Spektakuläres mehr.

Die Tischrunde wirkt inzwischen leicht erschöpft, niemand möchte noch Kaffee oder Schnaps, man wartet darauf, dass Gaby die Tafel aufhebt. Was sie nach quälenden zwanzig Minuten auch tut. Sie begleitet ihre Gäste zur Haustür, während Anna damit beginnt, Gläser in die Küche zu tragen. Salita ist zu Bett gegangen, nachdem sie die Küche aufgeräumt und die Spülmaschine bestückt hatte.

»Danke, Anna«, sagt Gaby, die alles in der Spüle stehen lässt. »Den Rest kann Salita morgen machen. Lass uns noch ein Glas Wein zusammen trinken. Wie fandest du die Leute?«

Hat Anna je zu einem Glas Wein Nein gesagt? »Sehr nett«, sagt sie nach dem ersten Schluck. »Besonders die Yogafrau.«

»Elfi Pilz. Ich habe sie statt des Pfarrers eingeladen. Den wirst du noch kennenlernen, er ist hinreißend – und so engagiert. Allerdings fand ich seine Absage doch ein wenig kurzfristig.«

»Ein Pfarrer? Katholisch?«

Gaby seufzt. »Leider ja. Ach Quatsch, wir finden ihn nur sehr bewundernswert – und fabelhaft aussehend. Und die Maiers sind doch auch nett, oder? Er ist Notar und von Haus aus reich, und sie ist immens begabt darin, sein Geld auszugeben. Ein bisschen oberflächlich natürlich. Eigentlich möchte ich sie für unsere Truppe gewinnen, was meinst du?«

Anna, vorsichtig: »Vielleicht ist sie besser im Umgang mit Senioren als mit Flüchtlingen? Sie kommt mir ein bisschen schreckhaft vor.«

Gaby kommentiert das nicht. »Und wie fandest du Nina Winkler?«

»Überaus freundlich. Wir haben ausgemacht, dass ich morgen Nachmittag ins *Paradies* komme, dann zeigt sie mir alles.«

»Prima. Und such dir Leute aus, die noch nicht ganz gaga sind. Bei den anderen ist es doch ziemlich mühsam. Meine Nachbarn sind ein wenig akademisch-dünkelhaft, nicht wahr, aber sie benehmen sich immer gut und gehen auch rechtzeitig.«

In Annas Welt ist nie jemand gegangen, bevor die letzten Flaschen geleert, die letzten Zigaretten geraucht waren. Sie beugt sich vor. »Willst du das wirklich durchziehen? Ich hab das Gefühl, du vergeudest dein Geld, wirklich. Und das sag ich jetzt gegen meine finanziellen Interessen.«

Das rheinische Lächeln. »Oh Anna, ich hab genug Geld zu verschleudern, glaub mir. Wenn ich mal sterbe, würde meine bescheuerte Schwester alles erben, das wäre mir überhaupt nicht recht. Also gebe ich so viel wie möglich aus. Jakob würde sich im Grabe umdrehen.«

»Warum?«

»Weil er geizig war, nein, das stimmt nicht: Jakob war sparsam. Richtig Geld ausgegeben hat er nur für seine Uhrensammlung, alles andere fand er verschwenderisch, du weißt schon: Autos, Reisen, Klamotten, Schmuck.« Kein Lächeln mehr: »Er gab mir Haushaltsgeld, und darüber musste ich Buch führen. Es gab auch Geld für Kleidung, aber immer hübsch bescheiden. Jakob war ein Spießer, der sein Leben und seinen Wohlstand nicht genießen konnte …«

»Ihr wart nicht glücklich?« Warum fragt sie das?

»Anfangs schon. Aber so peu à peu hat Jakob die finanziellen Daumenschrauben angezogen. Es ging so weit, dass ich wieder arbeiten wollte, aber da hatten sie mich beim *Stadtanzeiger* längst ersetzt, und ich habe auch nichts in der Region gefunden. Natürlich wollte ich ihn nicht verlassen, ich hab ihn schon geliebt. Irgendwie. Und er mich vermutlich auch, aber wir passten nicht zusammen. Nein, es war keine perfekte Ehe. Aber wo findet man die schon … und wir haben uns arrangiert.«

»Für mich klingt das furchtbar.« Anna hat ihr Glas leer getrunken und steht auf. »Gut, dann geh ich mal nach oben. Danke für den Abend. Ich fange dann morgen an mit der Recherche.«

»Fein. Ich überweise dir tausendvierhundert für die ersten zwei Wochen. Gib mir morgen deine Bankverbindung.«

Anna murmelt ein »Danke« und ein »Gute Nacht« und steigt anschließend die Treppe hoch zu ihrem Apartment. Als sie die Tür aufschließt, merkt sie gleich, dass jemand da war. Das Wohnzimmer ist aufgeräumt, und auf dem kleinen

Esstisch steht ein Blumenstrauß. Gelbe Rosen. Anna mag gelbe Rosen nicht, aber das konnte Salita nicht wissen. Oder Gaby, wer immer hier war. Ein gewisser Mangel an Privatsphäre ist nicht zu übersehen. Dafür kostet die Bude nichts, denkt Anna, aber das ist ein schwacher Trost.

Sie holt ihren Laptop hervor, öffnet die Balkontür und geht nach draußen. Einen Aschenbecher hat sie auch gekauft in Bonn auf ihrer Tour durch die Vergangenheit. Vieles ist neu, einiges beim Alten. *Der Stiefel* in der Bonngasse sieht genauso aus wie vor dreißig Jahren, als die Redakteure dort Kölsch tranken und Halven Hahn aßen. Roggenbrötchen mit Gouda, Zwiebeln und Paprika. Zusammen mit Bier ergab das einen Mundgeruch zum Davonlaufen, doch sie tranken darüber hinweg. In der Altstadt gibt es noch ein paar Studentenkneipen von früher, aber auch eine Menge türkische Geschäfte, Teestuben, Frisöre, Anna hat sich nicht fremd gefühlt, nur anders. Um dann die hässliche Oxfordstraße zu überqueren und wieder einzutauchen ins zentrale Bonn bis hin zum Marktplatz mit dem Alten Rathaus, das nicht mehr so rosa ist wie früher, als Anna irgendwelchen Staatsgästen beim Eintrag ins Goldene Buch zuschaute. In dem Kino, in dem sie früher oft war, ist die Thalia-Buchhandlung eingezogen, auf drei Etagen. Im ersten Stock trank Anna einen Kaffee und schaute hinunter auf das bunte Markttreiben. Nostalgie? Immer. Hier hat sie über zwanzig Jahre gelebt und gearbeitet, hatte ihre Liebesaffären, die schönsten Tage und auch die furchtbarsten. Flog vor versammelter Medien-Meute, die auf den US-Präsidenten wartete, über die Treppe der Villa Hammerschmidt. Versuchte mit Willy Brandt zu flirten, ganz vergeblich, und sprach mit Franz Josef Strauß über Karl Kraus. Da war er schon ziemlich betrunken, aber immer noch bayerisch eloquent. Die wunderbar kurzen

Wege von der Bundespressekonferenz zum *Presseclub*. Es wurde viel gebechert, immer. Und viele, an die sie sich erinnert, sind inzwischen tot. Wie eine große Wunde klafft das Loch des früheren Europa-Centers. Dort praktizierte Annas Hausarzt, der ihr riet, achtundvierzig Stunden pro Woche keinen Alkohol zu trinken, damit die Leber sich regenerieren kann. Daran hat sie sich fast immer gehalten. Der Leber geht es gut. Und ihr?

Sie hat sich am Nachmittag eine Flasche Wein gekauft und gekühlt. Die öffnet sie jetzt und trinkt noch ein Glas, ein allerletztes. Und eine Zigarette, one for the road.

Sie öffnet den Laptop und googelt Jakob Lehmann. Er hat nicht viele Einträge, aber so ganz hat ihn der Tod nicht aus dem Internet gelöscht. Jakob, der sein Geld mit Zelten machte, die vor allem in Flüchtlingslagern in aller Welt eingesetzt wurden. Ein sehr lukratives, mittelständisches Unternehmen, angesiedelt am rechten Rheinufer, nicht weit hinter Beuel. Die Fabrik wurde nach seinem Tod an die Konkurrenz verkauft.

Zwei Bilder von ihm, eines von der Hochzeit, strahlend, ein zweites bei einem Charity-Event im Maritim, eher ernst. Neben ihm Gaby, die in die Kamera lacht. Der vorletzte Eintrag ist ein Artikel im *General-Anzeiger*. Man würdigte ihn zum sechzigsten Geburtstag, danach kommt nur noch der Nachruf. Herzversagen, während er sich in seiner Werkstatt mit den geliebten antiken Uhren beschäftigte. Viel zu früh aus dem Leben geschieden. Was wird aus der Fabrik? Die trauernde Witwe. Beisetzung im kleinen Kreis. Jakob Lehmann wird ewig unvergessen bleiben …

Anna bläst Rauch in Richtung Balkon. Als sie anfing bei der Zeitung, hat sie auch Nekrologe geschrieben, berichtete über goldene Hochzeiten und Kaninchenzüchtervereine, bis ihr die Rubrik Gesellschaftsklatsch in den Schoß fiel, weil der zuständige Redakteur gefeuert worden war. Man verdächtigte ihn, ein DDR-Spion zu sein, das war ein heißes Thema im alten Bonn, vor und nach Guillaume. Helmut Schmidt hatte nicht Brandts Charme, eigentlich gar keinen, spielte aber gut Schach und war ein cooler Krisenmanager. Herbert Wehner brüllte brillante Reden im Bundestag, in der Parlamentarischen Gesellschaft wurde intrigiert, was das Zeug hielt, und gesoffen bis zum Morgengrauen. Alle lästerten über die kleine Stadt am Rhein, doch sie lebten gut hier, ein vordergründig gemütliches Mit- und Gegeneinander mit klaustrophobischen Nebenwirkungen.

Und jetzt? Anna ist nicht sicher, ob sie zurückfindet in ihre Stadt, doch wahrscheinlich ist es noch zu früh, darüber zu urteilen. Sie trinkt ihr Glas leer, stellt den Aschenbecher nach draußen und geht ins Badezimmer. Zähne putzen, abschminken, das volle Programm, sie ist nicht annähernd betrunken nach vier Glas Wein. Oder waren es fünf? Egal, sie schneidet eine Grimasse vorm Spiegel, nachdem sie die Nachtcreme üppig verteilt hat, als ob das noch was nützen würde. Slawische Wangenknochen, das Beste an ihrem Gesicht. Stirnfalten, Augenfalten, Lippenfalten, Halsfalten. Na bravo, und jede Woche kommt was dazu, es könnte auch ein Segen sein, dass die Augen nachgelassen haben. Sie braucht eine neue Brille. Sobald Gaby das Geld überwiesen hat, wird sie zum Optiker gehen. Und jetzt ins Bett. Zu müde, um noch das gute Buch zu lesen, das auf ihrem Nachttisch liegt. *Schuld und Sühne,* das zweite Abschiedsgeschenk von Fjodor. Sie vermisst seine Tonleitern, die sie immer so gehasst hat. Sie löscht das Licht. Schöne Träume, Anna. Frauen, die mit sich selbst reden, brauchen dringend schöne Träume.

5

Keine Vorurteile, das denkt sich leicht, doch Anna hat eine diffuse Angst vor alten Menschen. Davor, wie sie reden, schweigen, schauen, gehen, riechen. Angst vor Alzheimer, Demenz und Inkontinenz. Vor dem, was kommen könnte. Weshalb sie kurz zögert, bevor sie über die Schwelle des *Paradieses* tritt. Der scheußliche Bau überrascht mit konträrem Innenleben. Eine luftige, großzügige Eingangshalle, viel Glas und Metall, federleichte Sitzgelegenheiten, Kunst an den Wänden, die sich bei näherer Betrachtung als Hobbymalerei erweist.

»Wir ermuntern unsere Gäste zu Malkursen – und die besten Œuvres hängen wir hier unten und in den Gängen auf«, sagt Nina Winkler, die Anna in Empfang genommen hat. Anna kann keine Ironie erkennen. »Wollen wir uns nicht duzen?«, fragt sie danach, und obwohl Anna es gar nicht will, nickt sie. Altmodisch, wie sie ist, hat sie nie daran Gefallen gefunden, fremde Menschen mit Du anzureden. Möglicherweise hätte sie gern in Zeiten gelebt, in denen sich auch Familienmitglieder siezten, doch sie hat die Sache nie zu Ende gedacht.

»Sehr schön«, sagt Anna nach dem Rundgang und lässt offen, ob sie die Innenarchitektur meint oder die Kunst am Bau.

Nina Winkler freut sich über das Kompliment. »Ja, nicht wahr? Sieht man dem Haus von außen gar nicht an. Ich habe einiges verändert, als wir das Hotel in eine Seniorenresidenz umbauten. Ein paar Retromöbel hab ich gelassen, der Rest ist ultramodern. Und ob du es glaubst oder nicht – unsere Gäste mögen das. Die meisten jedenfalls.«

Beim ersten Du ist Anna zusammengezuckt, dann fängt sie sich wieder und lässt den Eingangsbereich auf sich wirken. In einer Ecke der Halle befindet sich eine Bar im Stil der 60er-Jahre mit Musikbox, in einer anderen stehen bequeme Sessel und Couchen, Kopfhörer liegen auf filigranen Beistelltischen. Ein großer Flachbildfernseher, eine Spielecke mit Schach- und Kartentischen. Eine Wand voller Bücher und Regale mit Spielen. Die Leute, denkt Anna, kriegen was geboten für ihr Geld.

»Im Keller haben wir eine Tischtennisplatte, Billard, einen Fitness- und Yogaraum sowie eine Sauna. Den Billardtisch und die Sauna gab es allerdings schon, als das *Paradies* noch ein Hotel war. Wir haben das so gelassen. Ich habe das Haus von meinen Eltern geerbt. Aber es kam in die Jahre – und hat sich irgendwann nicht mehr gelohnt. Als Bonn den Hauptstadtstatus verlor, sind die Belegzahlen eingebrochen. Verkaufen wollte ich aber auch nicht. Da kam ich auf die Idee mit der Seniorenresidenz. Ich habe einen Kredit aufgenommen – und voilà, dies ist das Ergebnis.«

»Und es rechnet sich?«, fragt Anna, während sie durch das Panoramafenster auf den Rhein und das Siebengebirge schaut, ein Wahnsinnsblick.

Nina, die wieder einen blauen Hosenanzug mit weißer Bluse trägt, offenbar ihre Uniform, stellt sich neben Anna ans Fenster. »Gerade so. Die größten Kosten verursacht das Personal. Wir haben Filipinas, Thais und Polinnen unter den Betreuerinnen, ausgebildete Pflegerinnen wie auch Hilfskräfte. Ein paar wohnen im Personaltrakt. Unser Arzt ist mein Ex-Mann, der seine Praxis verkauft hatte und sich als Pensionär langweilte. Demnächst werden wir zwei Syrerinnen ausbilden, sobald sie anerkannt sind und arbeiten dürfen. Marion hat den ausländischen Angestellten dreimal in der Woche Deutschunterricht gegeben. Ihr Tod ist wirklich ein herber Verlust für uns.«

Sie sagt das mit völlig anteilloser Stimme. Anna fragt sich, ob der Tod in ihrer Welt so alltäglich ist, dass sie darüber spricht wie übers Mittagessen. »Er war aber doch unerwartet, oder?«

Nina Winkler kann sehr leise sprechen: »Viele unserer Gäste leben ohne den Gedanken an den Tod, ich meine, sie freuen sich über das, was ist, und fürchten sich nicht vor dem, was kommt. Verdrängung? Durchaus, aber sie bringt eindeutig mehr Lebensfreude. Marion hat übrigens öfter vom Tod gesprochen, es ging einigen ihrer Mitbewohner schon mal auf die Nerven.«

Sie dreht sich nach einer zierlichen jungen Frau um, die seit ein paar Sekunden stumm hinter ihnen stand. »Ach Willi, warum schleichst du dich an wie ein Indianer?« Nina lacht, doch Willi – was für ein blöder Name, denkt Anna – bleibt ernst. »Ich will nicht stören, aber es geht um Frau von Kesten. Sie besteht darauf, dass das Bridgeturnier verschoben wird, weil ihr Sohn sie am Samstag besuchen kommt. Sie ist sehr aufgeregt.«

Sie hat das asiatische Pokerface, denkt Anna, und ob dieser Gedanke schon rassistisch ist? Und darf man noch Indianer sagen? Frau von Kesten ist vermutlich eine alte Hexe, die das Personal terrorisiert. Weil sie glaubt, für ihr gutes Geld könne sie sich schlecht benehmen.

Die Direktorin scheint unbeeindruckt. »Sag ihr einfach, dass wir das Turnier um eine Stunde nach hinten schieben, länger als zwei Stunden bleibt ihr Sohn ohnehin nie. Und informiere bitte die Mitspieler. Danke, Willi!«

Nach deren Abgang lässt sie die Bombe platzen: »Lustiger Zufall. Ich dachte, dass du im Anschluss an unser Gespräch vielleicht zu Baronin Kesten gehst. Ein Probelauf, sie weiß Bescheid. Beatrice ist achtundsiebzig, nicht mehr so gut zu Fuß, aber geistig noch sehr fit. Eine Bridge-Fanatikerin. Vielleicht ein bisschen schwierig, aber ...«

Verdammt, denkt Anna. Irrationale Ängste attackieren wie Nadelstiche. »Und was soll ich mit ihr machen? Ich kann kein Bridge.«

»Nur zwei Stunden – bis zum Nachmittagstee. Geh ein paar Schritte mit ihr, sie hasst zwar ihren Rollator, aber vielleicht kann sie sich bei dir einhängen und mit dem Stock gehen. Oder ihr spielt was miteinander. Canasta vielleicht? Redet – am besten hörst du zu. Es wird schon klappen.«

Zwei Stunden! Anna folgt ihrer Duzfeindin in die untere Etage, in der sich ein kleines Schwimmbad befindet. Es riecht nach Chlor, und jetzt fällt Anna auf, dass sonst überall im Haus ein spezieller Geruch vorherrscht. Irgendwas mit Maiglöckchen, der Versuch von jugendlicher Frische, die süß und falsch ist. Da findet Anna den Chlorgestank immer noch besser. Das Becken ist leer bis auf eine einsame Schwimmerin, die langsam ihre Bahnen zieht.

»Alma Bierhoff«, flüstert Nina. »Sie ist ehemalige Ballett-tänzerin und unser Fitnessguru. Einundachtzig und ziemlich vergesslich, aber ihre Kondition ist besser als meine.«

Und meine sowieso, denkt Anna. Sie hasst Sport in jeglicher Form, immer schon, was man ihr durchaus ansieht. Lange Spaziergänge ohne größere Höhenunterschiede sind das höchste der Gefühle. »Wie ist das mit dem ... Gesundheitszustand der Gäste. Gibt es auch richtige Pflegefälle?«

Nina seufzt, sie verlassen das Schwimmbad und fahren zurück ins Erdgeschoss. Der Lift ist so groß, dass ein Rollstuhl bequem darin Platz hat. »Ja, wir haben eine kleine Abteilung für Pflegefälle im fünften Stock, für maximal zehn

Personen. Da diese Gäste rund um die Uhr betreut werden müssen, erhöht sich der Monatsbeitrag natürlich. Plus Kosten für Medikamente, und nein, das ist kein Wucherpreis. Wie ich schon sagte, der Personalbedarf muss einkalkuliert werden! Wir können da gern noch reinschauen ...«

»Nein danke«, sagt Anna schnell. »Und die anderen sind alle mehr oder weniger noch imstande ... alleine zurechtzukommen?«

Sie sind im Erdgeschoss, und Anna sieht Bewohner aus Richtung des Speisesaals in die Halle strömen. Deutlich mehr Frauen als Männer, ein paar mit Gehstock oder Rollator, sie zählt zwei Rollstühle.

»Durchaus«, antwortet Nina, »und eben auch in unterschiedlichen Stadien von Demenz oder körperlicher Beeinträchtigung. Mit ein wenig Unterstützung durch die Pflegekräfte ist alles noch im grünen Bereich. Wir legen sehr viel Wert darauf, die Selbstständigkeit unserer Gäste so lange wie möglich zu erhalten.«

Sie klingt so zuversichtlich. Da sind keine falschen Töne, und doch hat Anna das Gefühl, dass irgendetwas nicht stimmt. Paranoia. Der Maiglöckchenduft reizt ihre Nase. Der Anblick so vieler alter Leute deprimiert sie. Und da ist es wieder, das berühmte Selbstmitleid, in dem sie sich bisweilen aalt wie ein todgeweihter Fisch. Sag was Nettes, Anna: »Es ist wirklich beeindruckend.«

Nina lächelt geschmeichelt, ihre feuchten braunen Augen sind wohlgefällig auf Anna gerichtet. »Ja, es ist eine wunderbare Aufgabe, der ich mich verschrieben habe. Möchtest du was trinken? Kaffee, Tee, Wasser, Saft?«

Sie gehen zur Bar. Espresso für Anna, Tee für Nina. Der bessere Mensch. Anna entschuldigt sich und geht mit ihrer Tasse ins Freie, um zu rauchen. Sie setzt sich auf die

Gartenbank, die dem Haus am nächsten ist. Schaut nach oben und sieht auf einem der Balkone, die zum Garten gehen, eine rauchende Frau, die ihr zuwinkt. Anna winkt zurück. Frage: Was tue ich hier? Antwort: Geld verdienen! Sie raucht zu Ende, dann geht sie zurück ins Haus. Nina Winkler hat auf sie gewartet. »Baronin Kesten erwartet dich schon. Aber was ich noch fragen wollte: Hat Gaby Lehmann sich irgendwie über unser Haus geäußert? Vielleicht im Zusammenhang mit ihrer Mutter?«

Anna weicht dem forschenden Blick nicht aus. Sie war immer schon eine recht gute Lügnerin: »Nein, ganz und gar nicht. Sie bereut allerdings, dass sie ihre Mutter nicht zu Hause behalten hat. Selbstvorwürfe.«

Nina wirkt erleichtert. »Dann ist es ja gut. Ich hatte das Gefühl, dass sie uns die Schuld am Tod ihrer Mutter gab. Ich ... wir haben wirklich alles getan. Es war zu spät, als wir sie fanden. Und der Arzt meinte, dass auch sofortige Hilfe nichts genützt hätte. Sie hat nicht gelitten, das ist immer ein großer Trost für die Hinterbliebenen.«

Sülze, denkt Anna. Die mag sie weder hören noch essen. »Ja sicher.« Sie ist froh, dass der Lift kommt. »Gaby trauert einfach um ihre Mutter, die beiden standen sich wohl sehr nahe. In welchen Stock müssen wir?«

»In den dritten.« Nina Winkler wirkt erleichtert. »Wir teilen ihren Schmerz. Wir haben sie alle so gern gehabt.«

Anna weiß nicht, warum sie daran zweifelt. »Sind Duzen und die Anrede mit dem Vornamen hier üblich?« Bitte nicht, denkt sie. Im dritten Stock öffnet sich die Tür lautlos, begleitet von einer Stimme aus dem Lautsprecher, die die Etage verkündet. Laut.

»Das System ist so eingestellt, dass unsere Gäste, die nicht mehr so gut hören oder sehen, die richtige Etage finden. Und was das Duzen betrifft, das ist ganz individuell. Baronin Kesten möchte mit ihrem Nachnamen und Titel angesprochen werden. Sie ist ein wenig snobby, aber im Grunde ein furchtbar netter Mensch.«

Furchtbar nett klingt einfach nur furchtbar, denkt Anna. Sie möchte gerne schrumpfen und dann ganz verschwinden, doch diese Kinderwünsche sind noch nie in Erfüllung gegangen. Nina Winkler haucht noch ein munteres »Viel Spaß«, dann ist sie um die Ecke verschwunden. Anna steht vor der Tür und klopft zaghaft.

»Herein.«

Als Anna öffnet und vorsichtig einen Schritt nach vorne macht, kommt ein herrisches »Bitte gleich schließen, es zieht«.

Baronin Kesten sitzt sehr aufrecht in einem samtbezogenen Sessel in der Nähe der offenen Balkontür. Das Zimmer riecht nach Rauch, und jetzt erkennt Anna die Person, die qualmend am Balkon stand und ihr zuwinkte.

»Guten Tag, ich bin Anna Marx und soll Sie heute ...«, wie sagt man das am besten?, »unterhalten?«

Beatrice von Kesten mustert Anna von oben bis unten und wieder zurück. Ihrem prüfenden Blick entgeht nicht, dass Annas Schuhe eine Politur gebrauchen könnten. Dunkelgrüne Hose, grüner Pullover, braune, gefütterte Lederjacke, etwas schlampig in der Gesamtwirkung. Obwohl sie groß ist, hat sie mindestens zehn Kilo zu viel drauf, vermutlich eine Folge mangelnder Disziplin. Die roten Haare sind zu einem nachlässigen Zopf geflochten, der knallige Lippenstift ist keineswegs exakt aufgetragen. Oh, die Baronin hat noch Adleraugen, nur das Gehör hat nachgelassen, und die Arthritis ist eine biblische Plage. »Verzeihen Sie, dass ich nicht aufstehe, meine Liebe. Es ist so mühsam geworden.

Immerhin habe ich noch meine fünf Sinne beisammen, was man von den meisten Leuten hier nicht behaupten kann. Sie sind also Anna Marx, eine Freundin von Gaby Lehmann – mein neues Kindermädchen.«

»Temporäre Gesellschafterin«, korrigiert Anna und setzt sich auf eine Handbewegung hin auf den gegenüberliegenden Sessel. Jugendstil, das gesamte Zimmer ist in dieser Epoche gehalten, inklusive der Lampen und Bilder. »Sehr schön haben Sie es hier, Frau von Kesten.«

»Danke, mehr kann man aus dieser Abstellkammer nicht machen. Möchten Sie Tee?« Sie schenkt ungefragt eine Tasse ein und weist auf einen Teller mit Keksen. »Nehmen Sie doch. Das Mittagessen war heute wieder grässlich. Willi hat das Tablett gleich wieder mitnehmen können. Bis auf den Nachtisch. Ich habe im Alter ein Faible für Süßes entwickelt.« Sie schaut Anna mit einem Lächeln an, das diese als nicht freundlich empfindet. »Wenn man so alt ist, muss man nicht mehr so streng auf die Linie achten, wissen Sie.«

Blöde alte Hexe, denkt Anna, die ihrem Blick standhält. Die Baronin erinnert sie an ein gerupftes Huhn, auch weil die weißen Haare wie Federn um den Kopf stehen.

Die blauen Augen in dem bleichen, zerfurchten Gesicht sind wässrig. Der lila Lippenstift ist eine Katastrophe. Die Zähne hingegen sind makellos. Und natürlich trägt sie eine beige Seidenbluse zum blauen Faltenrock und eine zweireihige Perlenkette.

Das Blickduell endet damit, dass Beatrice von Kesten zu lachen beginnt. »Ich bin schon fast jenseitig, aber Sie sind ja auch nicht mehr die Jüngste. Erzählen Sie mir ein bisschen von sich. Aber bitte in angemessener Lautstärke.« Sie zieht einen Aschenbecher aus einem Versteck hinter dem

Vorhang. »Außerdem können wir rauchen, wenn auch nur bei offener Tür. Ich habe meinen Enkel beim letzten Besuch gebeten, den Rauchmelder außer Gefecht zu setzen, das fand er spaßig. Meinem Sohn haben wir nichts davon erzählt, Theo trägt nicht ein Quäntchen Anarchismus in sich. Wenn ich es nicht besser wüsste, könnte man glauben, dass er ein Kuckuckskind ist.« Sie zündet sich eine Zigarette an, die in einer schwarzen Spitze steckt.

Anna raucht ebenfalls. Sie beginnt, an der Baronin Gefallen zu finden, und erzählt von Bonn und Berlin und dass sie vielleicht für den Rest ihrer Tage in der kleinen Stadt am Rhein bleiben wird. Sie sei zu alt für Berlin geworden – oder die Mieten zu teuer – oder beides.

»Gute Entscheidung, meine Liebe. Ich war das letzte Mal vor zehn Jahren dort. Irgendein Familientreffen mit der östlichen Sippschaft, die früher in der DDR gefangen war. Na ja, meinetwegen hätte sich das nicht ändern müssen, schon dieser grässliche Dialekt, den die sprachen ... Und ich fand die Stadt schrecklich vulgär. Sobald man sich einen Kilometer vom *Adlon* entfernte, wurde es überall schäbig und schmutzig.«

Anna unterdrückt ein Lächeln. »Bad Godesberg hat sich aber auch sehr verändert.«

Beatrice von Kesten seufzt. »Ich weiß. Es hat wohl auch sein Gutes, dass ich kaum noch krauchen kann. Von meinem Fenster aus ist alles noch wie früher – der Rhein, die Schiffe, der Drachenfels ... Spielen Sie Bridge?«

Anna verneint. Poker scheint ihr keine Alternative zu sein, die sie erwähnen sollte. »Erzählen Sie mir doch ein wenig über das *Paradies*, Frau von Kesten. Über die Leute ... Ich wohne noch bei Gaby Lehmann, ihre Villa ist ganz in der Nähe. Kannten Sie ihre Mutter gut?«

Die Baronin lehnt sich in ihren Sessel zurück und sieht dem Rauch nach, der nach draußen zieht. »Gewiss kannte ich sie, es ist ja ein kleines Haus. Und sie war in unserem Bridgeclub. Sie war eine lausige Spielerin, und sie hasste es, wenn man ihr Spiel kritisierte. So selbstgerecht war sie. Typisch Lehrerin. Ich war immer froh, wenn ich ihre Gegnerin war, dann haben mir ihre Fehler zumindest Freude gemacht.«

»Gaby Lehmann trauert sehr um ihre Mutter. Ihr Tod kam wohl sehr überraschend.«

Die Baronin sieht Anna für einen Augenblick irritiert an, dann schließt sie die Augen. Ihre Stimme klingt eine Spur gehässig. »Ach wirklich? Marion Hellich hat ständig über den Tod gesprochen, es war kaum noch auszuhalten. Wie und wann und wo und warum. Sie hat uns alle damit zu Tode genervt.«

Sie drückt ihre Zigarette aus. »Das war jetzt frivol. Aber ich fand ihr Gerede so unpassend. Ich meine, wir sitzen hier herum und wissen, dass früher oder später das Licht ausgeht. Aber wer will schon ständig daran denken und auch noch darüber sprechen? Ich jedenfalls nicht, und das habe ich ihr auch gesagt. Worauf sie meinte, dass ich eine Verdrängungskünstlerin sei. Ach ja, was soll's. Sie hat es hinter sich gebracht. Man soll über Tote nichts Schlechtes sagen – so heißt es doch, oder?«

»Nina Winkler meinte, dass Frau Hellich sehr beliebt war.«

Ein scharfer Blick. »Ach ja, sagt sie das? Die Winkler hat ein grauenhaftes Harmoniebedürfnis. Wir sind alle lieb zueinander, und wenn die Sonne nicht scheint, freuen wir uns über den Regen. Marion Hellich hat dem Personal Deutschstunden gegeben, das hat ihr natürlich Pluspunkte eingebracht – zumal sie nichts dafür verlangte. Und sie hat den Kräutergarten betreut, sie war so eine Art Hobbygärtnerin. Wenn die Winkler was einsparen kann, ist sie glücklich. Weil sie finanziell aus dem letzten Loch pfeift.«

Anna raucht und hört zu. Ist ja doch nicht so schwierig, denkt sie. Nur der Tee schmeckt abscheulich, so was trinkt sie sonst nur, wenn sie krank ist. »Ach ja? Ich dachte, dieses Geschäftsmodell läuft gut?«

Die Baronin spreizt tatsächlich den kleinen Finger, wenn sie Tasse und Untertasse in der Hand hält. Doch ihre Hand zittert und bringt die Tasse zum Klirren. »Nun ja, ich weiß das natürlich nicht so genau. Aber der Umbau hat wohl sehr viel Geld verschlungen, und sie musste hohe Kredite aufnehmen. Jedenfalls jammert sie immer nur rum, wenn es um Geld geht. Ich hatte vorgeschlagen, dass wir in der Halle, die ja durchaus präsentabel ist, Musikabende veranstalten. Muss ja nicht gerade die Netrebko sein. Oder Dichterlesungen. Ein bisschen Kultur für die Lahmen, Tauben und Blinden. Aber nein, alles, was Geld kosten könnte, stößt bei ihr auf taube Ohren.« Sie zeigt mit dem Finger auf Anna: »Und Leute wie Sie sind ihr natürlich sehr willkommen. Sie kosten nichts und entlasten das Personal. Mögen Sie die Oper?«

Anna schüttelt den Kopf, und Frau von Kesten sieht enttäuscht aus. »Schade, ich bräuchte jemanden, der mit mir geht, allein schaffe ich es nicht mehr. Mein Sohn hat natürlich nie Zeit, und mein Enkel ist auch kein Opernfan, was man ihm in diesem Alter gerade noch nachsehen kann.«

»Tut mir leid«, sagt Anna. »Findet sich denn niemand im Haus, der mitgehen möchte?«

Ein verächtliches Schnauben. »Ach, diese marode Bande sitzt lieber vor dem Fernsehapparat. Einmal pro Woche gibt es einen Ausflug mit Betreuung, da sind sie alle dabei. Eine Schiffsfahrt nach Königswinter, juche, oder die Begehung der Kunsthalle. Na gut, da bin ich auch dabei. Aber insgesamt sieht es mit Kultur ziemlich mau aus. Die Malkurse würde ich ja nun nicht dazuzählen. Ich nehme an, Sie haben die Kunst am Bau bewundern dürfen?«

Anna meint, dass die Bilder für Amateure ja gar nicht so schlecht seien. Ihre Lügen haben lange Beine. Die Baronin zündet sich eine weitere Zigarette an. »Unsinn, das ist Kleckserei. Demnächst bieten sie noch einen Töpferkurs an – oder Stricken für Senioren. Bingo-Abende. Ich hatte in meinem Haus einen Flügel, der hat natürlich nicht hier reingepasst. Und wenn ich Musik hören will, muss ich Kopfhörer aufsetzen, sonst beschweren sich die Nachbarn über den Lärm. Mein Sohn sagt immer, dass ich in der exklusivsten Seniorenresidenz im weiten Umkreis lebe. Und dass ich dankbar sein muss, dass ich mir das noch leisten kann. Nun, in absehbarer Zeit sind meine Ersparnisse aufgebraucht. Und die Witwenrente deckt die Miete hier nicht ab, schon gar nicht, wenn ich ein Pflegefall werden sollte. Und dann? Steckt er mich dann in ein billiges Heim?«

Wenn es eine Frage war, weiß Anna keine Antwort. Sie trinkt den letzten Schluck Tee, er schmeckt bitter. Die Baronin lacht auf einmal, es klingt furchtbar. »Entschuldigen Sie, meine Liebe, dass ich Sie mit den Petitessen meines Restlebens langweile. Wir könnten einen kleinen Spaziergang im Garten machen, so lang die Sonne noch scheint. Ich nehme meinen Stock und hake mich bei Ihnen unter, so geht es auch ohne Rollator. Reichen Sie mir mal meine Pelzjacke?«

Anna ist froh über den Themenwechsel und hilft ihr beim Aufstehen und in die Jacke. Sie reicht ihr den Gehstock und bietet ihr den Arm, so gehen sie langsam zum Lift und fahren nach unten. In der Halle werden sie von einer alten Frau mit silbergrauen, halblangen Haaren aufgehalten. »Baronin, auf ein Wort!«

Sie bleiben stehen, niemand macht sich die Mühe, Anna vorzustellen. Die Silbergraue: »Wenn das Bridgeturnier nach hinten geschoben wird, versäume ich wahrscheinlich den Krimi im Fernsehen. Ich wollte hier nur meinen Protest anmelden.«

»Sie fliegen ohnehin immer ganz früh raus, meine Liebe«, erwidert die Baronin kühl, »das wird dann zeitlich gut hinkommen.« Zu Anna: »Lassen Sie uns nach draußen gehen.«

Bevor die Silbergraue antworten kann, haben sie sich in Bewegung gesetzt und verlassen die Halle durch die Glastür, die sich automatisch öffnet. Draußen ist es kühl, aber sonnig, und sehr langsam gehen sie über den Kiesweg bergauf. »Ich zeige Ihnen den Kräutergarten«, sagt Frau von Kesten, »obwohl um diese Jahreszeit nicht viel zu sehen ist. Marion Hellich war ja so stolz auf ihren grünen Daumen. Ihr Gerede von diesen und jenen Kräutern war schon enervierend. Sie war eben Lehrerin, so was kann man offenbar nie ablegen.«

Von einem kleinen Stück Wiese führt der Weg in den Kräutergarten, der erstaunlich groß ist und gut ausgeschildert, die Vielfalt reicht von Petersilie über Basilikum, Minze, Zitronenmelisse, Thymian, Oregano und Lorbeer bis hin zu Schnittlauch, Dill ...

Neben den Küchenkräutern sieht Anna Pflanzen, die sie noch nie gesehen oder zumindest nicht erkannt hätte: Alraune – Mandragora officinarum – natürlich hat die Biologielehrerin auch die lateinischen Namen angeführt, und

Anna erinnert sich vage, dass es mal als Aphrodisiakum gehandelt wurde.

Die Tollkirsche – Atropa belladonna – gehört in »Marions Giftgarten«, wie die Baronin ihn bezeichnet – neben Herbstzeitlosen, Blauem Eisenhut, Rizinus, Maiglöckchen, Seidelbast. Neben den Bezeichnungen weist ein kleiner Totenschädel auf die Gefährlichkeit der Pflanzen hin. Dieser Bereich ist von den Küchenkräutern abgegrenzt. Anna ist fasziniert, und ihre Begleiterin krallt sich in ihren Unterarm. »Schon komisch, dass sie so verrückt mit ihren Hexenkräutern war.«

»Biologielehrerin«, sagt Anna. »Aber wenn sie so viel vom Tod geredet hat, passt dieser kleine Garten ja ganz gut dazu.«

»Frau Winkler hat darauf bestanden, dass die Hellich die Kräuter für die Küche höchstpersönlich ausrupfte. Hatte wohl Angst, dass das Küchenpersonal mal danebengreift. Ausländer, wissen Sie. Ich nehme an, die sind als Arbeitskräfte viel billiger, auch wenn die Winklerin immer so tut, als ginge es ihr um Integration und gelebte Solidarität und dergleichen … Können wir wieder reingehen, meine Liebe? Es ist doch schon recht kühl, und zu viel Sauerstoff bekommt mir nicht. Wir können ja noch eine auf dem Balkon rauchen. Wenigstens hat man mir eine Raucherin geschickt. Die anderen rümpfen immer nur die Nase, wenn sie mein Zimmer betreten.«

Der Druck auf Annas Arm ist stärker geworden, und sie gehen gemächlich, Schritt für Schritt, weg vom Kräuter-Gift-Garten auf das Haus zu. Anna beginnt, die Baronin zu mögen, ein bisschen wenigstens. Dieses Vorurteil von ihr, dass Raucher die besseren schlechten Menschen sind!

6

Die Gedanken laufen automatisch rückwärts. Fast jeder Ort, jede Straße in Bonn und Bad Godesberg erinnern Anna an alte Zeiten. Friedhelm Drautzburgs *Schumann-Klause*, Hochburg der linken Sozis, Journalisten und Studenten, der *Hoppegarten* in Poppelsdorf, Heike Stollenwerks winzige *Provinz* neben dem Europa-Zentrum, eingeebnet. *Barriere, Karre, Underground.*

Anna steht vor dem *Aennchen*, hier trank sie mit Kollegen, Politikern, Freunden und Liebhabern. Das Gasthaus existiert seit über hundert Jahren mit wechselnden Besitzern. Nun ist es geschlossen, sie fragt einen Handwerker, der am offenen Fenster eine Zigarette raucht. Der neue Inhaber sei Serbe, und der habe es nicht so eilig, meint er. »Der legt Wert auf eine picobello Renovierung.« Spricht's, wirft seinen Zigarettenstummel auf die Straße und schließt das Fenster.

Anna schlendert weiter, kauft sich eine Packung Camel, raucht auf der Straße und versucht mit wechselndem Erfolg, voll verschleierte Frauen wie alle anderen Passanten zu betrachten. Sie sind fast immer im Pulk unterwegs. Medizintouristen, die in Familienclans kommen und viel Geld in der Stadt lassen. Sie ruinieren den Wohnungsmarkt, sagt Gaby, die das Problem nur vom Hörensagen kennt.

Das *Maternus* hat seinen Glanz verloren: Genschers Stammlokal früher, in dem kleinen holzgetäfelten Restaurant der Ria Maternus speisten Nixon, Kennedy oder Gorbatschow. Willy Brandt feierte hier seinen sechzigsten Geburtstag mit Freunden und Freundinnen. Das Essen war rheinisch und bodenständig, die französische Küche war in der Bonner Republik noch nicht angekommen. Deutsche Weine. Und die Maternus hatte diesen wunderbaren kleinen Innenhof, der zum politischen Schrebergarten wurde. Anna erinnert sich an ihr letztes Mal bei Ria. Sie wollte ein Porträt über die alte Dame schreiben, und immer noch war Ria nichts Kompromittierendes über ihre Gäste zu entlocken. Ihr einzig gewagter Satz war, dass ihr die gelben Pullunder des Herrn Genscher missfielen. Wem nicht?

Anna geht ums Eck zurück zum Theaterplatz. An einem Stand verschenken Salafisten Koran-Ausgaben. Sie lehnt dankend ab und geht weiter. Bohrende Blicke im Rücken bildet sie sich ein, vielleicht. Dass sie ihre Handtasche fester hält, als ihr arabische Jugendliche entgegenkommen, ist ein böser Reflex. Passiert ihr auch bei Glatzköpfigen in Springerstiefeln. Anna schämt sich, das macht die Sache nicht besser. Die Gletscherspalte zwischen Denken und Handeln, in die sie öfter fällt. Im Orkus schlummernde Vorurteile. Die linke Seele, der träge Leib. Theoretisch hat sie oft demonstriert, praktisch selten, und auch als Feministin war sie ein Mauerblümchen. Reicht es, Petitionen im Internet zu unterschreiben und Obdachlosen in die Augen zu sehen beim Geldeinwurf? Sie gibt sich gar nicht erst die Mühe einer Antwort. Manchmal findet Anna es schwer, sich zu lieben, das ist im Alter nicht besser geworden. Wandelnder Selbstzweifel.

Viele junge Männer in den Straßen. Sie ignorieren die Frau mit den roten Haaren. Wann hat es begonnen, dass Männer sie nicht mehr ansahen, ihr nicht mehr nachschauten? Vor hundert Jahren, denkt Anna. Anfangs war es ein Schock, dieses Gefühl, sich als Subjekt der Begierde gleichsam in Luft aufzulösen. In Berlin irgendwann zwischen vierzig und fünfzig. Du gehst auf einmal durch die Stadt wie unter einer Tarnkappe. Kein schneller Blick mehr, kein Lächeln. Nicht wirklich bedeutend, doch anfangs vermisste sie es schon. Jetzt nicht mehr.

Sie erinnert sich an so vieles: Das kleine Bad Godesberg war voller Botschaften und Residenzen. Exotik auf diplomatischem Niveau. Fast jeden Tag gab es irgendwo einen Empfang und nie genügend Parkplätze. Das Presseschild am Auto half manchmal, nicht immer. Nur die Diplomaten durften parken, wo sie wollten, und die Straße zwischen Bonn und Bad Godesberg wurde bald die Diplomatenrennbahn genannt. Bönn'sches Geraunze, doch irgendwie war man auch stolz darauf, dass die ganze Welt zu Gast war in der kleinen Stadt am Rhein. Die Amis luden zu Sommerfesten in ihre prächtige Rheinresidenz. Bei den Russen gab es Wodka und Kaviar und viele Kameras und Mikrofone. So klein war alles, Freund und Feind saßen im Treibhaus eng beieinander und schwitzten ganz ungeniert ihre politischen Stilblüten aus. Berufspolitiker und Beamte, Diplomaten und Spione, Journalisten und Lobbyisten drängten sich um die Fleischtöpfe der Macht. Willy wohnte noch auf dem Venusberg, Helmut Schmidt und danach Helmut Kohl logierten im abscheulich schlichten Kanzlerbungalow hinter dem Kanzleramt, Walter Scheel im Weißen Haus von Bonn, der Villa Hammerschmidt. Ein geselliger Bundespräsident, der *Hoch auf dem gelben Wagen* singen konnte, in seiner Freizeit Golf spielte und intrigant mitmischte, als Helmut Schmidt vom Pfälzer abgelöst wurde.

Schmidt war immer herablassend zu Journalisten, Helmut Kohl behandelte sie gut oder schlecht, je nach Lust und Laune. Seine Gemütlichkeit verbarg Abgründiges, doch zur Arroganz hatte Kohl kein Talent. Eine Klatschtante wie Anna Marx war eine Randfigur, die sowieso nicht zählte.

Nur in der Abneigung gegen *Spiegel*-Journalisten waren sich alle Kanzler einig. So lang ist's her, und viele Protagonisten sind tot. Brandt, Schmidt, Scheel, Kohl, Wehner, Strauß ...

Die meisten Geschäfte, die Anna in Godesberg kannte, sind verschwunden. Arabische Fast-Food-Läden überwiegen, Immobilienbüros, orientalische Geschäfte mit wunderbaren Früchten und Gemüse, Shisha-Kneipen. Sieht ein bisschen aus wie in Wedding, denkt Anna, und für eine unglaubliche Sekunde vermisst sie Berlin. Dann geht sie in die *Konditorei Voigt* und trägt eine Tasse Kaffee und einen Teller mit Käsekuchen mit nach draußen. Obwohl es kalt ist, sind ein paar Tische gedeckt für die Süchtigen, und Heizstrahler erwärmen die Raucher. Erst der Kuchen, dann die Zigarette. In Zeiten der Bonner Republik durfte man überall qualmen, auch noch in Zügen und Flugzeugen. Schreckliche bürgerliche Freiheiten. Rauchschwaden in Bars und Kneipen. Damals schienen es alle zu tun, es gehörte zum guten Ton, nach Nikotin und Alkohol zu riechen. Als ein Nichtraucher Chefredakteur wurde und einführte, dass bei den Morgenkonferenzen nicht mehr gequalmt werden durfte, gab es einen kleinen Aufstand in Annas Redaktion. Der Chefredakteur siegte, aber er blieb nicht lange, er war den Verlegern zu langweilig. Die politische Welt teilte sich tatsächlich noch geradlinig in links und rechts mit diversen Ausfransungen. In Annas Bonner Zeiten wurden die Grünen groß, und die Republikaner formierten sich eher dilettantisch zur ersten rechtsradikalen Partei seit Kriegsende. Die Liberalen? Sie hatten Scheel und Genscher. Viel mehr war da nicht, danach kam ein Möllemann. Das war eine andere Geschichte. Anna Marx wollte in die Politikredaktion wechseln, doch Frauen gehörten nach Ansicht des Verlegers an den Herd oder in den Bereich »Vermischtes und Gesellschaftsklatsch«.

Denn es waren die Männerbünde, die in Bonn regierten. »Als Frau kommst du da nicht rein, die lassen dich allenfalls in ihre Betten.« O-Ton des Redakteurs vom Dienst. MeToo war noch Lichtjahre entfernt, der Umgangston mit Frauen anzüglich oder herablassend. Alice Schwarzer emanzipierte sich fast exotisch zur Vorzeigefeministin. Es gab tatsächlich ein Leben ohne Handys und Internet. Steinzeit aus heutiger Sicht.

»Frau Marx?«

Anna kehrt aus der Vergangenheit zurück nach Bonn im Februar 2020. Sie schaut hoch und erkennt Elfi Pilz. Die Yogalehrerin. Sie trägt ihre Matte unterm Arm und Yogakleidung unter einer Daunenjacke. Anna lächelt zurück.

»Ich wollte sowieso einen Kaffee trinken. Darf ich mich zu Ihnen setzen?«

»Na klar«, sagt Anna, »wenn es Ihnen nicht zu kalt ist.«

Elfi Pilz und ihr sanftes Yoga-Lächeln. »Mir ist nie kalt, ich bin so eine Art wandelnder Ofen.«

Sie bestellt bei der Kellnerin Kaffee und Wasser, lässt sich von Anna eine Zigarette geben und raucht genüsslich. »Ich hoffe, dass mich keiner meiner Schüler sieht. Passt nicht zum Image, Kaffee und Kippen. Ich habe morgen meine Yogastunde im *Paradies*, wollen Sie nicht mitmachen?«

»Vielleicht«, sagt Anna. Standardantwort auf sportliche Herausforderungen. »Ich war heute schon da und habe meine zwei Stunden bei Baronin Kesten absolviert. Abgesehen davon, dass sie ein boshafter alter Snob ist, finde ich sie ganz amüsant. Sie raucht, das gibt bei mir immer Pluspunkte.«

Ihr Gegenüber lacht. »Da hat man Sie ja gleich ins kalte Wasser geworfen. Die Kesten war nur einmal in meiner Yogastunde und sagte mir hinterher, dass sie es schrecklich fand und Bridge jederzeit vorziehe.«

»War Marion Hellich eine Yogini?«

Elfi Pilz bejaht. »Sie war sogar recht gut. Marion – wir duzen uns in der Yogaklasse – war körperlich sehr fit für ihr Alter.«

Anna: »Aber sie hat geistig abgebaut ...?«

Elfi zögert sekundenlang vor der Antwort. »Ich weiß nicht. Also, Marion hat das öfter thematisiert, aber ich konnte das nicht erkennen. Sie war schon mal vergesslich, so was kann vorkommen, aber sonst ... Da gab es viel schlimmere Fälle im *Paradies*. Hilde und Sophia – die waren echt schon auf dem Demenz-Trip. Vergaßen fast alles, brachten die Zeiten durcheinander, verirrten sich gelegentlich in den Fluren und wurden aggressiv, wenn man sie korrigierte. Waren wohl Freundinnen von Marion, obwohl es irgendwann Zoff gab wegen lauter Musik. Die Altersfreundschaften im Heim sind schwer einzuschätzen. Es ist wohl eher so, dass sich Seilschaften bilden.«

Anna versucht, beiläufig zu klingen. »Sind das nicht die beiden Frauen, die kurz vor Marion gestorben sind? Das wäre dann dreimal Herz-Kreislauf-Versagen knapp hintereinander. Ganz schön viel, oder?«

Elfi denkt darüber nach und trinkt ihr stilles Wasser in kleinen Schlucken. Ihr Kirschmund ist blassrosa geschminkt, und sie redet grundsätzlich leise: »Ich weiß nicht. Ist der Tod nicht normal in einem Altersheim? Aber wenn Sie es so sagen ... komischer Zufall, oder? Hilde und Sophia, Marion und Friedrich von Hempen saßen oft zusammen bei Tisch. Und Friedrich war immer der Hahn im

Korb. Er hat das sehr genossen, er ist so ein reizender alter Casanova.«

»Theoretisch.«

Sie lacht. »Aber nein, Friedrich beglückt die Damen nicht nur mit Worten. Unsere Alma Bierhoff zum Beispiel, unseren Fitnessguru. Zurzeit hofiert er auch noch einen Neuzugang, böse Zungen behaupten, dass sie zu dritt …«

Anna ist beeindruckt. »Woher wissen Sie das alles?«

»Wenn ich meine Yogastunde habe, bleib ich immer zum Mittagessen. Da kriege ich den ganzen Klatsch mit. Und glauben Sie mir, es wird geschnattert ohne Ende. In dieser kleinen Welt sind Gerüchte wie brodelnde Vulkane, es kann jederzeit zum Ausbruch kommen. Ich finde das spannend. Außerdem ist das Essen gut, ein bisschen asiatisch angehaucht mit einer vegetarischen Variante. Ich hab der Winkler schon angeboten, zweimal pro Woche zu kommen. Sie will es sich überlegen. Alles, was Geld kostet, ist ihr ein Gräuel.«

»Und wer kümmert sich jetzt um Marions Kräutergarten, wissen Sie das auch?«

Elfi lacht: »Nein, da bin ich überfragt. Wahrscheinlich der reguläre Gärtner. Die Winkler wird nicht das Glück haben, eine zweite Hobbygärtnerin zu finden.«

Anna winkt der Kellnerin und bestellt noch einen Kaffee. Bisher will sie Einschlafprobleme nicht mit ihrem Koffeinkonsum in Verbindung bringen.

Nach der Bestellung: »Aber das mit Marions Giftpflanzenbeet finde ich schon ziemlich spooky. Mich wundert, dass Nina – Frau Winkler – das erlaubt hat.«

Elfi schaut Anna mit schräg gelegtem Kopf an: »Sie sind Journalistin, oder? Eine ehemalige Kollegin von Gaby. Sind Sie immer so neugierig?«

Anna findet die Frage aggressiv, leise zwar, aber scharf im Ton. Sie versucht ihr vertrauenerweckendes Lächeln. »Ja sicher, ich bin eine neugierige Person. War ich immer schon. Stört Sie das?«

Elfi Pilz sieht die Rothaarige wieder ganz sanft an, yoga-like. Sie bemüht sich sehr um das ausgeglichene, friedliche Wesen, das sie gern sein möchte, doch manchmal gehen die Pferde mit ihr durch. Das Temperament, das sie von ihrer spanischen Mutter geerbt hat. Plus der Jähzorn ihres Vaters. »Nein, natürlich nicht, verzeihen Sie. Im Übrigen glaub ich nicht, dass die Winkler von Marions Giftgarten gewusst hat – anfangs. Sie ließ sie einfach dort werkeln und hat es erst gemerkt, als der Gärtner, der den Rasen mäht und die Bäume beschneidet, sie darauf aufmerksam machte. Dann gab es wohl einen Riesenkrach, doch Marion setzte sich durch. Der Giftgarten durfte bleiben, aber sie musste ihn einzäunen und jede Pflanze mit einem Warnschild versehen – auf eigene Kosten. Und die Küchenkräuter daneben, die durfte nur sie pflücken, keine der Köchinnen. Das war Marion ganz recht, sie liebte ihren Garten, betrachtete ihn sozusagen als persönlichen Besitz.«

»Und jetzt, nach ihrem Tod?«

Achselzucken. »Alles wird eingehen, denke ich, wenn niemand sich darum kümmert.«

»Dann werd ich mir schnell noch ein paar Giftpflanzen pflücken«, sagt Anna. Halb im Scherz. Dass der Kommentar »Gute Idee« zurückkommt, hätte sie nicht erwartet. Sie kann die kurvige Yoga-Frau schwer einschätzen, beginnend beim Alter. Elfi könnte alles sein zwischen dreißig und vierzig. Faltenlos, zumindest, solange Anna ihre Brille nicht aufhat. Sie trägt keinen Ehering und kam allein zu Gabys Dinnerparty. Ob der Konditorfreund echt ist? Oder die

Geschichten, die Elfi an jenem Abend erzählte? Abenteuer aus aller Welt, in denen Elfi stets die furchtlose Heldin war. Manches klang ein wenig übertrieben – um nicht zu sagen: falsch. Sie redet viel, und sie redet gerne, denkt Anna. Doch wie viel davon ist wahr?

Eine Weile hat Anna, um Menschen einzuordnen, sie mit Tieren verglichen. Selbst das fällt ihr jetzt schwer. Ein Lama vielleicht? Eins, das ab und zu spuckt? Anna liebt Lamas, sie ist sogar mal mit einem gewandert. Das war im Burgenland vor vielen Jahren. Sie war dort mit Philipp zu einem Kurzurlaub, der einen furchtbaren Verlauf nahm. Hinterher trennten sie sich. Aber der Lama-Spaziergang in lichten Wäldern auf sanften Hügeln, der war schön.

»Werden Sie bei Gaby wohnen bleiben?«

Die Frage überrascht Anna. Außerdem weiß sie die Antwort nicht. Was sie ohne Weiteres zugibt.

Elfi lacht: »Ist natürlich verlockend, in so einer schönen Villa zu wohnen. Sie ist ja auch viel zu groß für eine Person. Gaby hat mir auch mal das Angebot gemacht, in die Dachwohnung zu ziehen, und ich war durchaus in Versuchung. Aber dann hab ich es doch abgelehnt – aus einer Reihe von Gründen.«

Die ich zu gerne kennen würde, denkt Anna. Doch sie schweigt, begleitet von einem aufmunternden Lächeln. Ihr ist kalt, dagegen zündet sie sich eine Zigarette an.

Elfi, die wandelnde Heizung, schaut einer voll verschleierten Frau mit vier Kindern nach. »Ein bisschen unheimlich sind die schon, oder? Ich stell mir immer vor, wie die Person darunter ausschaut. Aber so gesehen ist Gabys Filipina auch nicht ohne, selbst wenn sie westliche Kleidung trägt. Sie ist Muslima, wussten Sie das?«

So fucking what, denkt Anna und schüttelt den Kopf.

»Salita war einer der Gründe, warum ich nicht einziehen wollte. Sie ist schon seltsam, finde ich, beinah unverschämt, und Gaby toleriert das einfach. Ihr Angebot kam, nachdem Marion ins Paradies gezogen war. Die frische Witwe und die böse Salita – das kann man nicht wegmeditieren, dachte ich damals. Na ja, ich bin froh über meine Entscheidung, auch wenn die Miete wirklich sehr günstig war. Was zahlen Sie?«

Geht dich nichts an. »Wenig«, sagt Anna. »Ich kann schon verstehen, dass Gaby sich einsam fühlt in dem großen Haus.«

Elfi lächelt versonnen. »Na ja, sie sucht sich schon ihre Ablenkungen.«

Anna wartet auf mehr, aber nichts kommt. »Haben Sie Jakob denn auch gekannt?«

»Kaum. Er interessierte sich nicht für Menschen. Stand auf Uhren, er konnte stundenlang in seiner kleinen Werkstatt sitzen und an einer alten Uhr herumbasteln. Ich glaube, Gaby war nicht sehr glücklich darüber. Sie langweilte sich mit ihm. Weshalb sie mit Yoga begann, dann lernte sie Golf, zog ihre Wohltätigkeitskiste auf … Sie hat sich halt beschäftigt. Es war keine wahnsinnig glückliche Ehe, glaube ich.«

»Gibt es die überhaupt?« Oh, das klang zu bitter, denkt Anna. Je älter sie wird, desto mehr muss sie gegen ihren Zynismus ankämpfen. Alte Damen sollten liebenswürdig und hilfsbereit sein, nie klagen und auf keinen Fall über ihre Krankheiten oder Enkelkinder sprechen.

»Oh, ich glaub das schon, Frau Marx. Jede und jeder hat eine zweite Hälfte im Universum, die gilt es nur zu finden. Mein Freund ist süß, aber trotzdem suche ich noch. Ich bin überzeugt davon, dass mir dieser Mann begegnet – oder die Frau, ich bin da nicht festgelegt.«

Hoppla. Anna sieht ihr bisexuelles Lama an und findet es auf einmal wieder ganz interessant. Obwohl das mit der zweiten Hälfte ihrer Meinung nach Blödsinn ist. Wer sollte hinter diesem großen Plan stecken? Gott? Tinder?

»Das klingt sehr optimistisch«, erwidert Anna ziemlich verlogen. »Wie lange darf man daran glauben?«

»Na, bis zur letzten Stunde.« Elfi Pilz lächelt sie verschwörerisch an. »Man darf die Hoffnung nie aufgeben. Was man im *Paradies* ja auch beobachten kann. Gefühle altern nicht, so viel steht fest.«

Stimmt, denkt Anna. Gefühlsmäßig ist sie irgendwo zwischen dreißig und vierzig stehen geblieben. Leider hat sich das nicht nach außen übertragen.

Elfi lächelt ein wenig boshaft. »Bei mir hat es leider bisher nicht geklappt, aber ich denke schon, dass Frauen Kinder kriegen sollten. Das ist unsere biologische Bestimmung, oder? Keine Ahnung, warum Gaby und Jakob kinderlos blieben. Vielleicht, weil sie ihre Figur nicht versauen wollte? Na ja, geht mich nichts an.«

Anna blinzelt in die Dämmerung. Sie braucht eine neue Brille, dringend. Das glatte Gesicht vor ihr verrät nichts darüber, ob Elfi Pilz nur eine nette Plaudertasche ist oder eine bösartige Tratschtante. Anna ist noch unentschieden. Und nein, sie wollte früher nie Mutter werden, und jetzt ist es mehr als zu spät. »Ich hoffe, dass Sie Ihren Deckel finden«, sagt sie und meint es beinahe aufrichtig. »Aber sonst war die Ehe doch okay, oder?«

Ein irritierter Blick, doch ihr Gegenüber antwortet: »Man kann nicht reinschauen. Aber an der Oberfläche schien es zu funktionieren. Ich meine, ich habe Gaby überwiegend bei den Yogastunden getroffen, nur ab und zu war ich zum Essen eingeladen, meist, wenn jemand kurzfristig abgesagt hatte.«

Oh, da war sie wieder, die spitze Formulierung. Anna denkt, dass sie Elfi nicht unbedingt zur Feindin haben wollte. Und dass die Yogalehrerin Gaby nicht mag und das auch nicht zu verbergen sucht. »Ich frage mich immer wieder, warum Marion nach Jakobs Tod ins Heim gezogen ist?«

Elfi protestiert nicht, als Anna jetzt für sie mit bezahlt. Danach bedankt sie sich und meint: »Mütter und Töchter ... Ich bemühe mich sehr, doch jedes Mal, wenn ich zu meiner Mutter fahre, gibt es Streit. Sie ist eine üble Klatschbase, macht nichts anderes mehr, als am Fenster zu sitzen und Leute in der Nachbarschaft zu beobachten. Um dann über sie herzuziehen. Wenn es dunkel wird, schaltet sie den Fernseher an. Das sind ihre Themen: Fernsehen und Nachbarn. Sie wohnt im Siebengebirge, und natürlich will sie das Haus nicht verkaufen und in eine kleine Wohnung ziehen. Von dem Geld für das Haus könnten wir uns beide je eine kleine Eigentumswohnung in Bonn leisten. Aber nein, sie macht es einfach nicht. Dass ich jedes Mal eine knappe Stunde fahren muss, um sie zu besuchen, ist ihr vollkommen egal.«

Diese Geschichte interessiert Anna nun gar nicht: »Aber ich denke, Marion und Gaby waren sehr eng ...«

Elfis Wangen sind gerötet. Vor Zorn? »Na ja, so eine wunderbare Verbindung war's dann auch wieder nicht. Marion war sicher eine Schwierige. Und als sie noch in der Villa wohnte, sind sie sich ganz schön auf die Nerven gegangen. Und dass Marion sich so prächtig mit Jakob verstand, war Gaby irgendwann auch ein Dorn im Auge.«

Anna lächelt zutraulich. Erzähl weiter, sagt ihr Gesicht, ich bin ganz Ohr.

»Ich meine, wenn die Kinder ihre Eltern im *Paradies* besuchen, dann bleiben die nie lange. Aber Gaby hat sämtliche Rekorde gebrochen. Brachte ihrer Mutter irgendein

Geschenk mit, sagte ein paar Worte und verschwand wieder.«

Das Stichwort! »Wie ich hörte, soll Marions Cartier-Uhr verschwunden sein.«

Elfi sieht Anna prüfend an. »Ja, darüber wird geredet. Ist ja nicht das erste Mal, dass was weggekommen ist. Aber manchmal haben die Alten einfach was verlegt – und dann schreien sie gleich Zeter und Mordio. Jedenfalls ist es noch nie zu einer Anzeige gekommen. Die gute Nina möchte keine Polizei in ihrem Haus haben. Ihre Angst vor einem Skandal ist enorm. Vielleicht hat sie es nicht verkraftet, dass ihr zweiter Mann sich vor zwei Jahren das Leben nahm. Hat sich in der Badewanne die Pulsadern aufgeschnitten. Sie hat ihn gefunden. Schrecklich, nicht?«

Elfi sieht Anna herausfordernd an. Diese nickt ergriffen über so viel Wissen. Sind Augen der Spiegel der Seele? Elfis Augen sind wie Murmelsteine. Andererseits: Anna braucht dringend eine Brille.

7

Sie hat Adenauers Dienstwagen bestaunt und blieb von Kohls Strickjacke eher unberührt. Im »Haus der Geschichte« in der Willy-Brandt-Allee. Daneben das große Loch des ehemaligen Bonn-Centers. Das kleine dort, wo die *Provinz* war, Annas Stammkneipe in Zeiten der Bonner Republik. Schröders Juso-Trinkhalle, aber auch Joschka Fischer und Otto Schily waren Stammgäste, damals noch so frisch und grün. Heike Stollenwerks linke Szene in der Bonner Provinz, und wen die Wirtin nicht mochte, den übersah sie einfach so lange, bis sie oder er ging. Die »Provinzler« waren überwiegend Männer, ein paar Journalistinnen oder Freundinnen waren geduldet. Doris Köpf war für die *BILD* in Bonn, in der *Provinz* nur gelitten, weil sie jung und hübsch war. Wer nicht zu den linken Cliquen gehörte, machte ohnehin einen Bogen um das Häuschen.

Anna war nicht dabei, als Gerhard Schröder nach einem durchzechten Abend mit seinen Kumpels an den eisernen Toren des Kanzleramts gegenüber rüttelte und rief: »Ich will da rein!« Eine Bonner Anekdote. 1998 hatte er es geschafft, aber da war das Bonner Kanzleramt schon ein Auslaufmodell, die Stadt hatte gegen eine knappe Mehrheit ihre Regierung verloren. Und Anna ihren Job.

In der *Provinz* traf sie Philipp, damals war er noch kein Staatssekretär, das wurde er erst unter Helmut Schmidt. Aber verheiratet war er schon. Das erfuhr sie allerdings erst nach dem Sex in ihrer Wohnung, bevor er aufstand und ging. Er trug keinen Ehering, das wäre ihr aufgefallen. Und ja, ein One-Night-Stand mit einem Ringträger war in ihren Augen kein Verbrechen. Sie hatte ja auch den Vorsatz, es dabei bewenden zu lassen. Doch er rief an am nächsten Tag. Und an den folgenden Tagen. Bis sie irgendwann nicht mehr Nein sagen konnte. Wollte. Und so wurde aus betrunkenem Sex eine Affäre von fast sechs Jahren.

Hatte sie nicht all die Zeit gehofft, dass er seine Frau verlassen würde? Obwohl sie es nie aussprach, ja sogar jeden Gedanken daran aus ihrem Kopf verbannte. Dennoch ... jedes Jahr legte sich ein Gran Bitterkeit auf diese Liebe, bis sie ganz zerbröselt war. Anna schrieb ihm einen Abschiedsbrief, damals schrieb man noch Briefe. Mit der Schreibmaschine zwar, doch nur, weil ihre Handschrift unlesbar war. Wie sie weinte, während sie Buchstaben, Worte und Zeilen tippte. Dieses enorme Selbstmitleid, das sich mit jedem Glas steigerte, mit jeder Zigarette. Liebesbriefe, dachte Anna, müssen nicht perfekt sein, Abschiedsbriefe schon. Letzte Worte ...

Sie hat ihn nicht wiedergesehen nach diesem Brief. Nie mehr. Philipp verschwand aus ihrem Leben, der Regierungstross zog nach Berlin – und Anna mit ihm, doch die neue Hauptstadt war zu groß, um einander zufällig zu begegnen. So ganz ist sie in Berlin nie heimisch geworden. Und jetzt steht sie hier im alten Leben. Vor Löchern. Ob Philipp noch lebt? Ein paar Jahre älter als sie, müsste er jetzt um die siebzig sein, also schon in Pension. Es fällt ihr schwer, sich ihn als alten Mann vorzustellen. Er war immer so eitel. Tennisspieler. Marathonläufer. Was er an der Rubensfigur Anna gefunden hatte, war ihr immer ein Rätsel geblieben. Nun ja, jetzt musste es auch nicht mehr gelöst werden.

Als der Passant sie anspricht, schaut sie ihn an wie ein Gespenst aus der Vergangenheit. Doch er fragt nur nach dem Weg zum Hofgarten. Niederrheinischer Dialekt, ein

Tourist, der Philipp nicht einmal entfernt ähnlich sieht. Anna zeigt auf die Willy-Brandt-Allee Richtung Stadt, er könne es gar nicht verfehlen. Immer der Straße nach, und tatsächlich folgt sie ihm, weil sie mit Gaby im *La Cigale* verabredet ist. Die lange Adenauerallee entlang, vorbei an der Villa Hammerschmidt, jetzt Zweitwohnsitz des Bundespräsidenten, neoklassizistisch und mit einem Innenpool, um den Helmut Schmidt Walter Scheel immer beneidet hatte. Doch er mochte Scheel nicht, weshalb er nicht fragte, ob er beim Nachbarn schwimmen dürfe, obwohl es nur ein paar Schritte waren vom Kanzlerbungalow zum Präsidentensitz. Scheel nannte Schmidt einen »Haifisch«, und der konterte mit »Kanarienvogel«.

Der Umgangston war rauer damals, noch nicht so geschliffen verlogen. Ratte, Schlange, Stinktier, Pistolero, Massenmörder, Giftspritze: Für die schönsten Wortkreationen und meisten parlamentarischen Rügen zeichnete Herbert Wehner verantwortlich. Achtundfünfzig Ordnungsrufe, damit ist er immer noch einsamer Spitzenreiter im Bundestag, gefolgt von Ottmar Schreiner, SPD, und Joschka Fischer von den Grünen. Damals machte es noch Spaß, Parlamentsdebatten zu verfolgen, heute findet Anna sie nur noch fade.

Sie biegt ab und erreicht am Ende der Kaiserstraße den Bahnhof, auch eine große Baustelle, geht weiter nach rechts, dann über den Markt und in die Friedrichstraße, seit Langem eine autofreie Einkaufsmeile mit hübschen Geschäften von edel bis ausgefallen. Es ist viel los in der Stadt an einem Freitagnachmittag, aber Bonn ist ja auch so winzig im Vergleich zu Berlin. Dort wäre sie nie auf die Idee gekommen, irgendwohin zu Fuß zu gehen, außer zum nächsten Kiosk oder in den benachbarten Park.

Anna ist zu früh dran, weil sie es in Museen nie lange aushält. Also steht sie vor dem Schuhgeschäft und bewundert die hochhackigen Kunstwerke, in denen sie inzwischen nicht mehr laufen mag. Wie viele alte Frauen tragen noch hochhackige Schuhe? Doch dieses grüne Paar Schönheiten ist gar nicht so extrem, vielleicht ...

»Anna? Anna Marx?«

Sie wendet ihren Blick vom Schaufenster ab zu dem Mann, der neben ihr steht und sie anlächelt. Hat keine Ahnung, wer das ist, sie hat ein miserables Personen- und Namensgedächtnis.

»Ich hab dich an den roten Haaren erkannt.«

Er lacht, und jetzt identifiziert sie ihn an der kleinen Lücke zwischen den oberen Schneidezähnen. Sie hatte immer schon einen Hang zu sinnlosen Details. »Robert Fellner! Na klar, Mensch, bist du noch beim *Stadtanzeiger*?«

Er schüttelt den kahlen Kopf. Früher hatte er die Haare hinten lang getragen, während die Lichtung vorne sich immer weiter ausbreitete.

»Wo denkst du hin, ich bin seit zwei Jahren in Pension. Ab und zu schreib ich noch für ein Stadtteilblättchen, ansonsten gebe ich mich dem Müßiggang hin.«

Er streicht sich über den kahlen Kopf, und Anna muss lachen. »Früher war da mehr, aber es steht dir irgendwie, das Kahle.« Damals, als sie noch in einer großen Redaktion saßen, fand sie ihn ganz attraktiv. Aber er hatte nur Augen für Gaby. Alle Männer fanden sie rasend hübsch. Und Gaby verteilte ihr strahlendes Lächeln großzügig in alle Richtungen, sie liebte es einfach, bewundert zu werden.

»Bist du jetzt wieder in Bonn? Oder nur auf Besuch?«

Anna schaut auf die Uhr, sie hat noch zehn Minuten Zeit, wenn sie pünktlich sein will. »Ehrlich gesagt weiß ich das nicht. Im Moment schwanke ich zwischen Bonn und Berlin. Ich wohne übrigens bei Gaby. Sie hat mich eingeladen.«

Ein leichter Schatten, dann grinst er: »Die schöne Gaby. Ich wusste gar nicht, dass ihr so befreundet wart. Genau genommen hatte sie nämlich gar keine Freunde.«

Das klang einen Hauch bitter. »Habt ihr denn noch Kontakt?«

Robert streicht sich über seinen Zweitagebart: »Wir sind uns ein paarmal begegnet – im Theater, bei Empfängen, du weißt ja, wie das ist in einer kleinen Stadt. Einmal hat sie mich sogar eingeladen zu einer ihrer Dinnerpartys, wie sie es nannte. Aber ich wurde dann krank und hab mich entschuldigt. Macht nix, sie spielt ohnehin nicht in meiner Liga.«

So könnte man es sehen, denkt Anna, erwidert aber nichts darauf. »Du, ich würde mit dir gern noch weiterplaudern, aber ich bin verabredet. Sollen wir uns mal auf einen Kaffee treffen? Ruf mich an, wenn du magst.« Sie kritzelt ihre Handynummer auf eine Visitenkarte, die sowieso nutzlos geworden ist. Kein Koffer mehr in Berlin. Robert nimmt sie entgegen und steckt sie in seine Jackentasche. »Ja, das wär schön, Anna. Ich ruf dich an, mach's gut.«

Dann geht er, von hinten sieht er noch ganz jung aus, denkt Anna, er hat nicht einmal diesen typisch verhaltenen Altersgang. Bloß nicht hinfallen, nur kein Oberschenkelhalsbruch! Es ist legitim, an morschen Knochen zu hängen, sie tut es ja auch. Dennoch, sie will nicht altersfeige werden, will weiter den aufrechten Gang üben. Haltung zeigen sei eines der wichtigen Dinge im Leben, hat Philipp immer gesagt. Andererseits war seine Haltung auch nicht immer perfekt – im Politischen wie Persönlichen. Ach, zum Teufel mit ihm, es liegt an nur Bonn, dass sie wieder öfter an ihn denkt.

Sie wirft noch einen letzten Blick auf die grünen Schuhe. »Vielleicht ein andermal«, sagt sie und findet nichts daran, mit Dingen zu sprechen. Hat sie immer schon getan, zum Beispiel mit ihrem Kühlschrank. »Warum bist du so leer?« Zur Zigarettenpackung: »Das kann nicht sein, dass ich so viel geraucht habe?« Zur Weinflasche: »Da muss was verdunstet sein.« Menschen, die allein leben, dürfen mit ihrer nächsten Umgebung Konversation treiben. Sonst wär es ja immer so still. Anna geht weiter und spürt Hunger und Durst. Zwei sehr vertraute Begleiter ihres Lebens. Die Nikotingier bekämpft sie jetzt, weil sie nicht anhalten und zu spät kommen möchte. Eine ihrer wenigen preußischen Tugenden: Sie hasst Unpünktlichkeit.

Gaby, frisch von der Kosmetikerin, sitzt schon am Tisch, als sie eintrifft. Stylisches Ambiente, denkt Anna, und dass es zu ihrer Freundin passt. Sie ist wieder perfekt angezogen, doch wie immer eine Spur blingbling. »Du siehst fabelhaft aus«, sagt Anna.

Gaby streicht sich über das Gesicht. »Ja, ich fühle mich jedes Mal zehn Jahre jünger, wenn ich von der Kosmetikerin komme.« Annas Erscheinungsbild kommentiert sie nach dem ersten Treffen am Flughafen nicht mehr. Entweder sie ist höflich, oder es ist ihr egal, denkt Anna. So oder so ist es ohne Bedeutung, sie hat sich nie mit ihr verglichen und daraus Minderwertigkeitskomplexe gezogen. Na ja, selten.

Anna winkt nach dem Kellner, der herbeieilt, und nach kurzem Studium der Speisekarte bestellen sie Wein und Wasser, Austern und Jakobsmuscheln. Austern für Gaby, Anna hat sie nur einmal probiert und dann das Gesicht zu einer Grimasse verzogen. »Ist das nicht das ehemalige *Weinhaus Jacobs*?«

Gaby nickt. »Ja, dieser Spießerladen. Jakob mochte ihn, stell dir vor, er war mit dem Besitzer befreundet oder so was. Aber jetzt ist es doch fabelhaft – ich komme öfter her, wenn ich in der City bin.«

City, denkt Anna, ist ein unpassendes Wort für den kleinen Stadtkern von Bonn. Aber sie sagt nichts, sondern erwähnt, dass sie Robert Fellner getroffen hat. »Er hat mich erkannt und angesprochen, so ein Zufall.«

Gaby kann sich an Robert erinnern, er war schrecklich in sie verliebt. »Ach ja, unser Redaktionsalkoholiker. Aber er hatte seine Sucht gut im Griff.«

»Und er war in dich verknallt«, sagt Anna.

Gaby mustert ihre Freundin, ihre Detektivin, ihre Ex-Kollegin mit einem beinah zärtlichen Blick. »Und du in ihn, zumindest eine Weile. Wie blöd wir doch damals waren. Warum hast du nie geheiratet, Anna?«

Der Wein kommt, und Anna trinkt, bevor sie antwortet. »Es waren immer die falschen Männer. Und jetzt ist es zu spät und sowieso egal. Ich habe mich daran gewöhnt, mit mir auszukommen. Das ist schwerer, als man denkt.«

Darauf stoßen sie an. Gaby denkt an die vielen Chancen, die sie hatte. Und dass sie sich von allen Jakob aussuchte. Weil er reich war. Und sie den Prinzessinnen-Komplex hatte. Weil ihre bescheuerte Mutter sie so erziehen musste, dass Schönheit und Geld nichts bedeuten in dieser Welt. Was zählt, sind allein geistige und moralische Leistungen, war das Mantra ihrer Mutter, nur war ihre Tochter eben keine Intellektuelle, es hatte gerade so zur Journalistin gelangt. Und dazu, reichen Männern zu begegnen und sich einen von ihnen zu krallen.

»Das ist gut so, Anna. Und schau, ich habe geheiratet und bin trotzdem allein. Geld macht auch glücklich.«

Du blöde Kuh, denkt Anna und hebt ihr Glas schon wieder. »Du sagst es.«

Während sie trinken und schweigen, denkt Anna daran, dass sie in finanziellen Dingen immer zu sorglos war. Als Journalistin hatte sie nicht schlecht verdient, doch Anna war das Geld immer zwischen den Fingern zerronnen, sie gab es für Essen und Trinken und Zigaretten aus, für das Auto und Urlaube, die sie sich nicht leisten konnte, Schuhe sowieso und anderes, das für ein paar Sekunden glücklich machte.

»Weißt du noch, wie wir gemeinsam nach Kleidern für den Bundespresseball gesucht haben?«

Anna weiß es, ihr trivialer Gedächtnisspeicher. »Ja, du bist relativ schnell fündig geworden mit deiner Kleiderständer-Figur. Bei mir war's ein Drama mit dem großen Busen und dem breiten Kreuz. Ich hatte die Wahl zwischen Presswurst und Zelt.«

»Bis wir auf die Idee mit dem Edeldirndl kamen.«

Das Einzige, das passte und in dem sie nicht wie eine fette Kuh aussah. Sie hat es immer noch, das Dirndl, obwohl sie es nach dem Ball nie wieder angezogen hat. »Es war unverschämt teuer«, sagt Anna.

»Ja, aber du hast fabelhaft darin ausgesehen. Sogar der alte Strauß hat dir ein Kompliment gemacht.«

»Es war eine sexistische Bemerkung. *Host an g'scheitn Balkon vor der Hütt'n* – das würde heute kein Politiker mehr wagen.«

Gaby lacht, ihre Zähne sind so weiß. »Wir waren halt Goldfische im Haifischbecken, und mich hat das nie gestört, selbst wenn es sexistische Komplimente waren. Übrigens ist Robert geschieden seit ein paar Jahren. Und er trinkt nicht mehr. Eigentlich sieht er gar nicht so schlecht aus, was meinst du?«

Die Austern kommen, ein Dutzend für Gaby, und eine sehr kleine Portion Jakobsmuscheln, kunstvoll arrangiert auf einem großen Teller. Anna wird beim Hinschauen schon hungrig, gottlob gibt es Baguette und Olivenöl. »Willst du mich mit Robert verkuppeln oder was? Ich bin zu alt für den Scheiß ...«

Gaby protestiert heftig: »Unsinn! Wir sind im besten Alter! Robert hat natürlich kein Geld, Journalistenrente, da kann man keine großen Sprünge machen. Aber auf Geld hast du ja sowieso nie großen Wert gelegt. Oder darauf, ob Männer verheiratet sind oder nicht.«

Oh, das war böse. Anna legt ihre Gabel nieder. Ihre grünen Augen senden Laserstrahlen aus. »Philipp war meine große Liebe, okay? Und ich hab es nicht darauf angelegt, ihn seiner Frau wegzunehmen. Es war einfach nur ein schlampiges Verhältnis, das zu lange gedauert hat. Also stell mich nicht als männermordenden Vamp hin, nach ihm hab ich immer sehr auf Eheringe geachtet. Und du hast Jakob doch nur geheiratet, weil er so viel Geld hatte.«

Gaby hat eine Auster sachgemäß geschlürft und spürt dem Geschmack von Salz und Meer nach. Sie liebt Austern! »Na, und wenn schon. Außerdem wollte ich meiner Mutter eins auswischen, die mich unbedingt mit einem Professor verheiraten wollte. Und drittens mochte ich Jakob. Liebe – ich bitte dich! Ich hab immer noch keinen blassen Schimmer, was das sein soll ...«

Weil du eine Narzisstin bist, denkt Anna. Perfekt getarnt hinter rheinischer Frohnatur. Sie spießt die letzte Muschel auf, Bedauern, ein Gefühl des Verlustes, des immer noch nagenden Appetits. »Aber ein bisschen verliebt warst du schon in Jakob, oder?« Eine Sekunde des Zögerns, aber warum sollte sie nicht lügen?

»Na klar. Er sah passabel aus, hatte gute Manieren, schenkte mir Rosen und führte mich anfangs noch in Sternelokale aus. Champagner, Austern ... Du weißt schon, auf so was stand ich halt schon immer.«

Das wusste jeder in der Redaktion, denkt Anna. Auch jene, die hoffnungslos in Gabys Bann waren. Wie Robert Fellner, der sich während der Hochzeitsfeier furchtbar betrank. Man fand ihn irgendwo in den Büschen liegend, und er hatte auf Jakobs Rosen gekotzt. Seine Frau hatte das Fest längst verlassen. Robert behauptete stets, dass er seine Frau nüchtern einfach nicht ertragen könne und nur ihretwegen zum Alkoholiker gereift sei.

Gaby schlürft ihre letzte Auster, den Kopf zurückgelehnt und mit geschlossenen Augen. Und denkt daran, dass sie gern wieder mal Sex hätte. Nicht den à la Jakob, Gott bewahre! Sie waren einfach zu verschieden, Jakob und sie. Und neben anderen Überraschungen stellte er sich als verdammter Langweiler und Geizkragen heraus. Es war ja wohl zu erwarten, dass sie ihn betrog, so wie er sie vernachlässigte. Mit dem damaligen Freund der Yogatussi Elfi. Ein wirklich attraktiver Typ, auch Yogi und so gelenkig auf der Matratze. Sie waren sehr vorsichtig und trafen sich immer in kleinen Hotels außerhalb Bonns. Matthias wollte, dass sie ihren Mann für ihn verließ, aber das kam natürlich nicht infrage. Als er immer drängender wurde, hat sie die Affäre beenden müssen. Schade eigentlich, als sie Elfi unlängst nach Matthias fragte, meinte die, er sei in einem indischen Ashram, wollte ihr aber nicht sagen, wo, die blöde Kuh. Klein, dick und bösartig! Oh, Gaby weiß genau, dass Elfi sie ebenso verachtet wie beneidet. Manchmal bereitet ihr das sogar Vergnügen.

Anna ist anders, eine sanfte Riesin. Das zumindest denkt

Gaby von ihr, weshalb sie sie ja auch nach Bonn und in ihr Haus geholt hat. Es war mehr Einsamkeit als alles andere, und sie hatten doch früher so viel Spaß miteinander. In gewisser Weise ist Anna ganz gut gealtert, vielleicht liegt es daran, dass sie gepolstert ist, die Dicken haben immer weniger Falten. Und Annas Wangenknochen sind einfach fabelhaft, fast das Beste an ihr. Schon früher dachte Gaby, dass Anna nur fünfzehn Kilo abnehmen müsste, um richtig attraktiv zu sein. Gilt immer noch, aber so, wie sie isst, wird das nie geschehen. Schon das dritte Stück Baguette ist in ihrem großen Mund verschwunden. »Magst du noch einen Nachtisch, Anna?«

Möchten schon. Anna schwankt. »Und du?«

Gaby schüttelt den Kopf. »Aber ein Glas Chablis könnte ich noch vertragen, du auch?«

Womit das Thema Dessert erledigt wäre, denkt Anna. Sie nickt. Solange sie den Brotkorb am Tisch lassen ... Als der Kellner kommt, legt sie die Hand drauf.

»Hast du denn irgendwas in Erfahrung gebracht bei deinem letzten Besuch?«

Anna erzählt von ihrem Gespräch mit der Baronin und vom Besuch des Kräutergartens. »Es sieht so aus, als sei deine Mutter sehr beliebt gewesen. Das Gärtnern, der Unterricht ...«

»Ich bitte dich: Die alten Hennen lassen kein gutes Haar aneinander. Das sagen sie jetzt nur, weil sie tot ist. Mutter hatte immer recht und duldete keinen Widerspruch. Kriegt man dafür Beliebtheitspunkte? Sie hat übrigens meine Schwester sehr viel mehr geliebt als mich. Die Klügere, und einen Professor hat sie auch geheiratet. Und sie hat Marion Enkel geschenkt. Ich dagegen, was hab ich denn schon für sie getan? Sie in mein Haus aufgenommen, ihr die Seniorenresidenz finanziert, in die sie partout wollte, und ich habe sie laufend besucht, während meine Schwester, die in Düsseldorf wohnt, gerade mal alle vier Wochen vorbeischaute mit ihrem Familientross.«

Anna fragt sich, warum wir nicht über unsere Familien hinwegkommen – von einer Generation zur nächsten. Nur ist bei ihr dann Schluss. Diese Familie stirbt aus.

Gaby greift nach dem vollen Weinglas. Ihr Zweikaräter funkelt aggressiv. »Ich wollte unbedingt, dass Marion mich respektiert. Und sie wollte mich nach ihrem Bild formen, nach ihren blöden Prinzipien. Es hatte schon fast was Toxisches, unser Verhältnis. Was erklären könnte, dass sie darauf bestand, ins *Paradies* zu ziehen.«

Anna fragt sich, warum Gaby heute so schnell trinkt, ihr zweites Glas ist schon fast leer. Normalerweise vermeidet sie Alkohol vor Sonnenuntergang. Aber was ist schon normal? »Elfi Pilz meint auch, dass deine Mutter mit Jakob sehr gut klarkam. Gemeinsame Interessen und so.«

»Tja, dann sagt sie zur Abwechslung mal die Wahrheit. Obwohl sie das ja nun nichts angeht.«

»Und warum lädst du sie dann zu dir ein?«

Gaby zuckt mit den Achseln. »Weil sie meine Yogalehrerin ist zum Beispiel. Und weil ich es manchmal ganz amüsant finde, wie sehr sie mich beneidet. Hat sie dir auch erzählt, dass sie darauf wartet, ihre zweite Hälfte zu finden? Elfis Standard-Story. Tatsächlich hängt sie sich jedem Typen an den Hals, den sie kriegen kann. Angeblich soll sie was mit einem syrischen Flüchtling haben, etliche Jahre jünger als sie. Die anderen Damen im Flüchtlingscafé erzählen das, keine Ahnung, ob es stimmt, aber zutrauen würde ich es ihr schon. Diese Typen sehen zum Teil ja ganz gut aus, wenn man einen Hang zum Exotischen hat. Den angeblichen Konditor-Freund hat dagegen noch keiner zu Gesicht bekommen.«

Sei endlich still, denkt Anna. Gabys Geplapper beginnt, an ihren Nerven zu zerren. Außerdem ist sie nicht satt geworden, das verbessert das Allgemeinbefinden keineswegs. Ihr Weinglas ist leer, und sie protestiert nicht, als Gaby zwei Espresso und die Rechnung bestellt. Annas Körper schreit nach Nikotin, ganz lautlos. Und sie steht sofort auf, als das Geld auf dem Tisch liegt. Geht als Erste nach draußen und steckt sich eine Zigarette an.

»Du solltest wirklich damit aufhören«, sagt Gaby, einen halben Meter von ihr entfernt.

Ein Running Gag, der Anna nicht amüsiert. Könnte der Rauch Gabys Botox-Hyaluronsäure-Haut schaden? Anna bleibt stehen und widersteht der Versuchung, ihr Rauch ins Gesicht zu blasen. »Hör mal, ich glaub inzwischen, dass es eine blöde Idee war, mich nach Bonn zu holen. Ich will wirklich nicht undankbar sein, aber du solltest wissen, dass ich dein Geld verschwende. Deine Mutter ist nicht umgebracht worden – und selbst wenn, wie sollte ich das je herausfinden?«

Gaby, einen Kopf kleiner als Anna, schaut zu ihr hoch, und ihre Augen scheinen tatsächlich zu betteln. »Anna, bitte! Ich will einfach, dass du dein Möglichstes versuchst. Und wenn nichts dabei herauskommt, auch gut. Ich wär dir nicht böse, wirklich nicht. Gib nicht so schnell auf! Ich brauche dich doch.«

Tränen? Anna ist von Gabys Ausbruch überrascht – und tatsächlich ein wenig gerührt. Wann hat das jemand zum letzten Mal zu ihr gesagt? Kann es sein, dass Gaby der einzige Mensch auf der Welt ist, der sie braucht? Dass sie Sybille ersetzen könnte? Sie spürt eine alte, neue Zuneigung: »Ist ja gut, ich bleibe. Du darfst bloß nicht zu viel erwarten von meinen detektivischen Fähigkeiten.«

Gabys Gesicht strahlt schon wieder, es ist fast unheimlich. »Na bitte, dann ist ja alles gut. Und jetzt gehen wir shoppen, Anna. So wie früher. Ich hab gerade Lust, ein bisschen Geld unter die Leute zu bringen.«

8

Sie streiften bis zum Ladenschluss durch Geschäfte der Innenstadt und fuhren mit Einkaufstüten beladen zurück nach Godesberg. Anna kaufte sich die grünen Schuhe, weil Gaby sie dazu drängte. Doch bezahlt hat sie selbst, trotz heftiger Proteste ihrer Freundin, deren Kreditkarte fast ans Limit kam.

Geld macht glücklich. Aber nur sehr kurz. Anna fühlt sich nach der Konsumorgie eher erschöpft, und nur die schönen Schuhe spenden ein Quantum Trost. Sie sitzt auf der Couch und checkt ihre Mails am Laptop. Niemand schreibt ihr außer geldgierigen Fremden. Du hast die ganze Welt im Internet, sie bieten dir Liebe, Glück und Waren an, du musst nur daran glauben.

Neben der Tür steht ein Umzugskarton. Marion Hellichs Hinterlassenschaft, von der Gaby behauptet, dass sie bisher nur einen flüchtigen Blick darauf geworfen hat. Der Karton lagerte im Wirtschaftszimmer neben Bügelbrett und Staubsauger, Anna hat ihn eigenhändig nach oben getragen.

Sie habe nur den Schmuck rausgenommen, sagt Gaby, und dass Anna ihn gerne durchforsten könne. Um was zu finden? Die Mordwaffe? Anna seufzt und öffnet ihn, bricht sich dabei einen Fingernagel ab und flucht. Außerdem findet sie es merkwürdig, dass Gaby sich nicht dafür interessiert, was ihre Mutter zurückgelassen hat. Fotos zum Beispiel. Briefe. Ein Leben in einem Karton verstaut. Als Annas Mutter gestorben ist, hat sie als einziges Kind nur ein paar Dinge mitgenommen und den Rest verschenkt, weggeworfen. Sie fühlte sich mies dabei, aber nichts, was ihre Mutter schön fand, hat ihr je gefallen. Das Bleikristall. Die

Wandteppiche. Geschirr mit Blumendekor, die Kollektion von Mokkalöffeln. Es war ein schwieriges Verhältnis, Annas Mutter wollte einen Sohn, einen Ersatzmann, und war von dem Mädchen überwiegend enttäuscht. So wie Marion es von Gaby war, denkt Anna, und warum sich Mutter-Tochter-Geschichten bis in alle Ewigkeit fortsetzen?

Im Karton sind überwiegend Bücher. Keine Belletristik, sondern Geschichts- und Sachbücher, einige Werke über Gärtnerei und Pflanzenzucht, recht viele zum Thema Giftpflanzen. War das eine Art mörderischer Kick, den Marion im Alter brauchte? Ein Gefühl von Macht vielleicht, schließlich hätte sie das halbe Altersheim mit ihren Pflanzen vergiften können. Möglicherweise das ganze.

Anna nimmt sich ein Giftbuch aus dem Karton, um es auf ihren Nachttisch zu legen. Kann ja nicht schaden, darin zu blättern. Vielleicht geht sie eines Tages zum Arzt, und der diagnostiziert Lungenkrebs. Dann würde sie darüber nachdenken, wie man die Sache abkürzen könnte. Ganz sicher nicht in einem Sterbezimmer in der Schweiz, in einem hässlichen kahlen Raum, in einem fremden Bett, als einzige Gesellschaft ein Glas Flüssigkeit mit tödlicher Wirkung, nicht einmal wohlschmeckend. Neinneinnein, das muss anders gehen.

Ob Marion Hellich einen Selbstmord plante und ihr die Herzattacke zuvorkam? Anna nimmt Amérys *Hand an sich legen – Diskurs über den Freitod* aus dem Karton und findet beim Blättern einige unterstrichene Stellen. Vor dem Tod in den Tod fliehen.

Sie legt es zum Giftbuch und nimmt sich vor, mit dem Arzt zu sprechen, der Marion behandelt hat. Obwohl er ihr nichts sagen wird, ärztliche Schweigepflicht, aber vielleicht ist er ein Plappermaul, man weiß ja nie ...

Neben den Büchern Fotoalben, zwei Aktenordner, drei Bilder, ein Bündel mit Briefen. Alles, was bleibt. In einem Aktenordner hat Marion akribisch alle Versicherungen abgeheftet, im zweiten finden sich Bankauszüge, ihre Pensionsbescheinigungen, Einnahmen und Ausgaben. Sie war sehr ordentlich, denkt Anna – zumindest im Vergleich zu ihrer eigenen chaotischen Buchführung. Ein Jahr lang schmeißt Anna alles auf einen Haufen, und wenn die Steuererklärung unvermeidlich wird, sortiert sie die Papiere zu kleinen Häufchen, die sie eintütet und ihrer Steuerberaterin übergibt. Die Anna hasst oder zumindest verachtet. Weil ordentliche Menschen nicht verstehen können, wie wunderbar Chaos sein kann.

Anna blättert die Fotoalben durch. Marion Hellich als Baby, Kind, Jugendliche. Erst schwarz-weiß, dann in Farbe. Sie war in jungen Jahren ebenso hübsch wie ihre Tochter, nur wurden ihre Gesichtszüge zunehmend härter. Noch nicht auf ihren Hochzeitsbildern. Der Ehemann, Gabys Vater, sah geradezu umwerfend aus. Von ihm erzählte Gaby nur, dass er die Familie schon verlassen hatte, als sie zur Welt kam.

Alleinerziehende Mutter, Lehrerin: Mit jedem Jahr, das Anna durchblättert, wird Marions Gesichtsausdruck kälter. Alltagsüberforderte Mimik. Kein Geld vom verschwundenen Vater, sie musste die beiden Kinder von ihrem Gehalt durchbringen, was ihr gelang, auch wenn sie sparsam leben mussten, das weiß sie von Gaby. Aus dieser entbehrungsreichen Zeit sei wohl ihr Hang zum Luxus gewachsen. Sagt Gaby. Schon als Journalistin trug sie teure Klamotten und verzichtete lieber aufs Essen als auf schöne Schuhe.

Anna blättert weiter im Album: die Schwestern als Schulkinder, Teenager, beim Abitur. Gaby, die Wunderhübsche, und Lisbeth, die Kluge. Auf einem Hochzeitsfoto mit ihrem Professor, das Paar strahlt um die Wette. Ausnahmsweise lächelt auch Marion in die Kamera, stolze Mutter und Schwiegermutter, und nur ein Jahr später gibt es Fotos vom Enkel in allen Lagen und Variationen.

Auf lediglich zwei Seiten hat Marion Fotos von Gaby geklebt und beschriftet: Kommunion und Firmung, Ballettaufführung, Abitur, bei einem Tanzwettbewerb, als Weinkönigin, Funkenmariechen. So fotogen, und zuletzt die Hochzeitsfotos von Gaby und Jakob. Danach nichts mehr. Marion hatte aufgehört, die Stationen ihres Lebens und die ihrer Kinder in analogen Bildern festzuhalten. Nur mehr leere Seiten. Als Anna das Album zuklappt, fällt ein Foto heraus, das einen jungen Mann zeigt, der in die Kamera grinst. Sie legt es auf den Tisch.

Interessant erscheint ein schmales Bündel Briefe, von einem Gummiband zusammengehalten. Anna ist zu müde, sie jetzt zu lesen, und legt sie auf den Tisch. Gaby wird erwarten, dass sie zum Essen herunterkommt, vorher will sie noch duschen und Haare waschen. Am nächsten Vormittag ist sie wieder im Altersheim dran, also hat sie morgens keine Zeit dafür. Anna hasst Haarewaschen und -föhnen. Zähne putzen. Schuhe polieren. Strümpfe anziehen. In der Schlange stehen. Warten auf Flughäfen. Allein im Restaurant sitzen. Fotografiert werden. Schwere Einkaufstüten (überwiegend Weinflaschen) schleppen. Schlechtes Essen. Miesen Wein. Neben Männern aufwachen, an deren Namen sie sich nicht erinnern kann.

Letzteres ist schon eine Weile her. Gott sei Dank. Die furchtbaren Momente des Aufwachens mit Kopfschmerzen und Übelkeit – und dann der Seitenblick auf ein fremdes, behaartes Wesen in ihrem Bett. Schnarchend oft und nach

Alkohol und Nikotin stinkend. Sie aber auch, und das waren immer die Momente, in denen sie vor sich selbst davonlaufen wollte.

Anna stellt sich unter die Dusche. Dann zieht sie einen Kaftan an, flicht die nassen Haare zu einem Zopf und geht hinunter zum Abendessen.

Brot, Käse, Trauben und Wein. Salita hat ihren freien Tag, und Gaby hatte keine Lust, sich in die Küche zu stellen. Anna ist schon wieder hungrig, während die Hausherrin nur kleine Stücke vom Käse und ein paar Trauben auf ihren Teller legt. Sie trägt das graue Kaschmirkleid, das sie gekauft hat, so edel und ebenso teuer wie Annas langes Dirndl zum Bundespresseball.

Als Anna ihr das Foto zeigt, zuckt Gaby mit den Achseln. Sie weiß nicht, wer der Typ ist und warum ihre Mutter sein Foto aufbewahrt hatte.

Aber war da nicht ein leichtes Zögern? »Meinst du, es war ein früherer Liebhaber deiner Mutter?«

Gabys Tonlage ist im desinteressierten Bereich: »Weiß nicht. Mein Vater ist es jedenfalls nicht. Der sah auch gut aus, aber auf eine andere Art. Er war mehr der nordische Typ, von ihm hab ich die blauen Augen und die blonden Haare.«

Aber nicht so platinblond, denkt Anna. Missgünstig, wie sie nun einmal ist. Annas Rot ist ziemlich echt, manchmal hilft sie mit Henna nach. Obwohl sie im Fegefeuer der Eitelkeiten schon ziemlich abgebrannt ist.

»Vielleicht weiß Lena, wer der Typ ist.«

Anna schenkt sich Wein nach. Grauburgunder. »Und wer ist Lena?«

»Lena Berg, Marions beste Freundin. Sie waren Lehrerinnen an derselben Schule, Lena war auch alleinerziehend, und die beiden waren ziemlich viel zusammen. Nach der Pensionierung zog Lena nach Koblenz, danach waren sie nicht mehr so eng. Haben sich nur noch ab und an gesehen, wie das so ist. Lena war beim Begräbnis und gab mir ihre Karte, keine Ahnung, warum. Ich hab sie irgendwo im Arbeitszimmer und geb sie dir morgen.«

Anna nimmt zur Kenntnis, dass sie doppelt so viel isst und trinkt wie Gaby. Was einiges erklärt. Aber sie ist auch einen guten Kopf größer. Und eine Frau, die Diäten verachtet. »Ja, vielleicht sollte ich mit ihr reden. Weißt du, warum deine Mutter sich so intensiv mit Giftpflanzen beschäftigt hat? Der Kräutergarten, die Bücher ...«

Gaby zuckt wieder mit den Achseln. »Frag mich nicht so was. Den Spleen hat sie übrigens erst entwickelt, seit sie in Rente war. Marion hatte eine Todesangst davor, zum Gemüse zu werden, du weißt schon ... Alzheimer, Demenz, Hirnblutung ... Ich nehme an, sie dachte, wenn es hart auf hart käme, könnte sie sich noch bei ihren giftigen Pflänzchen bedienen.«

Anna fragt sich, warum Gabys Stimme immer härter klingt, wenn es um ihre Mutter geht. Sie hilft ihr, das Geschirr in die Küche zu bringen. Anschließend wünschen sie einander eine gute Nacht, Gaby will noch fernsehen, und Anna will einfach nur allein sein.

Während sie auf dem Balkon steht und inhaliert, läutet ihr Handy. Das Display zeigt Fjodor an, also drückt sie auf Grün.

Seine Stimme klingt anders als sonst, was sie alarmierend findet. Wagnerianisches Donnergrollen.

»Hallo, Anna, wie geht es dir in der Provinz?«

Die schlechte Nachricht zuerst. »Mir geht es gut. Was ist los?«

Einige Sekunden Stille. Dann flüstert Fjodor: »Es geht um Sami, er ist fort, einfach abgehauen, ich habe keine Ahnung, wo er ist.«

Das war doch zu erwarten, denkt Anna, der Junge war viel zu jung und schön für Fjodor.

»Das tut mir leid. Aber du wirst über ihn hinwegkommen, oder? Hat er dir meine Wohnungsschlüssel zurückgegeben?«

Wieder Stille. Dann fährt er mit einer Stimme fort, die weit entfernt von seinem normalen Ton ist. »Nein, hat er nicht. Aber eigentlich ist das gar nicht schlimm, weil … die Wohnungstür kaputt ist. Also, eigentlich ist gar keine Tür mehr dran. Irgendwie.«

Anna setzt sich auf den Sessel und holt tief Luft. Ganz ruhig bleiben, aufregen nützt nichts mehr! »Okay, was ist passiert? Und erzähl mir nur das Wesentliche!«

Ein tiefes Seufzen am anderen Ende der Leitung. »Ach, weißt du, wir haben Samis Geburtstag gefeiert. Neunundzwanzig Jahre, da kann man nur neidisch sein. Dazu hat er ein paar Kumpels eingeladen, ich einige Russen, die ich kenne, Frauen auch, damit's nicht so ein Schwulending wird – und es waren auch noch ein paar Deutsche dabei … So an die fünfzig Gäste, schätze ich.«

Anna zündet sich eine Zigarette an. Sie ist die Ruhe selbst. Schockgefrostet. »Und die Party fand in meiner Wohnung statt.«

»Na klar, weil sie so schön leer ist, wir haben ein paar Kissen hingelegt und Aschenbecher, und es gab Wodka und Bier und Pelemi und Sakuska … Wirklich schade, dass du nicht dabei warst.«

Anna holt tief Luft. »Ja, wirklich schade, aber was geschah dann?«

Fjodor seufzt noch inbrünstiger. »Wir haben gegessen und getrunken und gelacht und Musik gemacht und getanzt, es war wirklich eine wundervolle Party. Aber natürlich wurde es irgendwann laut, und dann haben die Nachbarn die Polizei gerufen. Das war so kurz nach zwei Uhr morgens. Sami kriegte furchtbare Angst, weil er doch illegal ... Und ich glaube, viele Gäste hatten keinen Bock auf die Bullen, gekifft wurde ja schließlich auch. Jedenfalls haben wir die Tür nicht aufgemacht, als die klingelten. Und wir haben den großen Schrank davorgestellt, du weißt schon, der bei dir im Hausflur stand. Wir fanden das irgendwie cool, und weil wir ganz still waren, dachten wir, die gehen dann wieder, ich weiß auch nicht mehr so genau, zu viel Wodka, verstehst du, und dann haben die Bullen versucht, das Schloss zu knacken, was ihnen auch gelang, aber dann war der alte Schrank davor, solides Holz, und da haben sie zur Hacke gegriffen, um durchzukommen ... An dem Punkt waren die meisten Leute schon über die Feuerleiter verschwunden, jedenfalls die Afghanen – und ein paar Russen auch, du weißt ja, wir mögen Obrigkeiten nicht sonderlich. Jedenfalls, die Tür ist hin, und der Schrank auch. Und ein Fenster ist zu Bruch gegangen, als unsere Gäste ausgestiegen sind. Ein paar kleine Brandlöcher im Holzboden, aber die sieht man kaum. Und die Toilette ist beschädigt, aber das lässt sich ganz leicht richten.«

Sie möchte jetzt brüllen, aber es kommt nur ein Krächzen heraus. »Ich fasse es nicht ...«

Fjodor redet schnell weiter: »Die Bullen waren eigentlich ganz okay, wir müssen nur für diese Türgeschichte aufkommen.«

»Wieso *wir*?«, fragt Anna ziemlich blöd.

Ein kurzes Schweigen in der Leitung.

»Na ja, weil es deine Wohnung ist. Nach offizieller Version hast du mir nur die Schlüssel dagelassen bis zur Übergabe. Sami ist sowieso weg, keine Ahnung, wo der sich rumtreibt. Eigentlich hab ich ihn schon ein wenig geliebt, weißt du.«

Zigarette! Die Krücke ihres Daseins. Das Wegwerffeuerzeug ist fast leer. Und sie könnte sich wegwerfen vor Zorn – nicht auf Fjodor und Sami, sondern wegen ihrer eigenen Blödheit. Wohnung und Schlüssel an den Hausmeister zu übergeben, das wäre richtig gewesen.

»Anna ...? Bist du noch dran? Also, die Rechnung von den Bullen ist heute gekommen, das sind neunhundert Euro. Und der Hausmeister meint, dass die Schäden – Fenster, Tür und Boden – so bei dreitausend Mäusen liegen. Grob geschätzt. Er hat es der Verwaltung gemeldet, von denen ist noch nichts gekommen. Andererseits, wenn sie das Haus sowieso abreißen, stellen sie es dir vielleicht gar nicht in Rechnung. Der Hausmeister meint, dass sie es möglicherweise trotzdem tun, so aus Prinzip, verstehst du? Du könntest sie natürlich verklagen ...«

Anna legt das Telefon zur Seite und geht in die Küche. Jetzt braucht sie ein Glas. Dann nimmt sie das Handy wieder auf, Fjodor hat einfach weitergeredet, und sie unterbricht ihn: »Wie soll ich das bezahlen? Ich bin pleite, Fjodor.«

»Aber nicht so pleite wie ich, Anna! Ich habe mich in den letzten paar Tagen von Kartoffeln ernähren müssen ... mit Hering.«

Das ist deine Lieblingsspeise, du Arsch, denkt Anna. Fette Sahne, saure Gurken und viel Dill. Der ideale Nährboden für Wodka. »Und was machen wir jetzt? Was passiert, wenn ich die Rechnung von der Polizei nicht bezahle?«

»Keine Ahnung. Wahrscheinlich musst du dann ins Gefängnis.«

Das war hart! »Oder *du*! Ich war ja nicht einmal dabei.«

»Das ist egal, Anna. Du bist haftbar. Weil es deine Wohnung ist, verstehst du.«

Oh ja, sie versteht. Und rechnet in Gedanken aus, wie viel Geld ihr noch bleibt, wenn sie diesen Scheiß bezahlen muss. Vielleicht kann sie sich mit der Hausverwaltung darauf einigen, dass die nur die Kaution einbehalten? Sie wollen die Bude ohnehin abreißen, da werden solche Schäden doch nicht ins Gewicht fallen, oder? Aber wenn sie mit denen verhandelt, braucht sie ein Druckmittel. Wie zum Beispiel eine besetzte Wohnung. Sie erklärt es ihm, und Fjodor versteht sehr schnell. Vorübergehende Okkupation der Wohnung durch russische Freunde oder Flüchtlinge mit Aufenthaltsstatus. Er verspricht ihr, es zu organisieren, und Anna erklärt sich im Gegenzug bereit, die Polizeirechnung zu begleichen. Er wird sie an ihre Bonner Adresse weiterleiten.

»Du fehlst mir, Anna«, sagt Fjodor zum Schluss, »besonders, seit Sami mich verlassen hat. Was machst du überhaupt in diesem Kaff?«

»Ich jage einem Phantom nach«, sagt Anna, dann legt sie auf. Wirft sich ins Bett, nachdem sie im Bad war und das allnächtliche Prozedere absolviert hat. Bei günstigem Licht und mit ein paar Glas Wein im System kann sie ihr Gesicht noch leiden. Wie immer schneidet sie eine Grimasse für den Spiegel, bevor sie das Badezimmerlicht löscht.

Im Bett liest sie noch in Marions wundersamem Buch der Giftpflanzen. Einige von ihnen hat die Botanikerin angekreuzt, Anna geht davon aus, dass sie die Markierten auch angepflanzt hat. Wie das Bilsenkraut, ein Nachtschattengewächs, das je nach Dosierung vom euphorischen Rauschzustand recht zügig zur Leichenstarre führt. Erweiterte Pupillen, Sprechstörungen, Tobsuchtsanfälle, Durst, Wahnvorstellungen, Atemstillstand. Anna nimmt sich vor, ein wenig Bilsenkraut zu pflücken und es zu Tee zu verarbeiten, den sie Fjodor nach Berlin schickt. Oder Borretsch, das Anna immer für ein Heilkraut hielt. Nur die Samen sind ungiftig, der Rest führt zu schweren Leberschäden. Die Hundspetersilie, sieht aus wie die glatte Petersilie, gleicht aber in der Wirkung eher dem Schierling: Sehstörungen, Delirium, Lähmung, Atemstillstand. Anna kann sich nicht vorstellen, dass Marions Interesse an dem Giftzeug rein botanischer Natur war. All die Unterstreichungen und Ausrufezeichen! Bei der Narzisse angekommen, schläft Anna dann ein. Träumt davon, dass Fjodor ihr den Schierlingsbecher reicht, sie ihn aber dazu zwingt, ihn selber zu leeren. Anna wacht schweißgebadet auf, unterdrückt den Wunsch nach einer Beruhigungszigarette und wälzt sich noch eine Weile im Bett, bevor sie wieder in den Schlaf sinkt. Fjodor ist aus ihren Träumen verschwunden, dafür träumt sie von ihrer Mutter, wirres Zeug, an das sie sich am nächsten Morgen nicht erinnern wird.

Im Haus ist es ganz still. Salita übernachtet bei ihrer Schwester, die sie ihrer Arbeitgeberin verschwiegen hat.

Gaby ist via Schlaftablette mühelos in Morpheus' Armen gelandet. Auch sie träumt von ihrer Mutter: dass sie ganz vergeblich ihre Arme nach Marion ausstreckt, die sich angewidert abwendet.

9

Die Baronin sei unpässlich, heißt es im *Paradies*, weshalb Anna zu Friedrich von Hempen geschickt wird. Es sei nichts Ernstes, eher eine Laune, meint Willi, und Anna ist fast ein wenig beleidigt. Hat sie sich beim letzten Mal nicht gut geschlagen? Dann streift sie ihre Zweifel ab, lässt über Willi »gute Besserung« bestellen und fährt mit dem Lift nach oben. Als sie an die Tür seines Apartments klopft, öffnet er erst nach einer Weile, sie wollte gerade wieder gehen.

Er sieht derangiert aus: das Hemd schief geknöpft, und die weißen Haare stehen wirr zu Berge. Anna denkt, dass sie ihn wahrscheinlich aus seinem Mittagsschlaf geweckt hat. Er setzt sich eine Nickelbrille auf die Hakennase und mustert Anna mit einem gewissen Wohlgefallen. »Haben die mir endlich mal eine Jüngere geschickt, nicht die üblichen Friedhofstauben. Ich bin entzückt, Gnädigste, treten Sie ein in meine bescheidene Behausung.«

Leichtes Näseln, ein Handkuss, der sie beinah aus der Fassung bringt: Anna atmet tief ein. Er tritt zurück und macht eine einladende Handbewegung. Sie hat kurz die Befürchtung, dass er ihren Hintern tätschelt, wenn sie vorbeigeht. Er tut es nicht, sondern nimmt eine Zeitschrift von einem der beiden Sessel. »Setzen Sie sich doch. Sie sind ... Warten Sie, ich komm gleich drauf, irgendwas mit Karl Marx ... Karla vielleicht?«

»Anna Marx.« Sie setzt sich und registriert ein ziemlich chaotisches Zimmer, größer als das der Baronin, doch nur spärlich und sehr modern möbliert. Eine Schlafcouch ist noch im Bettmodus, überall liegen Bücher und Zeitschriften.

»Verzeihen Sie die Unordnung, Willi weigert sich, mir eine Putzfrau zu schicken, solange ich nicht aufräume. Aber ich kann mich einfach nicht aufraffen. Mir gefällt das nämlich so.«

»Mir auch«, sagt Anna. »Ich war schon als Kind unordentlich und habe wenig dazugelernt.«

Er lacht, und Anna denkt, dass er aussieht wie ein sehr alter Junge. Groß und schlank, beinahe dürr, mit zauseligen Haaren, vielen Falten, einer großen Nase und auffallend jungen Augen. Spärlicher Dreitagebart. »Wissen Sie, was der Baronin fehlt? Ich muss mir doch keine Sorgen machen?«

Friedrich setzt sich ihr gegenüber und mustert sie ebenfalls. Ihm gefällt, was er sieht, aber natürlich sind die Vergleichsmöglichkeiten an seinem gegenwärtigen Aufenthaltsort eher bescheiden. »Nein, nein, sie hat nur beim Bridgeturnier verloren, und darüber ärgert sie sich dann tagelang und will niemanden sehen. Altershysterie. Spielen Sie Bridge, Anna? Ich darf Sie doch so nennen, oder? Marx ist nicht so mein Fall. Alter ostpreußischer Adel. Wir haben im Krieg alles verloren.«

»Das tut mir leid. Aber immerhin können Sie sich diese feudale Seniorenresidenz leisten«, sagt Anna spitz.

Er lächelt sie so strahlend an, dass das Spitze rund wird. »Ich habe eine wohlhabende Frau geheiratet, die mich nach angemessener Zeit zum Witwer machte. Von meiner Seite war es keine große Liebe, eher eine Versorgungsgeschichte. Vor drei Jahren habe ich unser Haus in Bad Godesberg verkauft und bin hierhergezogen. Was soll ich sagen? Mir gefällt es hier! Man wird bedient, das Essen ist gut, geputzt wird normalerweise auch, und ich kann meine Zeit mit angenehmen Tätigkeiten ausfüllen.«

»Bücher«, sagt Anna.

»Ja, und Bridge und Schach und Schwimmen, am Rhein spazieren, was man noch so macht im hohen Alter. Ich bin zweiundachtzig. Und Sie?«

»Vierundsechzig«, sagt Anna ganz schnell. »Und darf ich fragen, was Sie von Beruf waren?«

Schon ganz schön alt, denkt Friedrich, und dass er sie ein wenig jünger geschätzt hätte. Manchmal sehnt er sich nach glatter Haut und frischen Lippen unter all den alten Weibern. Die einzigen Lichtblicke sind die Mädels aus Thailand und den Philippinen, die die Chefin so gern beschäftigt. »Oh, ich war Beamter im Finanzministerium. Grauenvoll langweilig, nach der Heirat bin ich in Frühpension und wurde ... Privatgelehrter. So hat meine selige Frau es genannt, sie war ein schrecklicher Snob, typisch neureich.«

»Und nach ihrem Tod wollten Sie nicht wieder heiraten?«

Er kichert. »Aber nein, wo denken Sie hin, Anna. Ich habe doch hier einen ganzen Harem, ich könnte an jedem Finger zwei haben, wozu sich festlegen?«

Anna schwankt zwischen Bewunderung und Abneigung, sie vertagt die Entscheidung.

»Oh Gott, ich hab gar nichts angeboten. Ein Glas Sherry vielleicht? Oder Tee?«

Anna lehnt dankend ab, dann fasst sie sich ein Herz und fragt ihn, ob man in seinem Alter denn zu Viagra greife?

Schallendes Gelächter. Friedrich hat schlechte Zähne, ist aber der Meinung, dass sich eine Gesamtrenovierung nicht mehr lohnt. Außerdem hat er Angst vor dem Zahnarzt. »Also, Sie sind wirklich putzig, meine Liebe. Journalistin, hat mir Nina Winkler gesagt? Wollen Sie vielleicht ein Buch über Alterssex schreiben?«

Anna schüttelt den Kopf, nichts liegt ihr ferner, aber irgendwas muss sie sagen. »Ich denke an ein Buch über die Bonner Republik. Meine Erinnerungen.«

»Wie reizend.« Friedrich denkt, dass ihn die Erinnerungen fremder Leute ganz und gar nicht interessieren. Er liest am liebsten Schnulzen, Kriminalromane und Pornos. Aber das muss er dieser Person ja nicht auf die Nase binden. »Sie müssen mir unbedingt ein Exemplar zukommen lassen. Ich habe unter Strauß gelitten, das war vielleicht ein Choleriker, und Schiller und Schmidt waren arrogante Bürschchen. Am nettesten fand ich noch Theo Waigel ... Aber sie fragten nach Sex, meine Liebe: Ja natürlich, mit gelegentlicher Assistenz in Pillenform. Man ist ja nicht mehr so vital wie früher. Und ich lösche immer das Licht, so was macht ein Gentleman. Man muss ja nicht Falten zählen, während man es tut. Die meisten Mädels sind da ganz meiner Meinung.«

»Plural?«

Er lächelt ein bisschen zu selbstgefällig. »Na ja, das Verhältnis der Frauen zu Männern ist hier zehn zu eins. Und die allermeisten meiner Geschlechtsgenossen sitzen im Rollstuhl oder sind gaga, also bin ich quasi der Hahn im Korb. Und soll ich Ihnen was verraten: Ich genieße es. Der Quacksalber meint zwar, die blauen Pillen seien schlecht fürs Herz, aber mein zweiundachtzigjähriger Muskel ist meiner Meinung, dass es im Leben nicht um Quantität, sondern um Qualität geht. Was meinen Sie?«

Sie hat gefragt, selber schuld. Anna verkneift sich eine Antwort und denkt, dass es Zeit ist, Gabys Mutter ins Spiel zu bringen: »Hatten Sie mit Marion Hellich auch ... was am Laufen?«

Er steht auf und schlurft in die kleine Küche, holt sich eine Flasche Bier. »Sicher, dass Sie nichts wollen?«

»Nein, wirklich nicht. Wenn ich mit meinen Fragen zu aufdringlich bin, sagen Sie's mir ruhig.«

Friedrich trinkt Bier aus der Flasche und mustert Anna, als ob sie auch eine Kandidatin für sein Sexleben wäre. »Aber nein, nur zu. Marion schien sich nur für ihren blöden Kräutergarten zu interessieren. Und für den Hausarzt. Also, ich wäre nicht abgeneigt gewesen, schließlich war sie eine attraktive Person. Ehrlich gesagt habe ich sie auch angebaggert, aber sie sandte mir keinerlei Signale zurück. Außerdem hatte ich zu der Zeit schon was mit Alma. Ich sage nur: Balletttänzerin! Die haben es vielleicht drauf.«

Anna ist beeindruckt. Was für ein Prachtexemplar männlicher Hybris. Als er die Bierflasche abstellt, zittern seine Hände stark. Parkinson? Das wagt sie dann doch nicht zu fragen. »Man erzählte mir, dass Marion eine leicht morbide Ader hatte. Fanden Sie das auch?«

Friedrichs graue Augen hinter der Nickelbrille verraten nichts. Vielleicht, denkt Anna, interessiert ihn nichts jenseits von Sex. Wär ja möglich.

»Ach ja, sie hat es ein wenig übertrieben, hier will niemand was vom Tod hören. Obwohl alle ständig von ihren Krankheiten reden. Das Topthema bei Tisch, ich ziehe es manchmal sogar vor, hier oben zu speisen. Ich hörte, Sie logieren bei Marions Tochter? Eine hübsche Person, und Geld soll sie auch haben. Aber ich hatte nicht den Eindruck, dass die beiden sich gut verstanden. Man konnte es an der Körpersprache sehen, wissen Sie. Da wir ja alle nicht mehr viel zu tun haben, beobachten wir einander und tratschen ohne Ende. Im Grunde ist das kein Seniorenheim, sondern ein Irrenhaus, angeführt von einer geldgierigen Zockerin.«

Der Mann überrascht sie immer wieder. »Ach?«, sagt Anna mit einem großen Fragezeichen am Ende des Wortes.

Sie sieht ihm an, dass er den letzten Satz gern zurücknehmen würde. Doch unter ihrem fragenden Blick erklärt er sich: »Nun ja, die gute Frau Winkler geht gern ins Spielkasino, das ist allseits bekannt. Weshalb wir uns alle ein wenig sorgen, wie lange sie das *Paradies* noch halten kann – oder wann sie die Preise kräftig erhöht. Wäre ja blöd, in unserem Alter noch einmal umzuziehen, finden Sie nicht?«

»Doch«, erwidert Anna, »es ist ja auch wirklich schön hier. Ich finde es nur merkwürdig, dass innerhalb kurzer Zeit gleich drei Bewohnerinnen verstorben sind.«

Friedrich schaut mit etwas Wehmut auf die leere Bierflasche. Seine letzte, er müsste einkaufen gehen, und jetzt fragt er Anna, ob sie ihm beim nächsten Besuch nicht einen Sechserpack mitbringen könne? Sie sagt zu, das nette Mädchen, dessen Neugierde ihn aber langsam nervt. »Na ja, Hilde war schon ziemlich hinüber, und Sophia immerhin dreiundneunzig. Da muss man sich keine dummen Gedanken machen. Bei Marion hingegen hat es mich überrascht. Aber dann dachte ich mir, dass sie vielleicht nachgeholfen hat, wenn sie schon ständig vom würdigen Sterben geredet hat. Warum hätte sie sonst diesen verdammten Giftgarten anlegen sollen? Und wenn es so war, hätte unser Doktor sicher nichts gemerkt. Der alte Krauter sollte längst im Ruhestand sein. Immerhin haben wir eine kompetente Krankenschwester im Haus. Polin, recht attraktiv, aber eher von der frigiden Sorte, wenn Sie mich fragen. Im Übrigen ging das Gerücht, dass Marion und der Doktor was am Laufen hatten. Inwieweit Erotik im Spiel war, kann ich nicht sagen.«

Anna schaut auf das Schlafsofa. Fragt sich, warum sie das Thema Sex im Altersheim ein wenig unangenehm findet. Ist es ein ästhetisches Problem? Oder ist sie selbst das Problem? Sie sieht aus dem Fenster in den Park, die Sonne ist hinter den Wolken hervorgekommen. Plötzlich hat sie das Gefühl, ins Freie zu müssen. »Sollen wir einen kleinen Spaziergang machen? Irgendwo Kaffee trinken?«

Aber ja, er findet die Idee ganz prima. Friedrich zieht sich eine Lederjacke übers Hemd und wickelt sich einen gelben Schal um. Eine Golfkappe bedeckt das wirre Haar, dann gehen sie gemeinsam aus dem *Paradies*, verfolgt von neugierigen Blicken. Friedrich grüßt nach links und rechts, und Anna lächelt vage, die Damen sehen nicht begeistert aus. Dass er sich bei ihr eingehakt hat, macht die Sache nicht besser. Als ob er gebrechlich wäre!

Sie gehen am Rhein entlang zur Fähre, die sie nach Königswinter bringt. Das *Café Rheingenuss*, er scheint dort Stammgast zu sein, denn die Kellnerin begrüßt ihn mit einem »Hallo, Friedrich« und mustert Anna neugierig. Er stellt sie als seine »Gesellschaftsdame« vor, das Wort hängt in der Luft wie ein Dinosaurier auf dem Trapez. Sie hält mich für eine Prostituierte, denkt Anna und findet es beinahe komisch. Das ist ihr das letzte Mal passiert, als sie im *Bayerischen Hof* in München an der Bar saß – vor Jahrzehnten. Da fragte einer: »Wie viel?« Und sie antwortete: »Zu viel.«

Sie bestellen Kaffee, und Friedrich eine Schwarzwälder Kirschtorte. Anna ist in Versuchung, doch das schlechte Gewissen ist stärker. Sie schaut ihm zu, wie er große Bissen hineinschaufelt, fast schon gierig, und als er aufblickt, sagt er: »Leider neigt man dazu, sich im Alter gehen zu lassen, ich nehme mich da nicht aus.« Sorgfältig kaut er den letzten Bissen und schluckt hinunter, bevor er weiterspricht: »Contenance ist das Wichtigste, sagte mein Vater immer. Obwohl man sich mit all den Gebrechen und der Angst vor dem Tod in die große Wurstigkeit fliehen könnte. Man wird ja eh nur noch am Rande wahrgenommen, was soll man sich da groß um etwas scheren? Ich könnte eine Bank überfallen. Eine junge Frau vergewaltigen. Marions Giftgarten plündern und die alten Seelen ins Jenseits verpflanzen, vielleicht nach einer letzten Orgie im *Paradies* ...«

»Contenance klingt gut«, sagt Anna, bevor er weitere Szenarien entwerfen kann, »und außerdem jagen Sie ja noch diversen Freuden nach.«

Sie ist unsicher, ob sie Friedrich den Großen mag oder nicht. Jetzt lacht er mit geschlossenem Mund, er weiß um seine hässlichen Zähne, nikotinverfärbt, obwohl er mit achtzig aufgehört hat zu rauchen. »Sie müssen verstehen, Anna, dass mein Leben entsetzlich langweilig war. Dieser Job im Ministerium, immer nur Akten und Zahlen und Vorgesetzte, die Schleimspuren bis zum Büro des Ministers legten. Ein kleines Leben, und meine Frau ließ mich immer spüren, dass *sie* das Geld hatte. Weshalb es erst schön wurde, als ich in Pension ging und sie mich kurz darauf zum Witwer machte. Da fing ich mit den Reisen an, fast fünf Jahre bin ich um die Welt gezogen, aber dann kamen die Arthrose und die Hüft-OP – und das Geld wurde auch nicht mehr. Also verkaufte ich die Hütte und zog hier ein. Das Geld wird noch ein paar Jahre langen. Aber tatsächlich zählen Essen, Trinken und Sex zu meinen letzten Freuden. Die arme Hilde war übrigens schon so vergesslich, dass sie ... Aber sie war ganz reizend auf ihre Art.«

Und damit hat er Anna wieder für sich gewonnen. Der letzte Satz klang fast zärtlich, und er sieht jetzt so aus, als ob er sich an etwas Schönes erinnert. Anna denkt, dass sie in der Sache keinen Schritt weitergekommen ist. Na gut, sie weiß jetzt, dass Nina Winkler eine Spielerin ist – oder zumindest dafür gehalten wird. Aber niemand scheint die drei Toten im *Paradies* in irgendeiner Weise verdächtig zu finden. Nur Gaby. Es muss aber auch wirklich einfach sein, Leute im Altersheim um die Ecke zu bringen, denkt Anna. Ideales Terrain für perfekte Morde. »Darf ich fragen, mit wem Sie zurzeit ... liiert sind?«

Ihre Frage scheint ihn zu amüsieren, sein Blick wendet sich von der Kellnerin wieder Anna zu. »Du lieber Gott, wollen Sie ein Buch über mich schreiben? Ich hätte auch schon einen Titel: *Casanova im Paradies*. Nein? Also mit Alma läuft immer noch was, Sie wissen schon, die Ex-Balletttänzerin. Sagenhaft gelenkig ... immer noch.«

Anna winkt der Kellnerin, und Friedrich protestiert nicht, als sie für beide bezahlt. Er flirtet stattdessen mit einer Dame zwei Tische weiter, die sehr geschmeichelt scheint. Beim Aufstehen verzieht er sein Gesicht, die Arthrose, und er murmelt etwas von der zweiten Hüfte, die jetzt wohl dran sei. Zu viele Leibesübungen, denkt Anna boshaft, reicht ihm aber ihren Arm, damit er sich abstützen kann. Ein bedauernder Blick noch zu seinem Flirt – er ist seit einigen Jahren der Meinung, dass er keine Gelegenheit mehr auslassen darf, wenn er schon sein halbes Leben an der Seite einer schrecklichen Frau geschlafen hat.

Sie gehen langsam zur Fähre, die gerade anlegt. Anna denkt, dass sie in ihren Bonner Zeiten nicht allzu oft den Rhein überquert hat. Wenn es Besuch gab, war ein Ausflug auf den Drachenfels obligatorisch, und eine Schiffsfahrt auch. Einige wenige Botschaften waren in Königswinter angesiedelt, aber die meiste Zeit – privat wie beruflich – verbrachte Anna linksrheinisch.

Friedrich hinkt. »Geht es noch?«, fragt Anna, er nickt, sie kann ihm ansehen, dass er Schmerzen hat. Arthrose,

Arthritis, Gicht, Demenz, Alzheimer ... Alles geht den Bach runter. Anna wagt keinen Blick in ihre Zukunft, sondern stützt ihn sanft, als sie die Fähre betreten. Der Fahrtwind ist kalt, die Sonne ist hinter den Wolken verschwunden, und es sieht nach Regen aus. Typisches Bonner Winterwetter. Von Schnee keine Spur.

Sie schaut auf ihre Uhr und fragt sich, was sie mit dem Rest des Tages anfangen soll, als ihr Telefon klingelt. Robert Fellner. Er fragt sie, ob sie Lust habe, abends mit ihm auf ein Kölsch zu gehen? In den *Stiefel* wie in alten Zeiten. Anna schaut Friedrich an, doch der ist mit seinen Schmerzen beschäftigt. Dann denkt sie an einen weiteren Abend an Gabys großem Esstisch und sagt zu. Sie verabreden sich für neunzehn Uhr, und erst als sie auflegt, erinnert sie sich daran, dass Robert trockener Alkoholiker ist. Oder trinkt er wieder?

Sie liefert Friedrich im *Paradies* ab, bringt ihn noch bis zu seinem Apartment, und er küsst ihr die Hand zum Abschied und dankt für den »wunderbaren Nachmittag«. Er werde jetzt die Sauna aufsuchen, die Wärme sei gut für seine morschen Knochen. So alt sieht er auf einmal aus, denkt Anna und lächelt ihm zum Abschied strahlend zu. »Das müssen wir wiederholen«, sind ihre letzten Worte, dann dreht sie sich um und geht zum Lift.

Er sieht ihr nach. Die slawische Bäuerin hätte er gerne flachgelegt, obwohl, nicht hier und jetzt, wenn die Schmerzwelle kommt, sinkt der Sexualtrieb auf den Meeresgrund. Hitze ist die einzige Antwort darauf, er kann ja nicht ständig Tabletten schlucken, die schlagen auf den Magen, und der ist ohnehin angegriffen. Manchmal nur gesteht er sich ein, dass er ein altes Wrack ist. Aber eins mit Contenance, fügt er hinzu. Wechselt in den Bademantel und flüchtet in Richtung Sauna. Als er am Pool vorbeigeht, sieht er Alma, die wie immer um diese Zeit ihre Bahnen zieht. Jeden Tag zwanzig Runden. Dazu Yoga und Pilates. Kein Gramm Fett ist an Almas Körper, das ist bei aller Gelenkigkeit doch ein Manko. Manchmal kommt es ihm vor, als würde er eine Mumie vögeln. Weil sie auch immer die Augen schließt und keinen Ton von sich gibt.

Er winkt ihr zu, und sie hebt nur kurz ihr Gesicht aus dem Wasser. Ein flüchtiges, nasses Lächeln, dann schwimmt sie weiter, und er schlurft in die Sauna. Dort, dies weckt seine Lebensgeister schlagartig, sitzt, den Körper mit einem Handtuch züchtig abgedeckt, der Neuzugang. Luise Huber. Ihre Vita hat im *Paradies* bereits die Runde gemacht. Sie ist achtundsiebzig, Österreicherin, hatte ein Lokal in Kitzbühel. Stocktaub sei sie, sagte Beatrice von Kesten, und Friedrich schaut unauffällig auf das Ohr der Neuen auf der Suche nach einem Hörgerät. Findet keins, aber ohne Brille entgeht ihm ohnehin viel. Oder auch nicht. Er stellt sich förmlich vor, bevor er sich in gebührender Entfernung ebenfalls hinsetzt. Sein Handtuch lässt er um die Hüften geschlungen, aus Paritätsgründen.

Sie lächelt zurück und nennt ihren Namen. Tiroler Akzent. Hängebrüste, im Ansatz erkennbar, aber recht üppig – wie überhaupt die ganze Person. Ein nettes Kontrastprogramm zu Alma, denkt Friedrich und will gerade ein Gespräch beginnen, als sie die Augen schließt und sich zurücklehnt. Na gut, in der Sauna ist es vielleicht ein wenig frivol, einen Flirt zu beginnen. Später, Friedrich. Er konzentriert sich wieder auf den ziehenden Schmerz und die Wärme, die ihn lindern wird. Er ist die vielen Tabletten so leid, die er nehmen muss, und das Herzmittel macht müde. Andererseits ist es der Antichrist zu Viagra. Und ohne Viagra wären die letzten Freuden dahin. Der Gedanke ist so kalt wie der Tod.

10

Anna findet es unheimlich, dass die Kneipe seit Jahrzehnten unverändert ist, nur die Gäste nicht. Anna und Robert auf Zeitreise im *Stiefel* in der Bonngasse. Damals, vor tausend Jahren, roch es nach Rauch und Bier und Schweiß, heute fehlt der Zigarettengestank. Und die Präsenz von Journalisten und Politikern, obwohl der *Stiefel* nie eine typische Politikerkneipe war. Die männliche Stammesgemeinschaft traf sich an anderen Orten, nur die Journalisten der Bonner Zeitungen waren *Stiefel*-Fans. Kölsch vom Fass, Rheinische Kartoffelsuppe mit Mettwurst, Matjes Hausfrauenart, Grillhaxe oder Tatar. Dazu Bier in Strömen.

Robert trinkt Cola und Anna Weinschorle. Robert bestellt Rheinischen Sauerbraten und Anna den Halven Hahn, den sie seit Ewigkeiten nicht mehr gegessen hat. Der große, schlauchförmige Schankraum ist zu zwei Dritteln gefüllt, entsprechend ist der Lärmpegel. Aber das haben sie früher doch immer gut gefunden. Weißt du noch?

Robert Fellner rückt näher an Anna heran, und wenn sie etwas lauter reden, geht es. Robert ist trocken seit sieben Jahren, seit dem Tod seiner Frau. Damit sei der Hauptgrund fürs Trinken weggefallen, sagt Robert und lacht schrecklich. Aber natürlich seien sieben Jahre gar nichts für einen Alkoholiker. Man müsse sich jeden Tag aufs Neue motivieren, die Gier drosseln, das Verlangen besiegen. Bis zum Tod. Aber wenn er ihn nahen wüsste, würde er wieder anfangen mit dem Alkohol. Bier, Whisky, Wodka – in der Reihenfolge.

Er schaut auf Annas Glas, und sie schämt sich, aber andererseits sind sie umgeben von mehr oder weniger fröhlichen

Zechern, also wird ihr Glas ja hoffentlich keine Provokation sein ... oder?

Er hat an Gewicht zugelegt, seit Anna ihn das letzte Mal gesehen hat. Die kleine Alterswampe. Dafür sind die Haare gewichen, und irgendwann, denkt Anna, muss er sich für die Glatze entschieden haben. Als Kontrast der Dreitagebart, Roberts braune Augen erscheinen trüber, ein bisschen erinnert er sie an eine kahle Eule. Putzt ständig an seiner Brille herum, das findet Anna irritierend und erinnert sie an etwas. Ach ja, sie braucht eine neue Sehhilfe.

»Rauchst du noch?«, fragt er. Anna nickt. Früher haben sie hier geraucht. Überall. Ganz Bonn schien zu qualmen, was das Zeug hielt, allen voran Willy Brandt, und danach Helmut Schmidt. Kohl rauchte Pfeife und Schröder Zigarren. Die Raucherrepublik, auch das schon Geschichte.

Damit habe er auch nie aufgehört, sagt Robert, man könne ja nicht allen Lastern entsagen. Und weil sie beim Thema sind, ziehen sie ihre Jacken über und gehen vor die Tür. Beethovens Geburtshaus nebenan hat seine Pforten geschlossen, doch es sind noch viele Passanten unterwegs. Eine Frau mit Kinderwagen zischt Anna und Robert an, dass sie gefälligst nicht die Luft verpesten sollen.

»Blöde Kuh«, ruft Robert ihr nach, und Anna erinnert sich daran, dass er zu spontanen Wutanfällen im Kleinformat neigte. Sie hat das damals dem Alkohol zugeschrieben, doch offenbar liegen die Ursachen tiefer. Sie legt ihm die Hand auf den Arm. »Sollen wir wieder reingehen?«

Er bestellt zum Nachtisch Vanilleeis mit heißen Himbeeren und Anna noch eine Weinschorle. Ihr Durst findet selten ein Ende, obwohl sie sich schämen sollte, vor ihm Alkohol zu trinken. Ihr Lächeln ist zauberhaft: »Die Speisekarte ist genau wie früher. Und du hast nie Süßes gegessen.«

Robert lächelt zurück. »Ich liebe inzwischen alles, was nach Zucker schmeckt. Trockene Alkis entwickeln einen süßen Gaumen. Ich hab sogar angefangen zu backen. Meine Apfeltarte ist ein Traum, musst du mal probieren.«

»Lebst du denn allein?« Anna hofft, dass er die Frage nicht falsch versteht. Doch er sieht sie komisch an.

»Ich habe keine Lebensgefährtin, falls du das meinst. Ab und zu ein Aufriss, aber nichts Ernstes bisher. Interesse?«

Anna lacht. »Nein danke, Robert. Ich finde mein Eremitendasein ganz in Ordnung.«

Er beugt sich vor. Er riecht nach Rauch. Und auch ein wenig nach Verzweiflung. »So ein Blödsinn, das Herz ist ein einsamer Jäger, meine Liebe.«

Ich bin nicht deine Liebe, denkt Anna und weicht ein paar Zentimeter zurück. »So einen Satz hättest du früher nicht gesagt.«

Robert lacht jetzt, und sie ist erleichtert. »Früher war ich voll von alkoholischem Scharfsinn. Aber ganz im Ernst, ich muss mich irgendwie beschäftigen, sonst bringt mich die Gier um. Ich habe übrigens ein Buch angefangen.«

Anna wartet ab, bis die Kellnerin Eis und Himbeeren vor Robert platziert hat. Er löffelt mit großem Genuss. Schmelzendes Eis tropft auf seine Jeans, er wischt es mit der Serviette weg, der Fleck bleibt.

Anna denkt, dass Robert sehr viel über sich redet. »Ist ja toll, worüber?«

Er löffelt weiter und spricht mit Himbeermund: »Kanntest du Nelie Hendriks?«

Anna überlegt ein paar Sekunden, dann fällt es ihr ein. »Die holländische Journalistin? Die mit dem Milchschokoladenteint und den schwarzen Locken?«

»Genau die. Sie war wunderschön und so exotisch.«

»Und wir waren alle neidisch, sogar Gaby.« Anna erinnert sich, dass Nelie als die schönste Pflanze im Bonner Treibhaus galt. Aber auch als Politikermatratze. Vom Regierungssprecher über Minister, Staatssekretäre und hohe Diplomaten ließ sie kaum was aus. Auch einen Kanzler sagte man ihr nach. Und ganz böse Zungen behaupteten, dass sie für die DDR spioniert habe – mindestens. »Nelie war wirklich eine schillernde Figur.«

Robert schiebt seinen leeren Teller weg. Zu Hause hätte er ihn abgeleckt, aber Beherrschung ist sein zweites Ich geworden. »Und sie verstarb unter merkwürdigen Umständen, erinnerst du dich?«

Annas Gedächtnis funktioniert perfekt, wenn es um Bizarres geht. »Na klar, sie stürzte von der Dachterrasse ihrer Wohnung im vierten Stock und landete auf ihrem roten Porsche. Vollgepumpt mit Alkohol und Drogen. Ein Unfall oder Selbstmord oder ...«

»Mord«, ergänzt Robert mit theatralisch erhobener Stimme.

Es war ein Riesenskandal in Bonn, der dann irgendwann in der Kelly-Bastian-Affäre unterging. Anna weiß noch, dass sie einen Artikel voller Spekulationen schrieb, der vom Verlagsjuristen genehmigt werden musste. Das Ende von Nelie Hendriks blieb ungeklärt. Und ein mysteriöser Doppelselbstmord – wohl eher Mord und Selbstmord – verdrängte die tote Journalistin aus den Schlagzeilen. Anna schaut in ihr leeres Glas, dann auf Robert. »Und du denkst, dass Nelie umgebracht wurde? Und darüber schreibst du in deinem Buch?«

Robert nickt. Ihm entgeht die Skepsis in Annas Stimme nicht. Er hätte mehr Begeisterung erwartet. »Ist doch ne geile Geschichte, oder? Mata Hari in Bonn. Wusste Nelie zu viel? War sie der Macht zu nahe gekommen? Oder war sie doch eine Spionin, die aus der Kälte kam?«

Verdammt, denkt Anna, früher hatte Robert nie so kitschige Sätze formuliert. Andererseits, es ist eine gute Geschichte. Irgendwann, ganz früher, hatte sie auch mit dem Gedanken gespielt, Nelies Leben und Sterben in Buchform zu verewigen. Dann wieder vergessen. Nach dem Umzug nach Berlin dachte sie nie mehr daran.

Robert sieht sie erwartungsvoll an.

Sag was, Anna: »Hast du schon einen Verlag?«

»Ich bin mit Dumont im Gespräch. Sie wollen natürlich neue Fakten. Die ich durchaus habe.«

»Ach ja?«, sagt Anna. »Was hast du rausgefunden?«

Robert sieht sie an und grinst schief. »Du glaubst doch nicht im Ernst, dass ich es dir erzähle, Anna. Du kannst es nachlesen, wenn das Buch erschienen ist. Möchtest du noch ein Glas?«

Er fragt in einem Ton, der andeutet, dass sie die allerletzte Alkoholikerin ist. Trotzdem nickt sie, und er winkt nach der Kellnerin, bestellt für sich noch eine Cola. Anna findet es interessant, wie unverblümt Robert sein Misstrauen artikuliert. Denkt er etwa, sie würde ihm die Story klauen? Aber sie fragt ihn nicht weiter, sondern wechselt das Thema. »Weißt du noch, wie Angela Merkel als Frauenministerin unter anderem vorschlug, sexuelle Belästigung am Arbeitsplatz unter Strafe zu stellen? Sie wollte die Frauenrechtskonvention der Vereinten Nationen in deutsche Gesetze übertragen.«

Robert lächelt milde. »Ja, und das Bonner Weibervolk war auf einmal ganz hingerissen von Kohls Mädchen. Obwohl die meisten Journalistinnen weit links von ihr standen.« Er erinnert sich gut an die Zeiten, in denen man

Frauen absolut alles sagen konnte, jede Anzüglichkeit, um im schlimmsten Fall eine Ohrfeige zu riskieren. Männliche Anmache am Arbeitsplatz war in Bonn und vermutlich überall sonst an der Tagesordnung. Und irgendwann hat sich dann alles ins Gegenteil verkehrt. Die Weiber haben uns entmannt, denkt Robert, mit Gesetzen und Geschrei, und wir sind nur noch jämmerliche Würstchen, die darum winseln, ihn irgendwo reinstecken zu dürfen. Das wird er Anna natürlich nicht sagen. Sondern: »Du hast natürlich nicht zu denen gehört, die sich ihre Informationen in der Horizontalen holen. Wie Nelie. Wie gut kanntet ihr euch eigentlich?«

Nachtigall, ick hör dir trapsen. Anna hat den Grund für Roberts Einladung gefunden. Er recherchiert in Sachen Nelie Hendriks. Nun, sie muss ihn enttäuschen. »Du, wir sind uns über den Weg gelaufen, das war in Bonn ja unvermeidlich bei Empfängen, Staatsbesuchen, Saufgelagen in den Landesvertretungen. Trinkgelagen in den Kneipen. Wenn ich so zurückdenke, haben wir nur geraucht und gebechert und ... na ja. Nelie war lustig; wenn sie nicht so schön gewesen wäre, hätten wir sie alle gemocht. Angeblich hatte sie einen unerschöpflichen Vorrat an Kokain und Champagner in ihrer Wohnung. Und bevor du mich fragst: Ich war nie zu einer ihrer legendären Partys eingeladen. Ich war einfach nicht wichtig genug, kaum eine Frau in Bonn war es. Und kannst du dir Rita Süssmuth auf einer Koksparty vorstellen? Oder Angela Merkel? Irmgard Schwaetzer?«

FDP-Bauministerin Irmgard Adam-Schwaetzer: Anna durfte ein Interview mit ihr führen, als Irme, wie sie in Journalistenkreisen genannt wurde, sich in Udo Philipp, Büroleiter von SAT.1, verliebte und ihre Absicht kundgab, ihn zu heiraten – nach der Scheidung natürlich. Der Gag war, dass Irme, fünfzig Jahre alt, per Gesetz einen Schwangerschaftstest absolvieren musste, damit geprüft werden konnte, ob nicht Folgen der alten Ehe zu erwarten seien. Daraus machte Irme einen Publicitygag, und natürlich war auch Anna in der Journalistenmeute. Dennoch war Irme keine Zierde ihres Geschlechts, so empfanden es die Bonner Frauen. Eher schwätzerhaft. Und alle waren erleichtert, als nicht eintrat, was Udo Philipp vollmundig verkündet hatte: »Wir werden Außenminister.« An Irmes Stelle wurde es Klaus Kinkel, und sie nannte Jürgen Möllemann daraufhin ein intrigantes Schwein. Danach verschwand sie irgendwann in der politischen Versenkung.

Robert kommt von der Toilette zurück. »Sollen wir noch einmal vor die Tür?«

Sie rauchen schweigend. Anna denkt an Nelie, die für die *Quick* und verschiedene holländische Zeitungen geschrieben hatte. Immer bestens informiert, da fiel es selbst den *Spiegel*-Korrespondenten schwer, mit ihr mitzuhalten. Nelie hatte es gar nicht nötig, zu den Bundespressekonferenzen zu gehen, obwohl sie dort akkreditiert war – im Gegensatz zu Anna, die ja für Politik nicht zuständig war, sondern für das allzu Menschliche. Davon gab es in Bonn genug, nur wurde nicht darüber geschrieben. Eine Art Ehrenkodex. Alle kannten den Regierungssprecher, der Journalistinnen als Wiederholungstäter auf den Pelz rückte. Den schwer alkoholkranken Minister. Hochrangige Politiker, die in den Kölner Puffs verkehrten, weil sie keine Lust hatten, im einzigen Bonner Etablissement auf Journalisten zu treffen. Kanzleramouren. Die Affäre einer allerhöchsten Politikergattin mit ihrem persönlichen Referenten. Alle wussten es, alle schwiegen, selbst Nelie, die allerdings fast jede politische Volte als Erste erfuhr und ausschlachtete.

Letzter Versuch: »Gibt es denn neue Beweise dafür, dass sie ermordet wurde?«

Robert lächelt Anna mit dieser männlichen Überlegenheit an, die sie immer schon schrecklich fand – an allen Männern. »Tut mir sehr leid, Anna, aber ich will mein Pulver ja nicht vorzeitig verschießen. Nur so viel: Sie hat tatsächlich für die DDR spioniert, nicht aus politischer Überzeugung, sondern für den schnöden Mammon. Für eine Journalistin führte sie ja einen sehr aufwendigen Lebenswandel: die Penthouse-Wohnung, der Porsche, ihre Klamotten, die Partys ...«

Es gab zwei Frauenzirkel der Journalistinnen in Bonn, im Gegensatz zu all den Hintergrund-Zirkeln, die ausschließlich Männern vorbehalten waren. Obwohl sie es damals nicht so empfunden hatte, denkt Anna heute, dass das Bonner Klima sehr frauenfeindlich war, sexistisch aufgeheizt. Die wenigen Weiber in Politik und Medien wurden geduldet, mehr nicht. Kohls Mädchen. Ehmkes Schätzchen. Und untereinander bekriegten sich die Journalistinnen ja auch, wenn es um Informationen ging. Setzten Flirt als Mittel der Wahl ein – und manchmal mehr. Daran, dass Frauen die besseren Menschen wären, hat sie sowieso nie geglaubt. Aber dass es zu viele weiße, alte, mächtige Männer gab, das schon. Immer noch gibt.

»Was ist, Anna? Bist du verstummt?«

»Sorry, nein, ich wate nur in der Vergangenheit. Es war vielleicht keine gute Idee, nach Bonn zurückzukommen. Denk ich mir die ganze Zeit, seit ich hier bin.«

Sein Lächeln ist schwer zu deuten. »Sei doch froh, dass du diesem Hauptstadtmoloch entronnen bist. Bonn ist gemütlich, immer noch. International, immer noch. Reizvoll an vielen Ecken und Enden und mit herrlichem Hinterland.

Das ganze Ex-Hauptstadt-Gedöns ist doch nur ein Phantomschmerz. Wie geht es Gaby überhaupt?«

Anna überlegt sich ihre Antwort ein paar Sekunden. »Fröhliche Witwe – und sie sieht immer noch fabelhaft aus.« Sie zermalmt ihre Zigarette im Stehaschenbecher. Robert wirft seine auf den Boden. »Das wundert mich jetzt gar nicht. Sie hat weiß Gott keine glückliche Ehe geführt.«

Sie gehen zurück an ihren Tisch, bevor Anna fragt: »Woher weißt du das denn?«

Ihre direkte Art hat ihn immer schon genervt. Robert überlegt sich eine pampige Antwort, doch dann lenkt er ein. »Na, es wurde in der Redaktion getratscht, das weißt du doch. Dass die beiden gar nicht zusammenpassten und Gaby nur auf sein Geld scharf war. Und dass er sich bis zum Verkauf bloß für die Firma und danach nur für seine Uhren interessierte. Das wurde geredet, nenn es den Neid der Besitzlosen. Aber wem erzähl ich das, du bist ja jetzt sozusagen an der Quelle.«

Anna bestellt eine letzte Schorle und ignoriert Roberts Blick. Sie ist einfach durstig, und sie will auch nicht zu früh nach Hause fahren, dann müsste sie Gaby berichten, und dazu hat sie keine Lust, zumindest nicht an diesem Abend. »Jakob ist tot, wie auch immer diese Ehe war. Und Gaby hat im Gegensatz zu uns beiden ein schönes Haus und Geld auf der Bank. So gesehen habe ich mein Leben ganz prächtig in den Sand gesetzt.«

»Ach, Anna«, sagt Robert. »So schlimm wird's ja wohl nicht sein. Du bist immer noch jung genug …«

Ihre grünen Augen funkeln böse. »Ach ja – und wofür, Robert? Um mich beim *Stadtanzeiger* für eine Redakteursstelle zu bewerben? Oder einen reichen Mann einzufangen? Ich bin jung genug, mich noch nicht um betreutes Wohnen kümmern zu müssen, aber das ist ja wohl ein lächerlicher Trost.«

Sie muss immer alles übertreiben, denkt Robert. Weil Anna nicht auf halber Strecke halten kann. Nie hat er verstanden, warum sie ihren Job aufgab und sich auszahlen ließ. Weil sie nicht nach Berlin wollte? Nach der Kündigung ist sie dann doch dorthin, das kann ja wohl nicht der Grund gewesen sein. Es tat ihm leid, als sie ging, denn er mochte Anna. Nicht so wie Gaby, aber Anna war eine gute Kollegin, und eine der wenigen, die nicht die Nase rümpfte, wenn er nach Alkohol roch. Obwohl er immer bemüht war, seinen Atem im Zaum zu halten. »Jetzt mach mal halblang. Was soll ich denn sagen? Pensionär, trockener Alkoholiker, und meine gesellschaftlichen Highlights sind die Treffen beim Blauen Kreuz.«

»Du schreibst ein Buch«, erwidert Anna wieder ganz sanft. »Du hast ein Ziel, Robert, und ich hab zur Zeit wirklich nichts. Nicht einmal eine eigene Wohnung.«

»Dafür lebst du in einer feudalen Villa.«

»Von Gabys Gnaden.« Und dann erzählt sie ihm die Geschichte vom Anruf an ihrem Geburtstag. Der Verdacht zum Tod der Mutter, einfach alles. Anna weiß selbst nicht, warum sie ausgerechnet Robert ins Vertrauen zieht. Der Wein? Die Tatsache, dass sonst keiner da ist? Robert unterbricht sie nicht, hört einfach zu. Am Ende sagt er: »Das ist schon ziemlich schräg, weißt du. Die ganze Story. Denkst du denn, dass das zu irgendwas führt?«

»Nein«, sagt Anna. »Eher löst du noch den Mord an Nelie. Aber ich bleibe dran. Es ist der einzige Job, den ich zurzeit habe, und er wird gut bezahlt.«

Als ob er sie trösten wollte, erzählt ihr Robert ein weiteres Detail aus seinen Nelie-Recherchen. Im Auftrag der

Stasi habe sie das Gerücht in Umlauf gesetzt, das die Kießling-Affäre auslöste. »Ein Vier-Sterne-General, der in Kölner Schwulenkneipen verkehren soll, das war des Bösen zu viel. Minister Wörner und Kanzler Kohl ließen den MAD im *TomTom* und *Café Wüsten* spionieren, und tatsächlich fand man einen geheimnisvollen »Jürgen von der Bundeswehr«. Wörner, mit dem Plazet von Kohl, entließ Günter Kießling. Bloß war jener Jürgen eben nicht der General, sondern nur ein Wachmann der Bundeswehr, die ganze Sache Fake News, wie man heute sagt, und zähneknirschend mussten Wörner und Kohl den General wieder in Amt und Würden hieven. Es gibt in den Stasiakten einen Nelie-Vermerk, in dem sie behauptet, sie könnte jeden, aber auch jeden in Bonn mit einer Intrige vernichten, wenn man es ihr auftrage.«

»Glaub ich sofort.« Anna erinnert sich an Gerüchte über Homosexualität, jeder Mann über dreißig, der unverheiratet war, geriet in Anfangsverdacht. Doch öffentlich war das Thema in Bonn tabu, so wie die sexuellen Belästigungen, denen Journalistinnen ausgesetzt waren, verbal, aber auch schon mal körperlich. Dass ein Politiker seinen Hut nehmen muss, weil er eine Bemerkung über die Oberweite einer Journalistin machte, hätte in der Bonner Republik schallendes Gelächter ausgelöst.

Sexuelle Belästigung als Straftatbestand gab es damals nicht im deutschen Recht. Das »Sexbelap-Gesetz«, wie es die Bonner Herrschaften launig nannten, von Angela Merkel auf den Weg gebracht, stieß auf erhebliche Widerstände. Sexuelle Belästigung am Arbeitsplatz? Was sollte das sein? 1994 kam ein Kompromiss zustande, der den Bock zum Gärtner machte. Beschwerte sich eine Frau über Belästigung am Arbeitsplatz, entschied ihr Chef darüber – fast immer ein Mann und nicht selten der Beschuldigte. Erst nach der Jahrtausendwende und unter Schröder wurde diese Männerklausel im Allgemeinen Gleichbehandlungsgesetz korrigiert. Schon frauenfeindliche Zeiten, denkt Anna, nur dass sie damals fast alles als normal empfand. Erst Alice Schwarzer und die Grünen-Vertreterinnen veränderten allmählich das Terrain, in dem viele Männer sich wie fleischfressende Dinosaurier aufführten.

»Prostata«, murmelt Robert, als er von der Toilette zurückkommt. Er hat an der Theke die Rechnung beglichen, und Anna sagt, das wär doch nicht nötig gewesen. Robert hilft ihr in den Mantel, dann verlassen sie den *Stiefel*. Er bietet Anna an, sie bis zum Busbahnhof zu bringen, doch sie will sich eine Taxe gönnen. Der Bonner Bahnhof war zu keiner Zeit eine Gegend, in der sie am späteren Abend gern zu Fuß unterwegs war. Robert wohnt immer noch in Kessenich, er denkt an einen Abendspaziergang, und Anna sucht die nächste Taxihaltestelle. Zum Abschied küssen sie sich auf die Wangen, sie wollte es bei einmal belassen, doch Robert ist ein Dreimal-Wangen-Küsser und begründet es mit der heiligen Dreifaltigkeit. »Und wenn dir noch was zu Nelie einfällt, du hast ja meine Nummer. Außerdem sollten wir diesen Abend wiederholen, er war sehr nett.«

Anna bedankt sich nochmals für die Einladung, verspricht, darüber nachzudenken und sich zu melden. Dann trennen sich ihre Wege.

An der Oxfordstraße findet sie ein Taxi, der Fahrer spricht breites Rheinländisch und möchte mit ihr eine Konversation über die Hauptstadt Berlin beginnen. Anna bleibt einsilbig, weshalb es eher zum Monolog wird. Der Phantomschmerz: Man hat ihm seine Hauptstadt weggenommen. Und jetzt gebe es einfach zu viel »Gesocks« in Bonn, eben die Ausländer, die man nicht haben wolle.

»Seien Sie still«, sagt Anna, kurz bevor sie in die Rheinstraße einbiegen. Vor der Villa hält er ziemlich abrupt an und bedankt sich nicht für ein mickriges Trinkgeld. Anna tippt den Code für das Tor ein, das sich leicht knarzend öffnet. Die Villa ist hell erleuchtet, jedes Stockwerk, und als Anna die Haustür mit dem Schlüssel öffnet, kommt ihr Gaby schon entgegen. Im Hausanzug – oder ist es ein edler Pyjama? Während Anna sich diese bescheuerte Frage stellt, ruft Gaby: »Es ist eingebrochen worden! Wir hatten Diebe im Haus! Oh, Anna, wie gut, dass wir beide nicht zu Hause waren, wer weiß, was dann passiert wäre?!«

Anna ist nur leicht angetrunken, nicht der Rede wert, aber jetzt möchte sie lachen und unterdrückt es im letzten Augenblick. Gaby sieht aufgewühlt aus, sie flattert voraus ins Wohnzimmer an die Hausbar. Anna folgt ihr.

»Willst du auch einen Whisky? Ich bin völlig von der Rolle.« Gaby schenkt großzügig ein, zwei Gläser, nachdem Anna genickt hat. Lagavulin. Sie trinken, dann stellt sie ihr Glas – ohne Untersetzer! – auf dem Tisch ab. »Die hintere Terrassentür war wohl nicht verschlossen, und ich nehme an, der Dieb ist einfach über die Mauer in den Garten gekommen, so hoch ist sie ja nicht. Die Alarmanlage ist wahrscheinlich defekt – oder der Einbrecher hat sie außer Kraft gesetzt. Oh mein Gott, es fühlt sich entsetzlich an, wenn jemand in deine Privatsphäre eindringt.«

Anna erblasst, denn sie erinnert sich. Kurz bevor sie wegging, ist sie noch einmal zum Rauchen in den Garten. Nicht auf die Hauptterrasse, sondern die kleine, wo ein Aschenbecher auf der Brüstung platziert ist. Und wenn sie jetzt darüber nachdenkt, liegt es im Bereich des Möglichen, dass sie vergessen hat, die Tür wieder abzuschließen, als sie ins Haus zurückkehrte.

»Ich hab Salita ganz schön die Leviten gelesen. Sie hat dafür zu sorgen, dass alles verschlossen ist! Mit all den Flüchtlingen, die wir hier haben!«

Scheiße, denkt Anna. Jetzt wäre die Zeit für ein Geständnis. Sie setzt gerade an, als Gaby weitersprudelt. »Das einzig Gute daran ist, dass nichts gestohlen wurde. Was aber wiederum so verstörend ist. Schließlich gibt's hier ja einiges zu klauen. Okay, den Safe hinter dem Baselitz, den hat der Dieb offensichtlich nicht gefunden. Aber warum nicht das Bild mitnehmen? Oder das Silber? Die Teppiche? Irgendwas?«

Sie klingt beinahe beleidigt. Einbrecher, die ihren edlen Geschmack nicht zu schätzen wissen?

Anna beschließt spontan, den Mund zu halten. Salita hat ihre Standpauke ohnehin schon bekommen, und vielleicht hat Anna die Tür ja doch zugesperrt, sie weiß es einfach nicht mehr. »Und du hast überall nachgesehen? Nichts ist weg?«

Gaby schüttelt den Kopf. »Salita und ich waren in jedem Zimmer des Hauses – auch in deinem Apartment, verzeih, aber wir wollten auf Nummer sicher gehen.«

Anna nimmt einen kleinen Schluck Whisky, er läuft reizend durch die Kehle. »Salita war also als Einzige im Haus, als der oder die Unbekannte eindrang?«

»Ja, aber sie war unten in ihrem Zimmer. Hat ferngesehen und nichts gehört.«

»Ist das nicht ungewöhnlich? Das Parkett knarzt doch?«

Gaby winkt ab. »Nein, sie hört ein bisschen schlecht, weißt du. Verschleppter Mumps. Sie hat den Ton am Fernseher immer so laut aufgedreht, deshalb hab ich ihr teure

Kopfhörer gekauft, die sie benutzen muss. Also jedenfalls hat sie gar nichts gehört. Und irgendwann ist der Typ wieder raus durch die Terrassentür, über die Mauer, und weg war er. Ich hab das Ganze nur bemerkt, weil ich die Terrassentüren gecheckt habe und weil Schmutzspuren auf dem Parkett waren. Weißt du, ich wünschte, er hätte was geklaut. Dann fände ich es nicht so ... verstörend.«

Anna hat sich inzwischen halb davon überzeugt, dass sie die Terrassentür doch zugesperrt hat. Und Salita schuld war. »Eine seltsame Geschichte ... Ich muss jetzt eine rauchen, entschuldige.« Sie steht auf, doch Gaby beteuert, nicht allein bleiben zu wollen, hüllt sich in einen Kaschmirschal und folgt ihr auf die Terrasse. Nachtschwarzer Himmel, der Mond ist eine dünne Sichel, und der Rhein ist nicht zu sehen, nur eine Schiffssirene heult von Weitem.

»Hast du die Polizei gerufen?«

Gaby schüttelt den Kopf. »Natürlich nicht. Was soll ich denen denn erzählen? Ein Einbrecher, der nichts mitgenommen hat? Die würden womöglich denken, dass ich hysterisch bin.«

Könnte sein, denkt Anna, und Gaby ist nicht mehr nüchtern, sie hatte schon vorher was getrunken, war kurzfristig zu einem Dinner bei Nachbarn eingeladen. In Annas Berliner Kreisen sagte man »Abendessen« dazu. »Und wenn es ein Hund war? Katze, Eichhörnchen, Fuchs, Wolf? Wie sahen die Spuren denn aus?«

»Sei nicht albern, die waren viel zu groß für ein Tier. Und gib mir auch eine Zigarette.«

Anna ist erstaunt, doch sie reicht ihr das Gewünschte. Gabys Hand, die die Zigarette hält, zittert ein wenig. »Salita hat den Dreck sofort aufgewischt. Und dann haben wir das Haus durchsucht. Nichts! Ich hab sogar meine Schubladen mit Unterwäsche gecheckt. Vielleicht ein Perverser, dachte ich, aber nein … Am besten, du siehst bei dir noch mal nach, wir haben nur das Mobiliar und die Gerätschaften gecheckt. Dein Laptop liegt übrigens noch auf dem Nachttisch. Sag mir bitte, welcher Irre einsteigt und nichts mitnimmt?«

Darauf weiß die Meisterdetektivin auch keine Antwort. Sie denkt nach und raucht schweigend, bis Gaby fragt: »Bist du in irgendwas verwickelt, von dem ich wissen sollte?«

Komische Frage. Klingt nicht nach Vertrauen. Ein tiefer Zug, dann sagt Anna: »Nein. Und du?«

»Natürlich nicht. Gott, bin ich froh, dass du hier bist, Anna. Gleich morgen lasse ich die Alarmanlage überprüfen. Und womöglich finden wir ja im Hellen noch ein paar Spuren draußen. Wenn Salita noch einmal eine Außentür offen lässt, werde ich sie ernsthaft abmahnen!«

Anna ist froh, dass es dunkel ist, sonst könnte man jetzt sehen, dass sie rot wird. Verdammte Scham. Jetzt wäre die letzte Gelegenheit zur Beichte, doch sie bringt es einfach nicht fertig. »Vielleicht solltest du dir einen Hund anschaffen, Gaby. Dann fühlst du dich sicherer.«

Gaby drückt angewidert ihre Zigarette aus und schnuppert am Schal. »Ja, vielleicht. Aber Hunde machen so viel Dreck. Da investiere ich lieber in eine perfekte Alarmanlage. Bist du denn überhaupt nicht beunruhigt?«

Irgendwie nicht, denkt Anna. Jedenfalls möchte sie sich nicht so reinsteigern wie Gaby. Die hatte immer schon das zweifelhafte Talent, Dinge aufzubauschen und sich in den Mittelpunkt eines Dramas zu stellen. »Sollen wir wieder reingehen? Es ist schon ganz schön kalt draußen.« Und sie hat sich keinen Kaschmirschal übergeworfen. Weil sie keinen hat.

Drinnen trinkt Anna ihr Glas leer und sagt Gute Nacht.

Gaby sieht sie vorwurfsvoll an. »Ich kann doch nicht schlafen nach diesem ... Vorfall. Könntest du nicht hier unten ... auf der Couch ... dann wäre ich nicht so beunruhigt ...«

Ich bin doch nicht dein Bodyguard, denkt Anna, spricht es aber nicht aus. »Warum nimmst du nicht eine Schlaftablette – oder die Whiskyflasche mit ans Bett? Bestimmt sieht morgen alles schon ganz anders aus. Ich habe einen wahnsinnig leichten Schlaf. Und unten ist Salita. Und dass einer zweimal einsteigen soll, ist ja nun wirklich Blödsinn ...«

»Wahrscheinlich hast du recht.« Sie sieht nicht überzeugt aus, doch dann geht sie doch zu Bett – ohne Flasche. »Ich werd ne Schlaftablette einwerfen ... Gute Nacht, Anna.«

Gaby geht in ihr Schlafzimmer, und Anna überprüft die Terrassentüren. Der Gedanke lässt sich nicht verdrängen: Und wenn es gar kein Einbruch war, sondern das, was man einen Insider-Job nennt? Salita vielleicht? Anna checkt ihre Habseligkeiten, die mehr oder weniger in der Wohnung verstreut sind. Sie schaut in Bad, Küche und Schlafzimmer nach. Nichts fehlt, das ist zumindest ihr erster Befund. Bis sie auf die Kommode schaut. Dort hatte sie einiges von Marions Hinterlassenschaft deponiert. Die Akten, die Bücher, die Briefe ...

Halt, die Briefe! Sie sind weg! Es ist so absurd, dass Anna ihre Wohnung nochmals absucht, weil es ja möglich wäre, dass sie Marions Briefe woanders hingelegt hat. Nichts! Beim Zähneputzen kommt ihr der Gedanke, Gaby könnte die Briefe ihrer Mutter an sich genommen haben. Eine plausible Erklärung, nur kann sie sie jetzt nicht danach fragen. »Morgen«, sagt Anna zu ihrem Spiegelbild. Und jetzt will sie nur noch schlafen ... und träumt von einem Maskierten, der sie durch das *Paradies* hetzt.

11

Nach dem heftigen Regen der Nacht sind die Spuren verwässert, verwischt, verschwunden. Anna suchte den Garten ab und findet nichts. Gaby hat keine Erklärung für die verschwundenen Briefe ihrer Mutter. Weder sie noch Salita hätten etwas aus Annas Apartment entfernt. Der Einbrecher? Die Einbrecherin? Warum sollte jemand die Briefe einer Toten entwenden?

Sie rätseln darüber beim Frühstück, das Salita mit so mürrischem Gesicht aufträgt, dass einem der Appetit vergehen könnte. Doch ist Annas Heißhunger von jener Beschaffenheit, dass so gut wie nichts ihn beeinträchtigen kann. Zwei Brote mit Butter und Emmentaler, Kaffee dazu, Gaby trinkt Tee und isst das übliche Müsli mit Beeren. Spricht mit leerem Mund: »Du solltest wirklich deine Essgewohnheiten ändern, Anna.«

Sie hasst es, am Morgen über Grundsätzliches zu reden. »Warum?«

»Schon aus gesundheitlichen Gründen. Es gibt da diese Studie eines Grazer Universitätsteams, in der genau aufgelistet wird, was man essen sollte, um lange und gesund und fit zu leben.«

Das kleine Wort »schon« nimmt Anna ihr übel. »Ich kann's mir vorstellen. Außerdem will ich gar nicht so alt werden. Was mich dran erinnert, dass ich in einer halben Stunde im *Paradies* sein muss.«

Anna springt auf, Zeit für eine Zigarette muss sein, bevor sie loszieht. Und während sie draußen raucht, kommt sie bei allem Nachdenken zu keiner vernünftigen Erklärung, weshalb diese verdammten Briefe verschwunden sind.

Wenn sie sie wenigstens gelesen hätte! So bleiben ein riesiges Fragezeichen und eine böse, unbestimmte Ahnung. Wer hat Marion Hellich geschrieben? Und warum hat Gaby diese Briefe nicht schon vorher gelesen? Oder hat sie das? Verschwanden sie, weil Anna sie nicht sehen sollte?

Wütend drückt sie ihre Zigarette aus, wirft den Parka über und verabschiedet sich von Gaby, die für einen Pilates-Termin gekleidet ist. Das Wetter ist scheußlich, nass und kalt, und die Wolken sehen aus wie graue Schleier, die sich über Friedhöfe legen. Die Straßen in Richtung Rhein und *Paradies* sind beinah menschenleer. Die Leute verschanzen sich in ihren Häusern, denkt Anna und stapft, die Hände in den Jackentaschen und den Blick zu Boden gerichtet, durch diesen nasskalten Wintertag. Sie ist so in Gedanken versunken, dass sie den Wagen nicht bemerkt, als sie die Straße überqueren will. In letzter Minute bremst sie ihren Schritt, und der Fahrer sein Auto. Er hupt wütend, und Anna zischt ihm ein »Arsch« hinterher, obwohl alles mal wieder ihre Schuld ist. Hätte sie doch die verdammten Briefe gelesen!

Überzeugt davon, dass ein Tag, der so begonnen hat, nichts werden kann, betritt sie das *Paradies*, dessen Bewohner aus dem Frühstückssaal in Richtung der Lifte gehen, wackeln, tippeln, den Rollator vor sich her schieben. Nicht Nina Winkler kommt Anna entgegen, sondern Willi, die Thailänderin. Sie sieht so frisch und munter aus, dass Anna neidisch wird. Dieses Zauberlächeln. »Frau von Kesten ist leider immer noch krank, wir dachten, dass Sie heute vielleicht Irmi Langer ein wenig aufheitern.«

Ausgerechnet ich, denkt Anna, versucht aber ein Gegenlächeln. »Na klar, und wo finde ich Frau Langer?«

»Ich bringe Sie hin. Am besten nehmen wir die Treppe, die Lifte sind gerade voll.«

Perfektes Deutsch, nur ein Hauch von Akzent. »Sind Sie schon lange in Deutschland?«

»Seit zehn Jahren. Ich bin mit einem Bonner verheiratet. Er hat mich aus Thailand mitgebracht. Inzwischen ist mein Deutsch fast besser als seines.«

Ach ja, denkt Anna.

Willi nimmt die Stufen mit leichten Schritten. »Unsere Irmi ist schon ein wenig verwirrt, sie hat ihre guten und schlechten Tage. Kann sein, dass sie kompletten Unsinn redet. Aber es reicht ja, wenn Sie ihr zuhören, ab und zu nicken und ihr Tee nachschenken. Wenn sie sich zu sehr aufregt, geben Sie ihr eine von den Beruhigungspillen, die auf dem Nachttisch liegen. Die wirken schnell, danach schläft sie meistens in ihrem Sessel ein. Aber wenn es ohne geht, umso besser.«

Anna ist nicht begeistert und bewältigt die Treppe mit deutlich weniger Grazie. Als sie vor der Tür des Apartments stehen, flüstert Willi: »Irmi ist übrigens auch inkontinent, aber keine Sorge, sie trägt eine Windel. Wenn Sie was riechen, drücken Sie auf den roten Knopf am Nachttisch, dann kommt jemand zum Wechseln. Aber zwei Stunden müsste sie durchhalten, geben Sie ihr nicht zu viel Tee. Ich hole Sie dann zum Mittagessen ab, wenn Sie wollen. Noch Fragen?«

Dutzende. Anna schüttelt den Kopf, und Willi klopft und öffnet die Tür. »Frau Marx ist hier, Irmi. Alles in Ordnung?«

Keine Antwort, vielleicht hat sie auch keine erwartet. Willi gibt Anna einen kleinen Schubs (oder hat sie sich das eingebildet?), dann steht sie im Apartment, und Willi hat die Tür hinter ihr geschlossen.

In einem Ohrensessel, den sie mit ihrem massigen Körper gut ausfüllt, sitzt Irmi Langer und starrt aus dem Fenster. Dann sieht sie zu Anna auf: »Willi, wie siehst du denn heute aus?«

Fängt ja gut an. »Ich bin nicht Willi, sondern Anna, und ich soll Ihnen Gesellschaft leisten.«

Irmi mustert Anna von Kopf bis Fuß. »Ich mag keine Fremden, geh weg, du Riese.«

Das würde sie gerne tun. Anna setzt sich Irmi gegenüber auf einen Schemel, der verdammt unbequem aussieht und es auch ist. »Ich bleibe nur zwei Stunden, Irmi. Und ich freue mich, mit Ihnen zu plaudern.« Sie schenkt aus der Kanne Tee in die Tasse, registriert den roten Knopf, den sie drücken kann, wenn Irmi zu stinken beginnt. Tiervergleich: Irmi ähnelt einer fetten Kröte.

Irmi wirft mit einer Handbewegung die Tasse vom Tisch. Sie ist aus Plastik und zerbricht nicht, Tee breitet sich auf dem Parkettboden aus. »Kokolores! Du willst mich vergiften. Ihr wolltet mich ...« Sie sucht nach dem Wort, findet es nicht. »Wo ist mein Tee, du Trampel!«

Anna steht schweigend auf, sucht und findet einen Lappen, wischt den Tee auf, spült die Tasse und stellt sie gefüllt wieder auf den Tisch. Während sie das tut, schimpft Irmi mit brüchiger Stimme auf das Personal in diesem Hotel, vieles ist unverständlich, doch das Wort »Gift« kommt häufiger vor. Dennoch nimmt sie die wieder gefüllte Teetasse, trinkt mit kleinen Schlucken, knabbert an einem der Kekse, die Anna mitgebracht hat, eigentlich für die Baronin bestimmt. Irmi bröselt sich voll.

Anna betrachtet die Bildergalerie am Fenstersims. Irmi war Opernsängerin, drei der gerahmten Fotos zeigen sie bei Aufführungen. Anna, die Opernbanausin, tippt bei einem der Bilder auf *Turandot*. Immerhin. Kinder oder Enkel sind nicht verewigt, also denkt Anna, dass Irmi ganz allein ist in ihrem neunzigsten Jahr. Hofft, dass zumindest ihr Leben gut war, wenn es schon auf diese Weise enden muss. Vollgebröselt und hirnzerbröselt in einem Ohrensessel mit der tristen Aussicht auf kahle Bäume. Die Apartments mit Rheinblick sind teurer. Ob es was bringt, Irmi nach Marion zu fragen? Anna versucht es, und als Antwort wischt Irmi abermals die Tasse vom Tisch. Es war nur noch wenig Tee drin, eine kleine Pfütze breitet sich aus, das Plastikgeschirr rollt gegen die Tür.

»Aufheben«, sagt Irmi. Das unartige Kind im Körper einer übergewichtigen Greisin. »Die alte Hure«, sagt sie, »will mich vergiften. Und sie bestiehlt mich! Mein ganzer Schmuck ist weg, einfach verschwunden.«

Auf ihre Nachfrage, wer die Hure sei, schüttelt Irmi nur den Kopf und stampft mit dem Fuß auf. Anna erhebt sich, wischt auf, spült die Tasse. Und täglich grüßt das Murmeltier, nur war das eine Komödie, und dies hier ist ein Greisenhorrorfilm. Noch neunzig Minuten, denkt Anna. Und dass sie alle Menschen ewig bewundern wird, die als Pfleger in Altenheimen arbeiten. Frauen meistens. Sie wäre dafür absolut ungeeignet, schon jetzt verspürt sie das dringende Bedürfnis, Irmi die Tasse an den Kopf zu werfen, statt sie mit Tee zu füllen.

Jetzt lächelt die Kröte. Weiß sie, was tut? Hat sie einfach nur Vergnügen daran, sich wie ein böses Kind aufzuführen? Anna schenkt grünen Tee ein. Irmi schlürft, sabbert, bröselt. Das runde Gesicht, erstaunlich faltenlos, ruht auf einem Dreifachkinn, das in einen Riesenbusen übergeht, der seinerseits auf Speckwellen trifft. Ihr Körper ist in eine Art Kaftan gehüllt, schwarz mit roten Blüten und grünen

Blättern. Er ist zu eng. Irmi trägt einen Turban, der die Haare vollständig verhüllt. Anna tippt auf Dauerwellenbruchhaar. Ihre Mutter hatte solche Haare, aber nie den Mut, sie unter einem farbenfrohen Turban zu verstecken. Irmis geschwollene Füße stecken in Gesundheitsschlappen. Die Zehennägel sehen grausig aus, Anna hatte immer schon Ekel vor langen Zehennägeln. Alten Füßen. Vor dünner, knitteriger Haut, die aussieht, als würde sie jeden Augenblick reißen. Vor roten Adern und blauen Flecken. Sie wendet ihre Blicke ab und schaut auf den Garten. Er sieht traurig aus.

»Der Doktor will mich ficken«, sagt Irmi, »und vergiften will er mich auch. Weil ich ihm nicht zu Willen war, dem alten Hurenbock.«

Auf einmal findet Anna sie doch irgendwie erheiternd. Sie muss lachen, was ihr Gegenüber wiederum zu erbosen scheint. Doch bevor Irmi ihre Hand in Richtung Teetasse bewegen kann, hat Anna diese weggezogen. »Nicht noch einmal«, sagt sie, »sonst vergifte ich dich wirklich.«

Sind ihre Worte angekommen? Und sind das jetzt Irmis helle oder dunkle Minuten? Sie sieht Anna zum ersten Mal direkt an. Sie hat blaue Augen, rasierte Augenbrauen und einen Kinnbart. Eine seltsame Stupsnase, doch es könnte sein, denkt Anna, dass sie einmal schön war. Und dann erschreckt sie Anna zu Tode, weil Irmi auf einmal durchdringend zu schreien beginnt. Mit der Stimmkraft einer ehemaligen Opernsängerin fegt sie Anna hinweg in den Orkus der Hilflosigkeit. Die Pillen liegen auf den Nachttisch, sie kann sie sehen. Aber wie zum Teufel soll sie ihr eine verabreichen? Einfach in den weit geöffneten Mund werfen? Das Geschrei ist höllisch, Irmi scheint nur noch aus einem offenen Mund zu bestehen. Annas nächster Gedanke ist, auf den roten Knopf zu drücken, doch da ist schon Willi im Zimmer – und Anna fühlt sich augenblicklich schuldig. Sie hat die Situation nicht mehr unter Kontrolle. Was soll sie Willi sagen? Dass sie Irmi mit Vergiftung gedroht hat, und diese daraufhin in ohrenbetäubendes Brüllen ausbrach? Vielleicht nicht so gut. »Es tut mir leid«, sagt Anna, »sie fing auf einmal zu schreien an, als ich die Teetasse in Sicherheit brachte.«

»Schon klar«, sagt Willi, geht zu Irmi und gibt ihr eine nicht allzu kräftige Ohrfeige. Worauf diese augenblicklich verstummt. Anna sitzt geschockt da, die Tasse immer noch in der Hand.

Willi holt eine Pille und ein Wasserglas. »Tut mir leid, ich mach das selten, aber bei Irmi ist es die einzige Möglichkeit, sie zum Schweigen zu bringen. Sehen Sie doch, sie lächelt jetzt.«

Masochistin? Anna beobachtet Willi, wie sie der stummen Diva ganz sanft die Pille in den Mund schiebt und dann das Wasserglas zu den Lippen bringt. »Brav schlucken«, sagt Willi, und Irmi tut, wie ihr geheißen. Schließt dann die Augen und sieht auf einmal ganz friedlich aus.

»Ich glaube, Sie sollten gehen. Irmi dämmert jetzt eher vor sich hin, tut mir leid, Sie haben wohl keinen guten Tag erwischt. Vielleicht beim nächsten Mal.«

Der Herr verschone mich, denkt Anna. Sie folgt Willi aus dem Zimmer. »Ist das ein Tick von ihr, die Teetasse dauernd vom Tisch zu fegen?«

»Ja, es ist eins ihrer Lieblingsspiele. Weshalb niemand bei ihr am Tisch sitzen mag. Marion war die Einzige, die freiwillig neben Irmi Platz nahm. Sie machte eine Art Sport daraus, die Tasse vorher in Sicherheit zu bringen. Nannte es ihren täglichen Reaktionstest. Sie und die Baronin besuchten Irmi, wenn die gut drauf war. Drei große Opernfans. Sie hörten dann gemeinsam alte Platten.«

Sie gehen über die Treppen ins Erdgeschoss. Anna spürt ihr rechtes Knie. »Und warum redet sie dauernd davon, dass man sie vergiften will?«

Ein Seufzen. »Demenz. Paranoia.« Willi bleibt vor einer Tür mit der Aufschrift »Dr. Max Wieland« stehen. »Wenn Sie wollen, können Sie noch kurz zum Arzt rein, er hat heute Sprechstunde gehabt und steht jetzt sicher am offenen Fenster und raucht.«

Anna entdeckt keine Spur von Ironie in Willis Stimme. Aber woher weiß sie, dass Anna den Doktor sprechen wollte? Sie hat es doch nur Gaby gegenüber erwähnt. Oder hat sie es auch Nina Winkler erzählt? Paranoia ist offenbar ansteckend, denkt Anna. Die Idee mit der Zigarette und dem Arzt ist jedenfalls nicht schlecht. Sie lächelt Willi an: »Danke, dass Sie mir mit Irmi geholfen haben. Sie hat mir Angst gemacht. Wie halten Sie das nur aus jeden Tag?«

Achselzucken. »Man gewöhnt sich an alles.« Willi sieht auf ihre Uhr, sagt Tschüss und biegt um die Ecke. Anna klopft, und nach einem barschen »Herein« öffnet sie vorsichtig die Tür.

»Die Sprechstunde ist vorüber«, bellt der Mann, der mit dem Rücken zu ihr am Fenster steht. »Und machen Sie die Tür zu, es zieht. Am besten von außen.«

Anna zieht sie von innen zu. »Anna Marx. Ich bin keine Patientin, sondern eine der freiwilligen Helferinnen. Und ich würde gern eine mit Ihnen rauchen.«

»Guter Gott«, sagt der Mann mit den langen weißen Haaren. Er dreht sich um, die Zigarette in der Hand. »Was treibt diese Frauen nur an, sich in einem Altersheim nützlich zu machen? Der Wunsch, in die Zukunft zu blicken?«

Die Wahrheit kann sie ja nicht gut sagen. Anna zuckt mit den Achseln, holt eine Zigarette und Feuer aus ihrer Handtasche, geht zu ihm ans Fenster. »Ich bin eine Freundin von Gaby Lehmann, Marion Hellichs Tochter.«

Er mustert sie, und Anna denkt, wenn er sich auf die Zehenspitzen stellt, sind wir ungefähr auf einer Höhe. Er ist drahtig, mit ziemlich großem Kopf und vollen weißen Haaren, sehr großer Hornbrille. Sieht eher aus wie ein Künstler. Sie schätzt ihn auf Anfang, Mitte siebzig, mehr oder weniger. Typ Schneeeule.

»Fehlt Ihnen was?«, fragt er, nachdem er ihr Feuer gegeben hat.

Anna schüttelt den Kopf. »Nein, nicht dass ich wüsste, obwohl mich Irmi Langer gerade eben zu Tode erschreckt hat.«

Das findet er witzig. »Unsere Opernsängerin hat ihre Stimme erhoben? Oh, das kann sie gut, terrorisiert das ganze Haus damit. Nina hat schon gedroht, sie rauszuwerfen, wenn sie nicht mit dem Gebrüll aufhört, aber das scheint bei ihr auf taube Ohren zu stoßen.«

»Willi hat ihr eine Pille gegeben, dann war's gut.«

»Das gute alte Valium. Wie ließe sich das *Paradies* sonst aushalten?« Er zieht genüsslich an seiner Zigarette. »Im Prinzip verschreibe ich Pillen für alles, das so allmählich seinen Geist aufgibt: Muskeln, Knochen, Organe, Gefäße, Gedächtnis, Gefühl ... Und womit kann ich Ihnen dienen, Frau Marx?«

Anna entscheidet sich spontan, ihn ein wenig zu mögen. »Ich würde gern mit Ihnen über Marion Hellich reden. Ihre Tochter hat das Gefühl, sie hat sich in den letzten Wochen nicht ausreichend um ihre Mutter gekümmert. Sie fühlt sich irgendwie schuldig.«

Der Arzt schließt das Fenster. »Es reicht nie. Das Kümmern. Die meisten der Alten hier sind verdammt einsam. Aufs Abstellgleis geschoben, recht komfortabel, aber dennoch ... Ich will hier meine Zelte abbrechen, Frau Marx. Muss mit der Fähre über den Rhein, wenn Sie wollen, können wir noch irgendwo ein Glas Wein miteinander trinken, und Sie können Ihre Fragen stellen. Sofern Sie nicht die ärztliche Schweigepflicht tangieren. Sie trinken doch, oder?«

»Aber ja – gerne. Sonst teilt mich Willi noch irgendwo ein, und ich hab heute wirklich genug von guten Taten.«

Max Wieland lacht, nimmt seinen Mantel und öffnet Anna die Tür. »Nach Ihnen, Gnädigste. Wenn wir uns beeilen, erwischen wir die Fähre noch. Sonst trinken wir eben einen in der *Bastei*.«

Als sie am Rhein ankommen, legt die Fähre gerade ab. Die Schiffssirene heult triumphierend. Auch gut, denkt Anna, dann spar ich mir den Weg über den Fluss. Sie gehen ins Restaurant und setzen sich ans Fenster im beheizten Wintergarten. Tisch mit Rheinblick, es ist kurz nach zwölf, und die Kellnerin bringt ihnen die Wein- und Speisekarte.

»Eigentlich könnten wir auch ne Kleinigkeit essen. Ich hab nicht gefrühstückt«, sagt Wieland.

»Ich auch nicht«, lügt Anna. Sie studieren die Karte und bestellen dann zwei Glas Riesling, eine Flasche Wasser und zwei Apfelstrudel.

»Die Karte hat sich seit der Bonner Republik ganz schön verändert, Vegetarisches gab es damals kaum.«

Wieland lächelt auf eine Weise, die Anna als zynisch deutet. »Ja, die Menschheit macht Riesenschritte, fragt sich nur, in welche Richtung. Ich bin froh, dass ich mir das Affentheater nicht mehr lange ansehen muss!«

Anna hält die Luft an, und er beantwortet die unausgesprochene Frage: »Prostatakrebs. Die Chemo will ich nicht, also geb ich mir noch ein halbes Jahr, dann ist Schluss.«

Was sagt man darauf? Anna ist der Kellnerin unendlich dankbar, dass sie gerade jetzt den Wein und das Wasser auf den Tisch stellt. Dann bringt sie ein »Das tut mir schrecklich leid« heraus.

Er putzt seine Brille mit der Serviette. »Warum sollte es das, wir kennen uns doch kaum? Außerdem: Das Leben hat nur ein mögliches Ende, also, was soll's. Was wollen Sie über Marion wissen, Frau Marx?«

Anna trinkt als Erste. »Wie war sie so? Es gibt da widersprüchliche Aussagen, ich kriege sie einfach nicht zusammen.«

Er sieht Anna an, als wäre sie leicht zurückgeblieben. »Wen interessiert das noch nach ihrem Tod? Aber ja, sie war schon etwas Besonderes, unsere Marion. Gut aussehend, klug, ein wenig herrisch, aber das hat sie unter ihrer Herzlichkeit meist gut verborgen. Marion war hilfsbereit, allen zugewandt, eigentlich war sie ständig in Bewegung. Entweder draußen in ihrem Garten oder bei Aktivitäten drinnen. Manchmal kam es mir so vor, als wollte sie dem Tod davonlaufen ... lustiger Gedanke. Alle mochten sie, aber ich glaube nicht, dass jemand sie wirklich kannte.«

»Auch Sie nicht?«

Er zögert mit der Antwort. »Wahrscheinlich nicht. Marion ließ sich nicht gern in die Karten schauen. So ein eigenartiger Stolz, gepaart mit einer gewaltigen Portion Ego.«

Anna trinkt einen Schluck, bevor sie weiterfragt: »Manche sagen, dass sie Angst vor Alzheimer hatte. Stimmt das?«

Wieland sieht Anna verwundert an. »Haben das nicht alle ab einem gewissen Alter? Es gab keine Anzeichen, doch

Marion hatte tatsächlich eine geradezu höllische Angst vor Demenz. So zu werden wie Irmi & Co. Und dann natürlich ihre fixe Idee vom selbstbestimmten Sterben.«

»Suizid?«

Wieland sieht aus dem Fenster auf den trägen Fluss. »Ich liebe den Rhein. Ich wohne auf der anderen Seite, und eine meiner Lieblingsbeschäftigungen ist, auf der Terrasse zu sitzen und auf den Rhein zu schauen. So kontemplativ.«

Er weicht aus, denkt Anna. Er hat den Totenschein ausgestellt, also muss er es besser wissen als alle anderen. Zwar kommt ein Leichnam, der verbrannt wird, vorher noch in die Pathologie, aber dort wird er nur ganz oberflächlich untersucht und dann, sofern nicht gerade ein Messer aus der Brust ragt, für die Bestattung freigegeben.

»Marions Herz hat plötzlich ausgesetzt, so was kommt vor«, sagt er, während die Kellnerin das Essen aufträgt. Und bevor er zu Messer und Gabel greift: »Ich würde nie etwas anderes behaupten.«

Na bravo, denkt Anna, jetzt kommt er mir auch noch mit zweideutigen Sätzen. Doch sie wendet sich ihrem Strudel zu wie er sich seinem, und sie schweigen, begleitet von Schiffssirenen. Immer brav aufessen, Anna. Mutterworte zum Nachkriegskind. Wie viel Einfluss die Gebote und Verbote der Kindheit doch haben. Einen Bissen lässt Anna über, aus Trotz.

Max Wieland leert seinen Teller komplett. »Ich liebe Süßspeisen«, sagt er. »Ich rauche und trinke und esse ungesund, darf mich also nicht wundern, dass mein Körper zurückschlägt. Außerdem ist es kein Beinbruch, in meinem Alter abzutreten. Jedes Mal, wenn ich aus dem *Paradies* komme und über den Rhein setze, denke ich daran. Es ist eine Schande, dass Leben so erbärmlich enden müssen. Einige zumindest. Marion war bei ihrem Tod eigentlich noch sehr fit. Was kann man sich mehr wünschen?«

Anna muss ihn das jetzt fragen: »Es geht das Gerücht, dass Sie und Marion ... nun, in gewisser Weise ... ein Paar waren.«

Er scheint amüsiert. »Ach ja? Das ist ja köstlich. Darf man fragen, wer so was erzählt?«

Anna antwortet nicht. Sie war mal Journalistin. Quellenschutz.

»Ich kann es mir denken. Elfi, stimmt's? Eine nette Person und, wie ich höre, effiziente Yogalehrerin. Ich bin kein Psychologe, aber meines Erachtens leidet sie an Mythomanie, auch bekannt als Pinocchio-Syndrom. Zwanghaftes, spontanes und ungeplantes Lügen. Ich habe ihr mal geraten, deshalb einen Seelendoktor aufzusuchen. Angeblich tut sie das sogar, aber ich glaube, auch da lügt sie.«

Anna schiebt ihren Teller zur Seite. Das übliche Verlangen nach dem Essen gilt der Zigarette. Hat er ihre Frage mit einer indirekten Verneinung beantwortet? Etwas an seinem Gesichtsausdruck sagt ihr, dass sie besser nicht nachhaken sollte. Sie zieht ihre Jacke an. »Sollen wir auf die Terrasse gehen?«

Ein paar Sonnenstrahlen für zwei Raucher. Unten an der Rheinpromenade laufen Jogger, alte Damen führen kleine Hunde aus, Radfahrer ärgern Fußgänger. Fußgänger schimpfen Radlern hinterher.

»Ich werde dieses Jahr mit dem Rauchen aufhören«, sagt Anna, und Max Wieland lacht. »Good luck, Anna Marx. Gehören Sie denn auch zu der Fraktion, die unbedingt hundert werden möchte?«

»Natürlich nicht«, sagt Anna. »Aber ich habe noch keine Idee im Hinblick auf einen guten Abgang. Muss mich mal in Marions Giftgarten umschauen.«

Ein scharfer Seitenblick. »Ja, der macht schon einiges her. Ich bin ganz sicher, dass Nina ihn einstampfen wird. Ist ja auch ein wenig makaber für ein Altersheim. Der Tod ist ein solches Tabu im *Paradies*. Wir stehen an der Schwelle und tun so, als ob es diesen Ausgang nicht gäbe. Geniale Verdrängung oder schwachsinniges Leugnen, ich bin mir nicht so sicher, wahrscheinlich eine Mischung aus beidem.«

»Aber Marion soll fortwährend vom Tod geredet haben …?«

Wieland sieht einem Rheinschiff nach, das gemächlich vorübertuckert. »Hat sie wohl, und die Einzige, die das nicht nervte, war gaga Irmi. Und ich natürlich. Ich werde sie vermissen, wir hatten sehr nette Gespräche über Tod und Teufel.«

Und vielleicht mehr, denkt Anna. Auch Lügnerinnen können manchmal die Wahrheit sagen. »Und Selbstmord haben Sie also ausgeschlossen?«

»Definitiv«, sagt er so bestimmt, dass Anna geneigt ist, ihm zu glauben. Andererseits ist er Allgemeinmediziner und kein Pathologe.

»Sie war Botanikerin. Hat ja auch andere Kräuter gepflanzt. Ich würde mich übrigens sehr genau über die Wirkungen diverser Gifte informieren, Frau Marx, bevor Sie das Zeug pflücken. Meist ist das kein schöner Tod. Schwindel, Erbrechen, Herzrasen … und wir wollen doch alle ganz sanft auf die andere Seite wechseln.«

Für einen Mediziner muss das ein Kinderspiel sein, denkt Anna, und dass Wieland seinen Tod sicher schon im Detail geplant hat. »Sollen wir wieder reingehen?«

Er lädt sie ein, und Anna dankt. Auf dem Weg hinaus fragt sie ihn nach seiner Beziehung zu Nina Winkler. Wieland sieht sie von der Seite an: »Sie sind schon ganz schön neugierig. Aber es ist ja kein Geheimnis: Nina und ich waren mal verheiratet, drei Jahre immerhin. Dann ging die Liebe fort, und wir haben uns getrennt, später scheiden lassen. Uns aus den Augen verloren. Als ich meine Praxis in Königswinter verkaufte, hat sie mich angerufen und gefragt, ob ich nicht drei Stunden pro Tag im *Paradies* arbeiten möchte. Ich habe darüber nachgedacht und dann zugesagt. Bin natürlich kein ausgebildeter Gerontologe. Aber wenn ich was nicht weiß, wende ich mich an Kollegen oder schicke die Leute zu Fachärzten. Na ja, bald wird sich Nina einen neuen Hausarzt suchen müssen.«

Sie stehen am Rheinufer, die Fähre hat gerade angelegt. Als sie sich die Hände schütteln, ist Anna erstaunt, wie fest er zudrückt. »War nett, mit Ihnen zu plaudern, Anna Marx. Wir sehen uns vermutlich noch ...«

Anna schaut ihm nach, wie er aufs Schiff geht. Zu viel Tod. Selbst für eine Marx.

Auf dem Heimweg begegnet ihr Elfi – oder verfolgt sie sie? Anna schüttelt die Paranoia ab, der sie manchmal anheimfällt. Berufskrankheit. Dieses ewig strahlende, rundliche Wesen kann doch gar nichts im Schilde führen. Sie erzählt ihr von ihrer Begegnung mit Irmi und erfährt, dass die demente Diva im Sommer fast gestorben wäre. Lebensmittelvergiftung. »Sie war nicht die Einzige, aber Irmi hat die Angewohnheit, alles in sich reinzustopfen – so eine irrationale Angst zu verhungern. Den anderen war nur schlecht, doch Irmi musste ins Krankenhaus.«

»Ach«, sagt Anna. »Und woran lag's?«

»Irgendein Hühnergericht, ich sage ja immer, sie soll Biofleisch kaufen, aber Nina spart an den falschen Enden. So – hier muss ich abbiegen. Tschüss und bis demnächst ...«

12

Die Art, wie Gaby ihren Apfel isst, findet Anna filmreif. Sie schneidet die Frucht in kleine, gleichförmige Spalten, legt das Obstmesser zur Seite und spießt mit der Gabel Stück für Stück auf, jedes sorgfältig kauend und bedachtsam schluckend. Nach jedem Bissen tupft sie sich mit der Stoffserviette den Mund ab. Die Barbarin, die in Äpfel reinbeißt, fragt sich, wie sie mit einer Frau zusammenleben kann, die dem Obst mit Messer und Gabel zu Leibe rückt. Dann denkt sie an ihr Bankkonto und vergisst die Frage.

Anna verlässt den Tisch und holt sich in der Küche ein Glas Wein. Ihr Einkauf, sie hat die Flaschen vom nächsten Supermarkt ins Haus geschleppt, das fällt bei Anna unter sportliche Betätigung. Disziplin ist was für Menschen, die meinen, ihr Leben bestens im Griff zu haben.

»Schenk mir auch ein Glas ein«, ruft Gaby aus dem Wohnzimmer, das ist überraschend, doch Anna fragt nicht, sondern bringt zwei Gläser und die Flasche mit. Riesling aus dem Rheingau, eiskalt, sie prosten einander zu, und Anna fragt mit Blick auf das Kerngehäuse: »Hast du als Kind auch schon so gegessen?«

Gaby stutzt, dann lacht sie. »Natürlich nicht. Ich hab es mir irgendwann angewöhnt, als ich auf der sozialen Aufstiegsleiter war. Wie angle ich mir einen Millionär, du weißt schon.«

Wohl kaum mit Tischmanieren, denkt Anna, aber nach Sätzen wie diesen verzeiht sie ihr den Apfel. Beinahe. Und ja, sie hat Gaby früher zu Botschaftsempfängen mitgenommen, ihr Einladungen zum Bundespresseball beschafft, sie als »weibliche Begleitung« bei allen möglichen Events eingeschleust, was gelegentlich dazu führte, dass die Leute sie für ein lesbisches Paar hielten. Homosexualität war in der vorgeblich prüden Bonner Republik noch sündhaft selten. »Warst du jemals bei einer von Nelies Partys? Du weißt schon, die schöne Holländerin, die von ihrer Dachterrasse zu Tode stürzte.«

Gaby nimmt einen kräftigen Schluck, während sie sonst nur am Glas nippt. »Klar war ich dort. Zweimal sogar. Das erste Mal, als ich diese kurze Affäre mit dem Regierungssprecher hatte, da hat sie uns beide eingeladen. Kleiner Kreis, vielleicht zwanzig Leute. Industrielle, Botschafter, Staatssekretäre, ein Parteivorsitzender. Strippenzieher aller Sorten, Nelie hat sich nicht mit Kleinkram abgegeben. Zwei Freundinnen von ihr waren auch da, die kannte ich nicht, aber sie waren so hübsch, dass sie vermutlich Edelnutten waren. Beeindruckende Wohnung, orientalisch eingerichtet, ein bisschen, wie man sich einen sündigen Harem vorstellt. Gott, sie war ja so exotisch, dagegen waren wir alle Provinzmäuse. Ich kam mir jedenfalls so vor.«

»Mich hat sie nie eingeladen«, sagt Anna mit einem Unterton. Schließlich hatte sie auch mal eine Affäre mit einem Staatssekretär, und trotzdem ...

Gaby sieht Anna beinah mitleidig an. »Deine politische Nützlichkeit hielt sich in Grenzen, weißt du. Meine natürlich auch, aber als Liebschaft des Regierungssprechers war ich auf einmal interessant für sie. Vielleicht wollte sie den Guten erpressen, schließlich war er ja verheiratet.«

»Hat sie?«

Gaby greift nach ihrem Glas. »Schon möglich. Ein paar Tage nach der Party hat er mir am Telefon mitgeteilt, dass wir uns trennen müssten. Angeblich, weil die Ehefrau ihm die Hölle heißmachte. Aber es hat kaum wehgetan. Er hatte sowieso nicht genug Geld, stattdessen Frau und Kinder, nein, ich war nicht traurig damals.«

»Und wie war die Party?«

Oh, Gaby kann sich noch genau erinnern. »Kaviar und Champagner. Russischer Kaviar, keine Ahnung, wie sie an das Zeug rankam in solchen Mengen. Und Kokain, das lag auf dem Klo aus. Wenn du mich fragst, war Nelie ständig bekokst, so aufgedreht, wie sie immer war. Wir sind vor Mitternacht gegangen, meine Affäre und ich. Aber ich würde nicht ausschließen, dass es zu späterer Stunde in eine Orgie ausartete. Sie war schon eine verdammt heiße Nummer.«

»Robert meint, dass sie DDR-Spionin war – oder eine russische, das war damals fast das Gleiche.«

Achselzucken. »Ach ja, das wurde gemunkelt, aber irgendwie machte sie das noch interessanter. Nelie kokettierte sogar damit, dass sie von unserem Geheimdienst beschattet wurde. Vielleicht war sie ja ne Doppelspionin. Aber du weißt ja, wie paranoid damals alle waren. Dieser Schauer, wenn der russische Botschafter seinen Jahresempfang gab und die guten Deutschen im Hauptquartier des Feindes Krimsekt schlürften, nach versteckten Kameras spähten und immer nur flüsterten.« Gaby legt Anna ihre Hand mit dem Zweikaräter auf den Arm: »Du hast mich oft mitgenommen, das war wirklich nett von dir. Überhaupt verdanke ich dir, dass ich Jakob kennenlernte – das war beim Empfang in der französischen Residenz.«

Ja, und danach hatte der Mohr seine Schuldigkeit getan. Anna korrigiert ihre Gedanken: »Mohr« sagt man nicht mehr. Schwarzer? Dunkelhäutiger Mitbürger? Person of Color?

Der Gedanke liegt nicht fern, dass Gaby ihre Freundschaft damals nur suchte, um mit Annas Hilfe an die Fleischtöpfe zu gelangen. Eine Gerichtsreporterin bekam nicht viele Einladungen. Und jetzt lächelt Anna und sagt: »Ja, das hast du gut gemacht. Und wann warst du zum zweiten Mal bei Nelie?«

Die Flasche ist beinahe leer, Gaby mustert diese vorwurfsvoll, geht in die Küche und holt eine neue aus dem Kühlschrank. »Du musst die übrigens nicht hierherschleppen, Anna. Ich lasse liefern.«

»Danke, aber dafür trink ich zu viel.« Anna öffnet die Flasche und schenkt nach. Fragt sich, was mit Gaby los ist, die sonst nie mehr als zwei Gläser trinkt. Mit Grazie und Disziplin, wie es ihre Art ist. Ob etwas passiert ist?

Gaby legt ihre Beine auf den Stuhl und schaut zurück in die Vergangenheit. »Nelie – was hast du nur mit ihr? Das war, lass mich nachdenken, recht kurz vor ihrem ... Selbstmord. Oder was immer es war. Könnte ja auch ein Unfall gewesen sein, sie machte schon verrückte Sachen. An dem zweiten Abend war ich mit Jakob dort. Sie wollte eine große Story über ihn schreiben für den *Stern*. Und ich war mal wieder die dekorative Begleitung. Jakob hat darauf bestanden, dass ich mitgehe, keine Ahnung, warum. Nelie war reizend, es gab ein Abendessen für acht Leute. Zwei FDP-Politiker, ein arabischer Botschafter, Nelie und ich waren die einzigen Frauen am Tisch. Der Mann aus Katar hat mit mir zu flirten versucht, und er war wirklich sehr attraktiv. Aber ich glaube, dass er und Nelie ... Keine Ahnung, es war ein seltsamer Abend, und sie schien mir nervös zu sein. Kein Koks auf dem Klo, dafür hervorragendes libanesisches Essen, sie hatte einen Koch aus Amsterdam einfliegen lassen. Jakob und ich sind gleich nach dem Dessert gegangen, wir hatten beide das Gefühl, dass wir überflüssig waren ... Nun ja, es gab zwar später noch das Interview, doch die Story ist nie erschienen, nachdem Nelie … Wieso interessiert sie dich überhaupt? Ist doch schon so lange her.«

Anna holt sich ein Stück Bergkäse aus dem Kühlschrank. Wein macht sie hungrig, immer. Aus der Küche: »Wahrscheinlich, weil Robert ein Buch über sie schreiben will. Und weil er glaubt, dass Nelie umgebracht wurde.«

Das scheint Gaby nicht zu überraschen, mit einem Hauch Genugtuung sagt sie: »Alle Frauen in Bonn haben sie gehasst!«

Anna schneidet den Käse in mundgerechte Stücke und trägt den Teller ins Esszimmer. »Aber deswegen doch nicht umgebracht, oder? Ich habe Nelie übrigens nicht gehasst. Beneidet höchstens. Sie war so verdammt glamourös. Gott, war Bonn ein spießiges, abgründiges Kaff. Aus heutiger Sicht. Aber irgendwie halt auch … kuschelig. Und uns ist gar nicht aufgefallen, wie sexistisch die Männer mit uns umsprangen.«

»Ich war nie emanzipiert.« Gaby sieht Anna an, als wollte sie das Geständnis ihres Lebens ablegen, verstörend irgendwie. »Ich war das Weibchen, weißt du, das wie eine Spinne im Netz hockt und auf fette Beute hofft. Bonn war das Netz. Jakob am Ende die Beute.«

So hat Anna das nicht gesehen. Doch war sie keine kleine hübsche Blondine, sondern eine große, üppige Rothaarige. Und Emanzipation in jenen Tagen war so was wie offene Rebellion. Weibchen zu sein war da viel einfacher, wenn man sich schon in Männerdomänen rumtrieb. Warum klagt Gaby, wo sie doch bekommen hat, was sie wollte? Und trinkt, als gelte es, die zweite Flasche noch schneller zu leeren als die erste? Ihr Gesicht scheint auseinanderzufallen. Vor Schmerz? Wut? Anna hat ihr den Apfel längst verziehen und auch, dass sie vielleicht nur wegen der vielen Einladungen ihre Freundin wurde damals. Andererseits: Sie kann sich daran erinnern, dass Gaby sie mit Hühnersuppe versorgte, als sie einmal mit Grippe flachlag. Und dass sie ihr alle Karnevalsgeschichten schrieb, zu denen Anna einfach nichts einfiel. Es war keine eingleisige Freundschaft, doch wiederum nicht so tief, dass sie einander vermissten, als Gaby in die Villa zog – und Anna später nach Berlin. »Du warst demnach eine sehr erfolgreiche Spinne«, sagt Anna, und beide lachen, als ob das ein guter Witz wäre.

»Gibt es was Neues aus dem *Paradies*?« Gaby schenkt nach, und Anna schaut nach draußen, die Sonne müsste gleich untergehen. Sie braucht eine Zigarette, diese Gier ist viel zu leicht zu befriedigen. »Gleich, ich muss nur eine rauchen.«

»Du musst aufhören«, ruft Gaby ihr nach. Sie wiederholt sich schamlos. Nach so kurzer Zeit hat Anna das Gefühl, schon länger mit ihr unter einem Dach zu leben. Sie stellt sich vor, wie schön der Garten im Sommer sein muss, jetzt ist er einfach nur groß und winterkahl. Hinter der Gartenmauer und der Uferstraße ist der Rhein zu sehen, seit die Bäume keine Blätter mehr tragen. Ein paar Tannen trüben die Sicht. Anna raucht. An Tagen wie diesen möchte sie die Zeit zurückdrehen. Alles auf Anfang, und ein paar Dinge würde sie anders machen ... oder auch nicht. Sie geht zurück ins Zimmer, wo Gaby den kleinen Tisch deckt mit Wurst und Brot und Käse. Salita ist für drei Tage zu einer Verwandten nach Berlin gefahren, worüber Anna nicht traurig ist. Die Filipina mit dem Pokerface ist ihr nicht nähergekommen, eher hat sich der Graben vertieft. Außerdem glaubt Anna, dass Salita ihre Sachen durchwühlt hat. Sicher hat sie den roten Penis entdeckt und ist jetzt auch noch moralisch entrüstet.

»Ist doch schön, dass wir mal unter uns sind«, sagt Gaby jetzt. »Ich weiß schon, dass Salita schwierig ist.«

Anna holt das Brot aus der Küche. »Warum behältst du sie dann?«

Gaby schweigt. Sie bietet Anna den Schinken an, ihr Gesicht ist eine Maske. »Ich hab mich halt an sie gewöhnt«, sagt sie schließlich, »außerdem ist sie zuverlässig und klaut nicht.« Sie wechselt schnell das Thema: »Also, hast du irgendwas Neues erfahren im *Paradies*?«

Anna schmiert Butter aufs Brot und belegt es mit Emmentaler. Sie rekapituliert ihr letztes Gespräch mit Elfi. »Es hat im Sommer ein paar Vorfälle gegeben. Hat mir Elfi Pilz erzählt. Einige erbrachen sich oder hatten Durchfall, eine Bewohnerin musste sogar ins Krankenhaus. Irgendein Hühnergericht war nicht in Ordnung.«

Gaby legt eine Käsescheibe auf ihr Brot, auf Butter hat sie verzichtet. Wenn Anna Messer und Gabel erwartet hat, wird sie diesmal enttäuscht. Gaby beißt rein. Brot, Butter, Schinken und Käse, Essiggurken. Anna findet den Abend ohne Salita-Kochkünste ganz wunderbar. »Komisch, dass dir deine Mutter nichts davon erzählt hat. Vielleicht wollte sie dich nicht aufregen. Waren nur Lebensmittelvergiftungen, obwohl so was in einem Altersheim böse enden kann.«

Gaby sieht den Schinken misstrauisch an. »Marion hat mir kein Sterbenswort gesagt. Oh Gott, so wollt ich das nicht ausdrücken. Ich glaube, der Wein schlägt rein …«

»Du musst schneller essen und langsamer trinken«, sagt Anna. »Also, ich dachte gleich an den Kräutergarten. Könnte ja sein, dass das Küchenpersonal zu den falschen Kräutern griff und was Giftiges erwischte.«

Gaby runzelt die Stirn. »Du meinst, meine Mutter war schuld daran?«

Anna reagiert gereizt: »Das habe ich nicht gesagt. Ein Vorfall. Eine Möglichkeit. Es war *deine* Idee, Gaby, dass ich jeder Information nachgehe. Und genau das tue ich und berichte dir.«

»Trotzdem, so ein Blödsinn. Behaupten die vielleicht noch, dass Marion ihre Mitbewohnerinnen vergiftet hat?!« Jetzt klingt Gaby entsetzt. Vertiefte Stirnfalten, alkoholverstärkte Emotionen, Anna kennt das. Sie rudert zurück. »Du solltest es nicht so aufbauschen. Das kommt dabei heraus, wenn man wie ich im Trüben fischt. Wenn du willst, höre ich sofort damit auf ...«

Gaby trinkt einen Schluck, dann findet sie wieder zum normalen Ton. »Okay, tut mir leid. Aber selbst wenn es giftige Kräuter waren, dann kann man das wohl kaum meiner Mutter in die Schuhe schieben.«

Anna seufzt. »Jetzt krieg dich wieder ein, Gaby, das tut ja niemand. Aber ihre Obsession für Giftpflanzen war schon ... auffällig. Außerdem hat deine Mutter häufig von selbstbestimmtem Sterben gesprochen. Das sagen viele. Denk mal drüber nach.«

Anna steht auf und sieht auf Gaby herunter. »Ich geh jetzt rauchen, danach räume ich ab. Wenn du nichts mehr vom *Paradies* hören magst, dann sag es mir. Ich wär dir bestimmt nicht böse!«

Gaby nickt. Ihre kleinen Wutausbrüche waren immer nur von kurzer Dauer, denkt Anna. Rheinische Frohnatur mit Rambo-Splittern. Selbst ihre Stimme verändert sich, wenn sie zornig ist. Dann zischt sie wie eine Schlange.

Und es ist immer wieder schön, sich eine Zigarette anzuzünden. Kontemplativ. Die Flamme ist kurz und wärmt. Sie hat etwas zum Festhalten. Inhaliert Gift. Draußen ist es kühl, fast schon dunkel. Und wie immer, wenn sie vor der

Tür steht, vermisst sie die Berliner Wohnung. Der Luxus des Rauchens im Warmen. Die alte Baronin verteidigt ihr Recht auf Nikotin mit Zähnen und Klauen. Qualmt einfach im Zimmer und behauptet, der Wind habe den Rauch ins Apartment getragen.

Niemand im *Paradies* hat Anna gegenüber behauptet, dass Marions Kräutergarten für die Vorfälle verantwortlich war. Doch es gab schon die ein oder andere zarte Andeutung. Und was, wenn nach den ersten Experimenten Hilde und Sophia dran waren, und bei ihnen war die Dosis hoch genug, um sie ins Jenseits zu befördern? Anna nimmt sich vor, Max Wieland noch einmal zu befragen. Er hat die Totenscheine ausgestellt. Und ist selbst schon beinah jenseits von Gut und Böse. Aber das, denkt Anna, sind Recherchen, die Gaby nicht gefallen würden. Vielleicht ist sie auch auf einer völlig falschen Spur. Leute werden alt und sterben. Basta. Außerdem meldet sich gerade ihr Telefon, eine Festnetznummer, die sie nicht kennt.

»Anna Marx.«

»Lena Berg. Sie haben mir auf den AB gesprochen, Frau Marx. Ich bin gestern erst aus Amsterdam zurückgekommen.«

Jetzt klingelt es bei Anna. Marions Freundin, die in Koblenz lebt. »Oh ja, danke, dass Sie mich anrufen. Ich würde mich mit Ihnen gern über Marion Hellich unterhalten. Zeit und Ort bestimmen natürlich Sie.«

»Warum?«

Die Frage hätte Anna auch gestellt. »Zu kompliziert, um es am Telefon zu erklären. Ich komme auch gern nach Koblenz, wenn Sie möchten.«

Stille am Telefon. Dann sagt Lena Berg, dass Anna am nächsten Tag kommen könne. Nach Koblenz, sie gibt ihr die

Adresse. Dann legt sie auf. Ziemlich abrupt, wie Anna findet, so, als ob sie die Einladung schon bereuen würde. Anna notiert die Adresse ins digitale Notizbuch, vertippt sich wie immer, flucht wie immer, drückt die Zigarette aus und geht zurück ins Wohnzimmer.

Gaby hat abgeräumt, doch die Gläser hat sie stehen lassen. »Tut mir leid«, sagt Anna, »aber Lena Berg hat zurückgerufen, Marions Freundin. Ich kann sie morgen in Koblenz besuchen.«

Gaby schenkt nach. Ihre Wangen sind sanft gerötet, sie ist nicht so perfekt geschminkt wie sonst, und es steht ihr gut. »Du kannst mein Auto haben, ich brauch es grad nicht. Und bestell Lena schöne Grüße von mir, obwohl sie mich nicht ausstehen kann, die alte Hexe.«

Nein, das Porsche-Schiff will Anna nicht fahren, sie wird Zugverbindungen heraussuchen. Und sie fragt sich, warum Marions beste und älteste Freundin Gaby nicht leiden kann. Sie wird Lena ganz sicher danach fragen.

Gaby sieht Anna durchdringend an, es fehlt nur der mahnende Zeigefinger. »Du musst ungefähr die Hälfte von allem, was sie sagt, wieder vergessen. Sie redet zu viel und ist eine ziemlich verrückte Person. Keine Ahnung, was Marion an ihr gefunden hat. Vielleicht lag es daran, dass sie sich seit der Volksschule kannten. Für Marion war sie so eine Art Clown, den sie mochte, aber nicht ernst nahm. Als Lena dann nach Koblenz zog, haben sie sich kaum noch gesehen. Es hat mich überrascht, dass sie zum Begräbnis kam, denn ich hatte ihr keine Trauerkarte geschickt.«

»Die Todesanzeige in der Zeitung«, sagt Anna. Sie merkt, dass ihre Zunge schwerer wird, sich nicht mehr so leicht um Vokale und Konsonanten schmiegt. Und ihr fällt auf, dass nach der Yogalehrerin die zweite Lügnerin oder zumindest Plaudertasche in Marions Umkreis aufgetaucht ist. Mit diesem Urteil ist Gaby recht schnell bei der Hand. Als würden nicht alle Leute die meiste Zeit lügen. Doch nichts davon spricht Anna aus, sondern prostet ihrer Auftraggeberin und Freundin zu, und dann trinken sie und reden von alten Zeiten, weißt du noch, und alles, was damals schwer schien, wird in der Erinnerung luftig und lustig, und waren es nicht die besten Jahre, jene, in denen sie noch glaubten, eine große Zukunft vor sich zu haben? Gaby träumte von ihrem Millionär, und Anna von einem Wechsel zum *Stern* oder *Spiegel*, das erwies sich allerdings als Utopie. Vielleicht, wenn Berlin nicht Hauptstadt geworden wäre, säße sie immer noch in der Redaktion und berichtete über das Gesellschaftsleben Bonns. Eine Vorstellung, die ihr so wenig gefällt wie die Realität. Irgendwann ist irgendwas schiefgelaufen. Und Altersarmut ist wahrlich eine miese Aussicht.

Gaby hebt ihr Glas: »Heute vor hundert Jahren hat mir Jakob den Heiratsantrag gemacht, hier, an diesem Ort.«

Sie trinken. Anna fragt sich, warum Gaby aussieht, als wäre dieses Jubiläum der Anfang einer bösen Geschichte. Sie hat ihr Gesicht fast immer unter Kontrolle, doch jetzt nicht mehr. Es sieht auf einmal ziemlich alt aus. Und verzweifelt. Anna stellt ihr Glas ab. »Ich hab es noch nie jemandem erzählt, Anna, du bist die Erste. Meine Ehe war ein Albtraum!«

Die zweite Flasche Riesling ist fast leer, ein Geständnis auf dem Tisch. Anna findet, dass sie jetzt nichts dazu sagen sollte. Sie schenkt sich die letzten Tropfen ein und geht in die Küche. Noch eine Flasche ist kalt gestellt, sie füllt die Gläser nach. Gaby hat sich im Stuhl zurückgelehnt und starrt zur Decke, während sie weiterredet. »Eigentlich war es schon bald nach der Hochzeit vorbei mit der großen Liebe. Glaub ich jedenfalls.«

Und dann bist du über Jahrzehnte bei ihm geblieben? Fragt Anna nicht, sondern sagt: »Alle hielten euch für ein glückliches Paar. Das kann doch nicht so falsch gewesen sein.«

Gaby setzt sich halb auf und zeigt mit dem Finger auf Anna. »Willst du die Wahrheit wissen? Ich mache mir und anderen was vor. Seit Ewigkeiten! Und ich bin nur bei ihm geblieben, weil ich einen Ehevertrag unterzeichnet hatte. Oh ja, Jakob war nämlich ein verdammter Geizhals, und ich hab damals nur unterschrieben, weil ich naiv und verliebt war. Liebe auf immer und ewig. Dabei war ich nur geblendet vom Glanz des Geldes.«

Anna hört schweigend zu und bemüht sich, Mitleid zu empfinden.

»Das Komische ist: Solang er mich umworben hat, war Jakob ein anderer Mensch. Liebevoll, aufmerksam, großzügig. Aber das war nicht *er*, verstehst du, es war nur seine Masche, mich einzufangen. Reiche Menschen sind oft habgierig, wusstest du das? Und sie lassen dich spüren, dass du ein Nichts bist ohne ihr Geld. So abhängig. Bloß eine Stufe höher als die Dienstboten. Die atmende Deko im Hause, eher lästig, wenn sie am falschen Platz steht. Aufmerksam war Jakob nur, wenn wir in Gesellschaft waren, dann posierte er als perfekter Ehemann.«

Wie man sich bettet, so liegt man. Anna denkt an Brecht als Weinbegleitung. Und Gaby trinkt und redet, als wären die Worte zu lange eingesperrt gewesen und müssten jetzt raus um jeden Preis.

Offene Augen, den Kopf zurückgelehnt, spricht sie zur Decke, als ob sie sich schämte, Anna anzusehen: »Schon bald nach der Hochzeit hat er mich kurzgehalten, ich kriegte Haushaltsgeld, stell dir vor. Und wenn ich mir was kaufen wollte, musste ich ihn um Geld bitten. Es war so demütigend! Sex? Einmal die Woche, wenn es hochkam. Wenn er hochkam. Rein, raus – und ab ins Badezimmer. Jahre ging das so, Jahre der Frustration und Langeweile und Demütigung. Als ich ihm sagte, dass ich wieder arbeiten wollte, hat er es mir verboten. Ich sag dir Anna, ich war so unglücklich, dass ich mich am liebsten umgebracht hätte. Dann kam die Affäre mit dem Yogalehrer, da ging es mir eine Weile besser. Sagen wir mal, ich hab mich in dem goldenen Käfig arrangiert und nur noch ab und zu gepiepst.«

Die Affäre ist Anna neu, überrascht sie aber nicht. Und wahres Mitgefühl will sich einfach nicht einstellen. »Hast du Marion davon erzählt?«

Gaby hält Anna ihr leeres Glas hin. »Meiner Mutter, bist du verrückt? Die hätte doch nur gesagt, siehst du, das hast du davon, wenn du nur des Geldes wegen heiratest. Deine Schwester führt eine vorbildliche Ehe ... bla, bla, bla ... Nein, ich habe niemandem was gesagt und bin ins Fitnessstudio gegangen und ... habe Jakob mit dem Haushaltsgeld betrogen, so gut es ging.«

Anna hat nachgeschenkt. Ein bisschen, ein kleines bisschen nur tut es ihr gut, dass Gaby nicht auf Rosen gebettet war. Sie sagt: »Du hättest ihn unbedingt verlassen müssen.«

Gaby richtet sich wieder auf, trinkt, sieht Anna an und sagt: »Ja, hätte ich. Hab auch oft darüber nachgedacht. Aber irgendwann war es dann auch zu spät ...«

»Dann war es ja keine Tragödie für dich, als er gestorben ist«, sagt Anna erbarmungslos.

Gaby stutzt, dann beginnt sie zu lachen, so hysterisch, dass Anna überlegt, ihr eine Ohrfeige zu geben. Doch dann greift Gaby nach dem Weinglas, nimmt einen tiefen Schluck und sagt: »Ihm waren nicht nur seine Uhren wichtiger als ich. Auch Marion. Meine Mutter!«

Die Art-déco-Wanduhr tickt lauter als sonst, so kommt es Anna vor. Jetzt schluchzt Gaby und holt ein Taschentuch aus ihrer Jacke, schnäuzt hinein. Das Lächeln missglückt. »Ja, meine liebe Mutter. Sie waren ja altersmäßig nicht so weit auseinander. Und von Anfang an hat sie sich an ihn rangemacht, Jakob hier und Jakob dort. Ging mit ihm in die Werkstatt und ließ sich die Uhren zeigen und half ihm bei den Reparaturen. Und im Gegenzug nahm sie ihn mit in den Garten und unterrichtete ihn in Botanik. Ich hab sie oft lachen hören, draußen. Ein Herz und eine Seele waren sie. Und wenn wir zu dritt am Tisch saßen, redete er fast nur mit ihr. Als ob ich gar nicht da wäre. Und wenn ich vorschlug, dass wir mal wegfahren sollten, dann meinte er, dass wir Marion natürlich mitnehmen müssten, die arme Frau, so ganz allein im Haus ... Irgendwann fing ich an, meine eigene Mutter zu hassen, kannst du dir das vorstellen? Als Jakob starb, da trauerte sie viel mehr um ihn, als ich es tat. So, als ob *sie* die Witwe gewesen wäre. Es war pathetisch, Anna ... und jetzt weißt du auch, warum sie nach seinem Tod ausgezogen ist. Ins *Paradies*.«

Drei Egomanen unter einem Dach, denkt Anna, das konnte ja nicht gutgehen. Die Frage, ob zwischen Marion und Jakob noch mehr war als das, wagt sie nicht zu stellen. »Wieso beschäftigt dich dann ihr Tod so sehr, dass du mich aus Berlin geholt hast?«

»Weil ich allein bin. Ich hab alles falsch gemacht, Anna. Mit allen Menschen, die ich kenne.«

Die erklärte Gegnerin aller Lebensweisheiten sagt das Einzige, das ihr einfällt: »Schau nach vorn und mach es besser.«

Gaby lächelt erst, dann beginnt sie hemmungslos zu weinen, als hätte sie dreißig Jahre darauf gewartet. Was bleibt Anna anderes übrig? Sie nimmt sie in die Arme und streichelt ihr besänftigend den Rücken. Weinende Frauen machen sie fertig.

13

Zum ersten Mal, seit sie Gaby kennt, tut sie ihr leid. Zuneigung, Dankbarkeit, Gleichgültigkeit, Neid, Verachtung, all das hat sie durchlaufen in den Jahren ihrer nahen und fernen Freundschaft. Das hier ist neu und fühlt sich merkwürdig an. Auf die Frage, warum sie ihn nicht einfach verlassen hat, kam ein so ungläubiger Blick, als habe es diese Option nie gegeben. Und am Ende brachte sie Gaby zu Bett und deckte sie zu.

Ein luxuriös hingeworfenes Leben, denkt Anna. Im Zug. Linker Hand Vater Rhein und das Siebengebirge, die eng an den Fluss geduckten Häuschen, die im Vorbeifahren so romantisch aussehen, Postkartenidyllen im Schnelldurchlauf. Die Scheibe ist dreckig. Rechter Hand sitzt eine junge Frau mit Baby, das schreit und offenbar nicht zu beruhigen ist. Die kurze Fahrt, dreißig Minuten, denkt Anna, wird sie das Geplärre aushalten. Und sich bestätigt fühlen, dass es richtig war, auf Muttergefühle zu verzichten. Sicher keins ihrer Talente, sich aufopferungsvoll mit Säuglingen, Kleinkindern oder Teenagern zu beschäftigen. Sie lächelt der Gestressten beruhigend zu, wir Frauen halten zusammen, sagt ihr Blick, eine große Lüge ist das.

Anna ist unterwegs zu Lena Berg, Marions Freundin, die am Telefon nicht sonderlich erfreut klang über diesen Besuch. Anna erhofft sich keine großen Erkenntnisse über den Tod von Marion Hellich, aber irgendwie muss sie sich ja beschäftigen, um ihr Geld zu verdienen.

Anna hat Gaby nicht mehr gesehen, bevor sie zum Bahnhof fuhr, wahrscheinlich schlief sie einfach ihren Rausch aus.

Anna schaut aus dem Fenster in die Bilderbuchlandschaft. Von Weitem sieht alles viel besser aus, die Distanz ist ein großer Weichzeichner. Also eine unglückliche Ehe hinter der schönen Fassade. Marion, die sich zwischen Gaby und Jakob drängte. Von allen Mutter-Tochter-Konflikten erscheint ihr dieser besonders schräg. Und welche Rolle spielte Salita dabei? Wem galt ihre Loyalität? Annas letzter Gedanke, bevor der Zug in Koblenz einläuft. Das Baby hat aufgehört zu schreien und lächelt sie an, als Anna vorübergeht. Sie lächelt zurück.

Nimmt ein Taxi zu Lenas Wohnung am Jesuitenplatz. Natürlich gäbe es Busse, aber dafür ist Anna zu faul. Keine böse, aber manchmal dumme Eigenschaft, und hinzu fügt sich eine sehr lässige Beziehung zu Geld. Sie schätzt es nicht genug, um sparsam zu sein. Ist grundlos großzügig und kann geizige Leute nicht leiden. Anna gibt meist zu viel Trinkgeld, auch diesem Taxifahrer, und er bedankt sich mit einem grandiosen Lächeln.

Altbau, zweiter Stock ohne Lift: Lena Berg steht schon an der Wohnungstür, als Anna die Treppe hochkommt. Eine kleine, zierliche Person mit eisgrauen Haaren, die ganz kurz geschnitten sind. Sie trägt eine Art Kaftan in bunten Farben und dazu Halsketten, die afrikanisch aussehen. Ihre zwitschernde Stimme passt zum Äußeren: »Kommen Sie rein, Anna. Ich darf Sie doch so nennen?«

Es riecht nach Weihrauch, keiner von Annas Lieblingsdüften. Sie folgt Lena durch den langen Flur, dessen Wände mit afrikanischer, hauptsächlich naiver Malerei geschmückt sind. Sie landen in einer großen, altmodischen Küche, die von einem Holztisch beherrscht wird. Möbel und Küchengeräte sehen antik aus, wie aus einer anderen Zeit. Nur Laptop und Handy weisen auf das 21. Jahrhundert hin.

»Zauberhaft«, sagt Anna, als sie sich setzt.

»Ja, ich verbringe die meiste Zeit hier«, sagt Lena. »Ich mag die Aura dieses Raums. Man fühlt sich so geborgen.«

Anna hätte es anders formuliert, doch sie nickt zustimmend. Welch Kontrast zu Gabys Designerküche, in der niemand auf die Idee käme, dort mehr Zeit als nötig zu verbringen. Sie nimmt das Angebot von Kaffee und Wasser dankbar an und fragt, ob sie auf dem Küchenbalkon rauchen dürfe? Das kommt nicht gut, sie merkt es, doch Lena öffnet die Balkontüre und gibt ihr sogar einen Aschenbecher. Vier, fünf hastige Züge, dann ist der Sucht erst einmal Genüge getan. Anna geht zurück in die Küche, wo Lena in ihr Handy tippt. Sie trägt eine knallrote Brille, in der Farbe passend zu ihren Lippen. Anna denkt an einen Kolibri.

»Was wollen Sie von mir, Anna?«

Keine Eingangsfloskeln. Anna stellt ihre Kaffeetasse ab und lächelt den winzigen Vogel an. Dann wirkt ihr Mund noch größer, sie weiß es. Wie viel Wahrheit darf's denn sein? »Ich bin eine alte Freundin von Gaby. Und sie bat mich, mehr über ihre Mutter herauszufinden. Über ihr Leben und ihren Tod.«

Ein Blick, den Anna schwer deuten kann. Spöttisch? »Sind Sie Detektivin?«

Weniger Wahrheit: »Ich bin Journalistin, Gaby und ich haben ein paar Jahre in einer Redaktion gearbeitet. Und da ich gerade Zeit habe, helfe ich ihr. Gaby fand den plötzlichen Tod ihrer Mutter wohl sehr verstörend.«

Lena Berg schweigt, das verunsichert Anna, also redet sie schnell weiter. »Die letzten Monate haben sich die beiden wohl nicht so gut verstanden. Und Gaby war auf den Malediven, als ihre Mutter starb. Ich denke, das nagt an ihr ... der Verlust und die versäumten Gelegenheiten.«

Lena schenkt Kaffee nach. »Wissen Sie, ich kenne Gabriele kaum, ich war mit ihrer Mutter befreundet. Aber das scheint mir doch eher die Laune einer wohlhabenden Witwe zu sein. Was will sie denn herausfinden? Dass Marion sich umgebracht hat?«

Blattschuss, denkt Anna und sagt nach einer kurzen Pause, die sich lang anfühlt: »Zum Beispiel. Außerdem ist Marions teure Uhr mit ihrem Tod im *Paradies* verschwunden. Und Gaby glaubt, dass die Zustände dort keineswegs paradiesisch waren ... sind.«

Lena süßt ihren Kaffee mit drei Stück Zucker. Anna trinkt ihn schwarz, ohne Milch. Sie mag den bitteren Geschmack, er passt so gut zu Zigaretten. »Zudem gab es drei Todesfälle im Heim, recht knapp hintereinander. Und einen Garten mit gefährlichen Pflanzen, offenbar Marions Hobby. Also schon ein paar Gründe, um nachzuhaken.«

Ihr Gegenüber denkt nach, und Anna hört die Küchenuhr ticken. Ein riesiges, altmodisches Ding mit Gewichten. Selten, dass man die Zeit ticken hört. Neben der Uhr sind offene Regale aus Holz angebracht, auf denen sich gusseiserne Töpfe stapeln. Ein Kohleofen hätte Anna nicht überrascht, aber es ist ein Gasherd. Der Kühlschrank fehlt, Anna vermutet ihn in der Kammer. Wäre auch ein Stilbruch gewesen.

Lena sieht hinaus auf den Balkon, der mit eingetopften Pflanzen und Kräutern überfüllt ist. »Ich habe Marion zweimal im *Paradies* besucht, und einmal war sie hier bei mir, um sich ihre Urne auszusuchen. Also kann ich über das Heim nicht viel sagen. Ich fand es ziemlich elitär. Die Leute machten keinen schlechten Eindruck. Alt eben. Kindisch, boshaft, verspielt, verrückt ... Marion liebte die Gartenarbeit. Ihren Giftschrein. Sie blühte richtig auf, wenn sie dort war.«

Ein Wort bleibt hängen. »Urne?«, fragt Anna.

Lena entnimmt der Tischschublade eine Visitenkarte und legt sie vor Anna hin. *Lena Berg – Der schöne Tod – Bestattungen der anderen Art.*

»Das ist mein Beruf. Aber erst seit fünf Jahren, vor der Pensionierung war ich Lehrerin wie Marion. Wir kennen uns von der Schule. Meine Tochter und ich wollten noch große Reisen machen, als ich mit der Arbeit aufhörte, aber daraus wurde nichts. Sie starb an Bauchspeicheldrüsenkrebs, es ging ganz schnell. Und dann war ich mit diesen Begräbnisritualen konfrontiert. Den letzten Entscheidungen. Sarg oder Urne? Grabstätte? Kranz, Feier, Rede … dieser ganze bürokratische Kram, der einen angeblich von der Trauer ablenkt. Mich hat es nur wütend gemacht. Und ich wollte nicht, dass Frieda in einem dieser hässlichen, überteuerten Särge liegt. Oder ihre Asche in einer kitschigen Urne. Und schon gar nicht wollte ich diese monotonen Grabreden und scheußlichen Kränze. Diese Begräbnismaschinerie hat mich abgestoßen! Meine Tochter war künstlerisch ambitioniert. Ich wusste, wie sehr ihr das alles missfallen hätte.«

Sie macht eine Pause, und Anna sieht sie aufmunternd an. Sie mag es, wenn Leute über den Tod reden. Vielleicht ändert sich das in ein paar Jahren, doch ein »Moribunderl«, wie Philipp sie oft nannte, war sie schon immer.

Lena lächelt jetzt. »Und so bat ich eine befreundete Töpferin, mir eine Urne zu gestalten. Und erkundigte mich, unter welchen Umständen man sie mit nach Hause nehmen darf. Das habe ich alles organisiert und dann für Frieda ein Fest zu Hause gegeben mit all unseren Freunden, die noch lebten. Marion war auch eingeladen, aber sie war krank damals und konnte nicht kommen. Es gab Friedas Lieblingsblumen, ihre Musik, ihr bevorzugtes Essen, wir haben über sie gesprochen, als ob sie noch lebte und nur eben vor die Tür gegangen wäre. Es war ein schönes Fest, es hätte ihr gefallen. Am nächsten Tag habe ich Friedas Asche im Wald verstreut – an einem Platz, den sie gerne mochte. Ich war traurig, aber auch glücklich irgendwie ...«

Anna blinzelt. Lena schweigt jetzt, beinah erschöpft von ihrem Redefluss. Und nun sieht Anna die Urne, die auf einem der Holzregale steht. Sie hatte sie für eine Skulptur gehalten, ein stilisierter Frauenkopf, bunt bemalt. »Ist das die Urne?«

Der Kolibri sieht Anna mit Augen an, die feucht sein könnten. »Ja, ist sie nicht schön? Sie ist Frieda nachempfunden. Sie war eine sehr beeindruckende Frau.«

Das lässt die Skulptur-Urne nicht erkennen, aber Anna nickt. »Das klingt ganz wunderbar. Und das machen Sie jetzt auch für Fremde? Oder nur für Freunde?«

»Für jeden, der mich fragt. Ich habe kein Geschäft und keine Internetpräsenz, das wäre mir alles viel zu aufwendig. Mundpropaganda. Und ich arbeite mit Künstlerinnen zusammen, die Urnen und Särge gestalten oder nach den Kundenwünschen auch extra anfertigen. Die maßgeschneiderte letzte Ruhestätte. Manche mach ich auch selbst, ich arbeite gern mit Papier oder Filz, überhaupt mit recyclebaren Materialien. Ich war Kunstlehrerin, wissen Sie. Möchten Sie ein paar sehen?«

Rhetorische Frage. Sie führt Anna in einen angrenzenden Raum, in dem Urnen in Wandregalen stehen. Aus Pappmaché, Filz, Metall oder Ton in verschiedenen Formen und Farben. Lena zeigt auf eine Kreation aus grasgrünem Filz, geformt wie ein Fliegenpilz. »Die hier ist lustig, so eine ähnliche hat sich Marion ausgesucht, als sie hier war. Sie wollte verstreut werden, doch ihre ältere Tochter fand das unpassend. Also ist Marion jetzt in einem der Urnengräber auf dem Rüngsdorfer Friedhof. Ich habe mit Lisbeth deshalb schwer gestritten. Aber natürlich hatte ich kein Mitspracherecht. Die Tochter fand die Urne, die Marion ausgesucht hatte, übrigens abscheulich. ›Pietätlos.‹ Ich weiß wirklich nicht, warum Marion die ältere Tochter lieber hatte. Na ja, mit Gabriele hatte sie halt so ihre Probleme.«

Darauf will Anna zurückkommen, doch jetzt ist sie erst einmal beeindruckt von den Reliquien des Todes. Bunte Särge, bemalt oder beschriftet. Und danke nein, sie möchte nicht Probe liegen. Anna will verbrannt werden. Irgendwann. Und dann in einer hübschen Urne ruhen oder im Gras herumliegen und den Blumen beim Wachsen zusehen. Gewissermaßen. »Könnte ich auch so eine Urne kaufen? Was kosten die?«

Berg sieht liebevoll auf ihre Sammlung. »Die Preise sind je nach Material ganz unterschiedlich – zwischen zweihundert und dreitausend Euro.«

Anna schluckt. So viel wollte sie für ihren Tod nicht ausgeben. Sie zeigt auf eine rote Urne aus Pappmaché, die einem Boxhandschuh nachempfunden ist. »Die finde ich witzig.«

Lena blättert in ihrer Liste. »Sehr preiswert, nur zweihundertdreißig Euro. Von einer österreichischen Künstlerin. Hundert Prozent recyclebar. Wollen Sie sie haben?«

Anna schaut auf die Urne. Das rote Ding schaut zurück. Warum nicht?, denkt sie. Sie wollte immer schon Boxen lernen, eines der vielen Dinge, die sie in ihrem Leben nicht zustande brachte. Dann hätte die Wahl der Urne auch noch eine ironische Note. Sie überlegt höchstens zwei Minuten: »Also die Urne kaufe ich. So viel habe ich zwar in bar nicht dabei, aber ich könnte das Geld noch heute überweisen.«

Lena lächelt auf eine Weise, die Anna nicht deuten kann. »Aber natürlich, Sie können sie gleich mitnehmen. Eine wirklich interessante Wahl, meine Wiener Freundin wird sich freuen, dass jemand an einer so außergewöhnlichen Kreation Gefallen gefunden hat. Möchten Sie noch Kaffee?«

Anna nickt und streichelt den Boxhandschuh. Er fühlt sich weich und glatt an, der abnehmbare Deckel ist kaum sichtbar. Sie öffnet die Urne und schaut ins Innere, das knallrot bemalt ist. Hier also wird sie liegen, zwei Kilo Asche, der Gedanke ist weder tröstlich noch verstörend. Anna, die Boxerin. Post mortem.

»Die Urne steht Ihnen gut«, sagt Lena. Als hätte der Kauf eine Mauer überwunden, wirkt sie auf einmal entspannter, offener. »Sie wollen wissen, ob Marion sich umgebracht hat? Ganz ehrlich, ich hatte so meine Zweifel, aber dann dachte ich wieder, dass sie viel zu selbstverliebt war, um so was zu tun. Natürlich hatte sie Angst vor dem Alter, vor Kontrollverlust, das haben wir doch alle. Und es gab im *Paradies* ja genügend Anschauungsmaterial, ein Grund, warum ich nie in ein Altersheim gehen wollte. Und ja, sie hat mit ihren Pflanzen herumexperimentiert. Wollte vermutlich noch zu Lebzeiten herausfinden, welches Kraut in welcher Dosis sie sanft ans andere Ufer befördert. Ich fand das schon reichlich schräg von ihr.«

Anna hat ihre dritte Tasse getrunken und aufmerksam zugehört. »Also kein Suizid?«

»Ich glaube nicht, aber ...« Lena spielt mit ihren Halsketten, die sie von ihren Reisen mitgebracht hat. Sie liebte Afrika, doch Frieda hatte diese Mückenallergie und weigerte sich, ins Land der Blutsauger zu fliegen. Sie steht auf, öffnet die Tür zur Speisekammer und stellt einen Teller mit Keksen auf den Tisch. Selbst gebacken. Anna greift zu. Sie schmecken nach Zimt und Zucker und beruhigen ihren Magen.

Der Kolibri knabbert vorsichtig an einem Stück: »Ich glaube, das Leben hat sie geschliffen. Marion war attraktiv und lebenslustig, aber sie hatte nur Pech mit Männern. Also hat sie sich auf die Biologie gestürzt – und auf die Erziehung der beiden Töchter. Als Lehrerin härtet man schnell ab, muss sich gegen die versammelte Schar kleiner Egos behaupten, und in Klassenzimmern werden Schlachten ausgefochten, das können Sie mir glauben. Da wird man automatisch autoritärer. Das ist reiner Selbstschutz. Und all das hat Marion mit nach Hause getragen, glaube ich. Sie war streng zu Lisbeth und Gabriele. Hat immer behauptet, ihre jüngere Tochter schlage nach ihrem schwachen, charakterlosen Vater ...«

Das klingt gnadenlos, denkt Anna. »Stimmt das denn?«

Lena hebt die Schultern. »Keine Ahnung, über Gabriele kann ich wenig sagen. Die beiden hatten immer ein schwieriges Verhältnis. Weshalb es mich wunderte, dass Marion bei den Eheleuten eingezogen ist. Ich hab noch versucht, ihr das auszureden. Ich hätte ihr eine nette, altersgerechte Wohnung in Koblenz besorgt, hier wohnt man noch etwas billiger als in Bonn. Aber nein, Marion hatte ihren Entschluss gefasst. Und stur war sie natürlich auch. Ich mochte Gabrieles Mann nicht, wie hieß er noch?«

»Jakob.«

»Ja, richtig. Ein reicher Pinkel, der auf andere herabschaute. Aber erstaunlicherweise kam Marion gut mit ihm klar. Sie schwärmte geradezu von ihm. Wir haben ab und an miteinander telefoniert. Bis auf die paar Male konnte sich keine von uns aufraffen, die andere zu besuchen, obwohl zwischen Bonn und Koblenz ja keine Welt liegt. Man wird so bequem im Alter, finden Sie nicht?«

Du bist ein noch älterer Vogel, denkt Anna. Doch sie nickt. »Sie sind aber noch sehr umtriebig, oder? Kann das jeder werden – Bestatter...in?«

Ein kurzes Lächeln. »Ja, man braucht nur einen Gewerbeschein. Und muss sich halt mit den entsprechenden Gesetzen und Behördengängen auskennen. Es ist eine krisenfeste Branche, wissen Sie. Und die wenigsten Angehörigen regen sich über die Preise auf, die ja saftig sind. Die einfachen Särge für Verbrennungen kosten den Bestatter um die fünfundvierzig Euro. Verkauft werden sie so ab vierhundert Euro. Gewaltige Preisspannen ...«

»... Aber deshalb machen Sie es nicht.«

Lena lächelt geschmeichelt. »Nein, und ich biete faire Preise an. Es ist so ein Herzenswunsch von mir, das letzte Geleit ganz wunderbar und nach den Wünschen der Verstorbenen zu gestalten – bis hin zu den Blumen. Bei mir gibt es keine Kränze mit schwarzen Schleifen und goldener Inschrift.«

Ihre Wangen sind gerötet. Wenn Anna auch Worte wie »Herzenswunsch« oder »Herzensmenschen« nicht mag, dann erkennt sie doch an, dass Lena ihr Gewerbe mit großer Empathie betreibt. Sie wünscht sich jetzt, sie hätte Lena vor Sybilles Begräbnis kennengelernt, das im offiziellen Teil auch ganz furchtbar war. »Wissen Sie denn, warum Marion nach Jakobs Tod aus der Villa ausgezogen ist? Gaby erklärt es mit Sturheit, aber ...?«

Der Kolibri zerbröselt einen der Kekse und schiebt die Krumen einzeln in den Mund. Eine Schwätzerin oder so ähnlich hat Gaby sie genannt, denkt Anna, aber es kommt ihr nicht so vor.

Sie findet Lena sympathisch und offen, welchen Grund hätte sie, von der Wahrheit abzuweichen?

»Tja, wenn sie das gesagt hat ... Eine andere Erklärung habe ich auch nicht, Anna. Diese Entscheidung erschien mir genauso übereilt wie jene, bei Gabriele und Jakob einzuziehen. Marion dachte wohl irgendwann, dass sie sich als Oma nützlich machen könnte. Aber daraus ist nie was geworden, obwohl Jakob es sich so sehr gewünscht hatte.«

»Es klappte nicht?«

Künstlerpause, dann ein Achselzucken. »Gabriele konnte keine Kinder bekommen, so habe ich es jedenfalls gehört. Jakob war wohl sehr enttäuscht, ich glaube, der Kinderwunsch war der Grund, warum er sie geheiratet hat. Natürlich war sie auch eine hübsche Person ... und so viel jünger als er. Haben Sie Kinder, Anna?«

Sie mag persönliche Fragen nicht. »Nein.«

Lena versteht und wechselt das Thema. »Ich weiß es ja nicht aus erster Hand, aber die Eheleute waren Fremde, die sich nichts zu sagen hatten, meinte Marion einmal, und dass Jakob die meiste Zeit in seiner Werkstatt verbrachte. Aber er war auch an Pflanzen interessiert, die beiden hatten Gemeinsamkeiten. Ich glaube fast, sie mochte ihn lieber als ihre Tochter, aber bitte, vielleicht habe ich das nur in Marions Aussagen hineininterpretiert. Das klingt jetzt komisch, aber fast kam es mir vor, als ob Jakob Marions letzte große Liebe war. Sein Begräbnis war natürlich eine pompöse Angelegenheit mit Mahagonisarg und riesigen Kränzen und dem ganzen Brimborium. Die Witwe hat keine Kosten gescheut, bis hin zum Leichenschmaus im *Redüttchen*. Na ja, so hat eben jeder seine eigene Vorstellung vom letzten Geleit.«

Sie mag Marions Tochter ganz und gar nicht, denkt Anna. Und dass Gaby in ihrem großen Geständnis nicht erwähnt hatte, dass Jakob ein Kind wollte. Gute Gene, fortpflanzungsgeeignet: ein Heiratsgrund? Was hat sie getan?

Heimlich die Pille genommen? Anna wird sie danach fragen. Sie findet es allmählich schwierig, Wahrheit und Lüge auseinanderzuhalten. »Und wie fand Marion das Altersheim, was hat sie da erzählt?«

Lena schenkt Kaffee nach, und zum ersten Mal bemerkt Anna, dass ihre Hand zittert. Ziemlich stark.

Lena folgt Annas Blick und zieht ihre Hand zurück. »Es gefiel ihr dort, ich werde das wohl nie verstehen. Mich brächten keine zehn Pferde in so eine Greisenverwahranstalt. Aber Marion hat sich gleich in die Gartenarbeit gestürzt, und sie hat dem Küchenpersonal Deutschunterricht gegeben ... Ich möchte fast sagen, dass sie wieder aufblühte nach dem Schock von Jakobs Tod. Sie entwickelte in den letzten Monaten eine Seite, die ich nicht an ihr kannte: eine Art Klatschsucht, und ziemlich boshaft dazu. Sie wusste alles Mögliche über die anderen Gäste zu erzählen. Ich hab sie ja nur zweimal besucht in ihrem *Paradies*, aber wie sie fast jeden kommentierte, den wir trafen – ich fand das schon beinahe obszön.«

Lenas Hände halten einander fest, das Zittern scheint vorüber. Anna hakt sofort nach: »Interessant, was denn zum Beispiel?«

Lena zögert, man soll über Tote nichts Schlechtes sagen, und genau das hat sie gerade getan. Also ist es schon egal. »Na ja, die Heimleiterin, sie soll eine Spielerin sein, Roulette in Bad Neuenahr. Marion sagte, dass sie sich von ein paar ihrer wohlhabenden Gäste Geld geborgt hat. Keine Riesensummen ... tausend hier und tausend dort. Und als das mit Marions Giftgarten bekannt wurde, da wollte die Direktorin ursprünglich alles vernichten lassen. Und dann hat Marion sie mit den Schulden erpresst, der Garten blieb. Darauf war sie auch noch stolz, ich fand das nicht gut.«

Anna stimmt ihr zu und fragt nach mehr Klatsch aus dem *Paradies*.

Lena seufzt. »Ach, ich habe bei vielem abgeschaltet, weil es mich überhaupt nicht interessierte. Eine Sophia, den Nachnamen weiß ich nicht mehr, soll Alkoholikerin gewesen sein. Und dieser Adelige, Friedrich von irgendwas, hat sich Pornos auf seinen Laptop geladen und jede Frau, die noch nicht gänzlich gaga war, sexuell angemacht. Behauptete Marion. Die Baronin, die mit dem Bridge-Fimmel, die soll beim Spielen geschummelt haben. Ach, es waren so viele üble Nachreden ... Ich bin danach nicht mehr zu ihr gefahren. Es kam mir so boshaft vor, so unwürdig. Sollte man in seinen letzten Lebensjahren nicht weise und abgeklärt werden? Vielleicht sogar gütig?«

An die Güte des Alters glaubt Anna nicht so recht. Und Marion eine Erpresserin? Anna zieht es in Betracht, und schon erscheint dieser Tod in einem anderen Licht. »Hat sie auch was über den Heimarzt gesagt, über Max Wieland? Die beiden sollen eng gewesen sein. Auch das *Paradies*-Klatsch, fürchte ich.«

Lena steht auf und beginnt, das Kaffeegeschirr abzuräumen. Anna bemerkt wieder die zitternden Hände und hilft ihr dabei. Parkinson? Diese Frage kann sie nicht stellen. Die Kolibridame sieht erschöpft aus, als ob das Gespräch sie über die Maßen angestrengt hätte.

Anna greift nach ihrer Handtasche. »Ich sollte jetzt wirklich gehen. Zum Arzt fällt Ihnen wahrscheinlich nichts ein?«

Lena sucht in der Küchenkredenz nach einer Stofftasche für Annas Urne. Findet eine, auf der für Europa geworben wird. Bevor sie die Urne einpackt, murmelt sie: »Ich glaube, sie sagte etwas in der Art, dass er Morphium nähme. Aber ich finde, ich habe jetzt genug gesagt. Es erscheint mir so überflüssig ... Und ich sehe nicht, wie diese Informationen ihre Tochter trösten könnten.«

Anna schweigt und nimmt ihre Tüte in Empfang. Es gibt keine gute Antwort. Auf die Rückseite ihrer Visitenkarte schreibt Lena ihre IBAN-Nummer. Dann steht sie auf und meint: »Wir haben viel zu viel über Marion gesprochen und zu wenig über uns. Die Toten soll man ruhen lassen, richten Sie das Gabriele aus. Was immer zwischen ihr und Marion passiert sein mag, sie sollte es vergessen und die guten Erinnerungen bewahren.«

Ich bin jetzt für den Tod gerüstet, denkt Anna, während sie Lena durch den langen Flur folgt. Ein kurzer Händedruck an der offenen Tür und ein Lächeln, das mehr verbirgt, als es verrät. Dann wendet sie sich ab und hört, wie hinter ihrem Rücken die Tür ins Schloss fällt. Anna und ihre Urne machen sich auf den Rückweg nach Bonn.

Erst jetzt fällt ihr ein, dass sie vergessen hat, ihr das Foto von Marion und dem unbekannten Mann zu zeigen.

Anna tröstet sich damit, dass es wahrscheinlich ohne Bedeutung ist.

14

Von der Frau der alternativen Begräbnisse kam noch eine WhatsApp. *Das hab ich vergessen zu erwähnen: Marion hat schon an der Uni begonnen, Briefe an sich selbst zu schreiben. Tagebücher in Briefform, könnte man sagen. Unregelmäßig, aber phasenweise immer wieder über die Jahre hinweg. Diese Briefe müssen doch irgendwo sein? Viel Glück bei der Suche. Lena Berg.*

Anna las die Nachricht im Zug, und nachdem sie ihre Boxer-Urne nach oben gebracht hat, findet sie Gaby im Wohnzimmer auf dem Sofa liegend, den *Spiegel* auf dem Bauch, einen Eisbeutel auf dem Kopf. Sie legt beides zur Seite und richtet sich halb auf. »Ich hab den ganzen Tag gebraucht, um den Kater loszuwerden. Hattest du keine Kopfschmerzen?«

»Nein, gar nicht. Wahrscheinlich, weil ich häufiger trinke. Deine Mutter schrieb Briefe an sich selbst, wusstest du das?«

Anna setzt sich auf den Designersessel, der es nicht zulässt, dass man gemütlich darin versinkt. Sie hat Hunger, die Kekse waren nicht magenfüllend, und unterwegs hat sie nichts gegessen. »Abendbrot?«

»Ich bring heute nichts runter«, sagt Gaby mit Schmerz in der Stimme, »aber da muss noch was im Kühlschrank sein. Morgen kommt Salita zurück, dann kann sie einkaufen.«

»Das kann ich auch. Weiß du, wo die Briefe aus all den Jahren jetzt sind?«

Gaby trinkt Tee. »Ich denke, die alten hat meine Schwester irgendwo im Keller. Oder sie hat sie vernichtet, Lisbeth ist nicht der sentimentale Typ. Das ist so typisch für meine Mutter! Andere Leute schreiben Tagebuch. Sie schreibt Briefe an sich selbst. Von Hand. Sie hatte eine grauenhafte Handschrift.«

»Und keinen Computer?«

»Nein. Ein iPhone aber schon. Das habe ich ihr gekauft. Apropos … Wo ist das überhaupt?« Gaby sitzt jetzt aufrecht auf dem Sofa. »Das hab ich total vergessen.«

»In Marions Kiste war es nicht«, sagt Anna. »Du kannst selber nachsehen, ist noch alles drin bis auf die Briefe.«

Gaby ruft ihre Schwester an und fragt den Anrufbeantworter, ob das Handy irgendwie bei ihr gelandet sei.

Anna holt sich Brot und Schinken und Käse aus dem Kühlschrank, schenkt sich ein Glas Bier ein und trägt das Tablett ins Wohnzimmer. »Ich gehe morgen der Sache mit dem verschwundenen Handy nach und forsche auch nach dem Verbleib der Uhr. Nina Winkler soll Spielschulden haben und bei einigen Bewohnern in der Kreide stehen. Wusstest du davon?«

Gaby verneint und folgt Annas unausgesprochenem Verdacht: »Du meinst, die Winkler beklaut ihre Senioren? Wie kannst du nur schon wieder Alkohol trinken?«

»Ich hab Durst«, sagt Anna, »ist doch nur Bier. Früher haben wir Gin Tonics getrunken und Wein und Champagner und Schnaps … Ich werde im Alter nicht zum Teetrinker, Gaby, no fucking way. Und ja, natürlich könnte die Winkler dahinterstecken. Spielsucht ist gemein. Aber da ist natürlich noch das Personal, das sicher nicht überbezahlt ist. Oder eine kleptomanische Seniorin, so was soll's ja auch geben …«

»Wenn du das iPhone findest, kannst du es behalten. Ich brauche es nicht.«

Anna schluckt den letzten Bissen Schinkenbrot und spült mit Bier nach. Dann wischt sie sich mit der Hand Bierschaum vom Mund. Sie bemüht sich, die plötzliche Wut nicht in ihre Worte einfließen zu lassen, was nur bedingt gelingt. »Sei nicht so verdammt gönnerhaft, Gaby. Du bist die reiche Witwe, und ich ein armer Single. Du bezahlst mich. Du lässt mich hier wohnen. Aber du nervst mich auch ganz schön. Ich rauche. Ich trinke. Ich esse gern. Das bin ich – und du bist eben anders. Ich verstehe nicht, warum du mich engagiert hast, statt einen Therapeuten aufzusuchen, um euer gestörtes Mutter-Tochter-Verhältnis aufzuarbeiten. Marion war sicher ein komplizierter Mensch. Möglicherweise hat sie auch ein paar alte Frauen vergiftet, weil sie herausfinden wollte, wie ihre Pflanzen wirken. Ich werde dem nachgehen. Aber versprich dir nicht zu viel davon. Es wird viel geredet – und gelogen, weil wohl jeder was zu verbergen hat. Und ich tappe herum wie ein Elefant im Porzellanladen …«

»Bist du fertig?« Gaby ist aufgestanden, und Anna denkt, jetzt wird sie mich bestimmt rauswerfen, und was mache ich dann?

»Nein, bin ich nicht. Hast du je daran gedacht, dass Salita die Briefe genommen hat? Keine Ahnung, warum – aber bei ihr nachzusehen kann ja nicht schaden. Du hast sicher einen Zweitschlüssel.«

Gaby zögert: »Wie kommst du denn darauf? Kannst du das beweisen?«

Anna würde sie gerne schütteln. »Wenn wir die Briefe finden schon! Bis dahin ist es nur ein Verdacht. An einen Einbruch hab ich nämlich nie geglaubt. Also: Sehen wir nach. Wenn wir die Briefe nicht finden, dann habe ich mich eben geirrt. Und sie muss es ja nicht erfahren.«

Der letzte Satz überzeugt Gaby, und nicht zum ersten Mal denkt Anna, dass die beiden, Gaby und Salita, etwas verbindet, das sie noch rausfinden möchte. Wenn der Alkohol Gaby gesprächig macht, müsste sie ihr doch nur mehr davon einflößen ...

Salita bewohnt die Souterrainwohnung, zwei Zimmer mit Bad und Toilette, nett eingerichtet, aber nicht so durchgestylt wie oben. Alles ist peinlich sauber und aufgeräumt. Auf die Wand sind Farbfotos aufgeklebt – von Kindern und Frauen und Männern, die Salita irgendwie ähneln. Die Familien- und Heiligenbilder. Ein Kreuz aus Muscheln. Ein Poster, das den Strand von Cebu zeigt. Eine Muslima? Da hat Elfi wohl mal wieder gelogen.

»Wann war sie das letzte Mal zu Hause?«, fragt Anna, und Gaby antwortet: »Vor zehn Jahren.« Fügt aber schnell hinzu, dass sie Salita zum Geburtstag einen Heimflug geschenkt hat. »Sie will im April nach Cebu fliegen.«

»Sehr großzügig von dir«, sagt Anna, während sie Schubladen öffnet. Die meisten sind leer. Auf dem Nachttisch liegt eine Bibel in Englisch. In der Schublade sind Süßigkeiten, Schokolade, Kekse ... keine Briefe. Überhaupt findet sich wenig, das Aufschluss über Salita Santos, neununddreißig Jahre, aus Cebu, Philippinen, gäbe. Sie hat sehr viele Kosmetika im Badezimmer, und einen Schrank voller Kleider, die für Cocktailpartys geeignet wären. Anna hat Salita immer nur in schwarzen Hosen und weißen T-Shirts oder Pullovern gesehen.

»Die Kleider hab ich ihr geschenkt«, sagt Gaby. »Man kann die ja nicht öfter als zehnmal anziehen.«

Anna unterdrückt eine böse Antwort auf diesen Satz. Sie durchsucht die Kommode vorsichtig, um nichts durcheinanderzubringen. Findet weitere Fotos, außerdem Kondome, die Fragen aufwerfen, und ein Flugticket, datiert auf den 18. April 2020, Köln–Frankfurt–Manila–Cebu und zurück.

Gaby steht mit verschränkten Armen im Schlafzimmer, während Anna vergeblich nach dem Corpus Delicti sucht.

»Ich hab es dir ja gleich gesagt«, ist ein Satz, den Anna nicht hören wollte. Fest entschlossen, diese verdammten Briefe zu finden, macht sie weiter. Lüftet die Matratze, und dort, auf dem Lattenrost ... endlich ... liegen Marions Briefe, zu einem schmalen Bündel verschnürt. Und ein Foto, das Marion und Jakob zeigt, sie sehen sich voller Zuneigung an, und Anna denkt, dass sie fast wie ein Liebespaar aussehen, aber das wäre wirklich zu abgefahren.

Gaby hat zuerst nach dem Foto gegriffen. Sie sieht es an, und Anna registriert eine Zornesfalte. »Es gibt eben auch diese Schwiegermütter«, sagt Gaby, dann greift sie nach den Briefen. »Ich will sie jetzt doch lesen, danach kannst du sie haben.«

Dagegen ist schwer etwas zu sagen, auch wenn Anna gern die Erste wäre. »Hast du eine Ahnung, warum Salita sie geklaut und versteckt hat? Und das Foto?«

»Nein. Und das Foto kannte ich gar nicht, vielleicht hat Salita das mit ihrem Smartphone gemacht.«

Anna richtet das Bett. »Und das alles findest du nicht seltsam?«

»Doch. Deshalb werde ich sie auch zur Rede stellen.«

Anna zieht die Bettdecke glatt. »Da wäre ich gern dabei.«

Doch Gaby lächelt nur. »Es tut mir leid, wenn ich dich nerve, Anna. Ich werde mich um Besserung bemühen, wirklich. Weil es mir viel bedeutet, dass du mir hilfst ...«

Das ist schmeichelhaft. Anna Marx ist nicht immun dagegen. Abgesehen davon, dass sie jenseits dieses Jobs keine Alternative sieht. Und dann scheint es wieder hervor, das junge Mädchen, das in der Frau steckt, die mit sich und ihrem Leben hadert, an dem sie ganz alleine Schuld hat. Die Umarmung ist kurz und herzlich, Gabys Lächeln sieht echt aus, dann lösen sie sich voneinander, checken die Wohnung und verlassen sie wieder, wie sie sie vorgefunden haben. Gaby hat das Bündel Briefe in der Hand. Anna zeigt auf die Tür neben Salitas Wohnung. »Und was ist da drin?«

Gaby öffnet sie, die Tür war nicht zugesperrt. »Das war Jakobs Uhrenwerkstatt. Ich habe sie zu einem Fitnessraum umgestaltet. Du kannst dich hier gerne austoben, wenn du willst.«

Anna betrachtet die Folterwerkzeuge und sagt: »Nein danke.« Gaby lacht. »Ich bin hier auch selten. Zum Sport gehe ich lieber raus, damit ich Menschen treffe. In Elfis Kurse zum Beispiel. Sie mag ja eine große Geschichtenerzählerin sein, aber als Trainerin ist sie Spitze.«

Sie verlassen das Untergeschoss wieder, und Gaby bereitet Tee in der Küche vor. Anna nimmt sich noch ein Bier, der Kommentar bleibt aus. Sie sagt: »Du hast mir nicht erzählt, dass Jakob ein Kind von dir wollte?«

Das traf, sie kann es an Gabys Gesichtsausdruck sehen. Die botoxresistente Falte zwischen den Augenbrauen. Sekunden ungemütlichen Schweigens, während sie sich Tee eingießt. Draußen wird es dunkel, und Gaby schaltet beim Reinkommen das Wohnzimmerlicht ein. Dann setzt sie sich auf die Couch und verschränkt die Arme. Die abwehrende Pose.

»Das hat dir sicher Lena Berg erzählt. Oder Elfi? Ist ja auch egal. Es stimmt sogar. Jakob wollte ein Kind, und ich schien ihm wohl dafür geeignet. Ich kann dir wirklich nicht sagen, ob er mich jemals geliebt hat. Ob er dazu überhaupt fähig war? Es spielt auch keine Rolle mehr, denn ich wollte damals kein Kind. Ich wollte leben und reisen und mich vergnügen ... also habe ich heimlich die Pille genommen, bis er eines Tages draufkam und ... ja, das war's eigentlich. Das Ende unserer Beziehung. Von da an hat er mich behandelt wie ein Nichts. Und meine Ausgaben kontrolliert. Nach zwei Jahren habe ich klein beigegeben und ihm gesagt, dass wir es doch noch einmal versuchen könnten. Aber es hat nicht mehr funktioniert. Er war alt, und ich war auch nicht mehr so jung. Die Ärzte haben mir alles Mögliche gespritzt, davon habe ich zugenommen, bis ich sagte: ›Schluss, aus.‹ Ich wollte nicht mehr. Das war dann so was wie der Todesstoß für unsere Ehe. Ich habe Jakob bitter enttäuscht. Das hat er mir oft genug um die Ohren gehauen.«

Wie beim letzten Mal, als sie über ihre Ehe sprach, klingt Gabys Stimme messerscharf. Häppchenweise serviert sie Anna ihre Vergangenheit, und übrig bleibt der Satz, dass Geld allein nicht glücklich macht. Keins aber auch nicht, denkt Anna sofort. Sie kann sich an schöne Augenblicke in ihrem Leben erinnern, es waren viele, aber nie genug. »Hast du mit deiner Mutter über Jakob gesprochen, wenn du sie im Altersheim besucht hast?«

Die Frage hat Gaby nicht erwartet. »Wieso? Nein. Wir haben überhaupt nicht mehr miteinander geredet, außer übers Wetter und das Essen und so. Nach spätestens einer halben Stunde bin ich gegangen, und sie war froh darüber. Es wäre ihr sicher lieber gewesen, wenn ich gestorben wäre anstelle von Jakob.«

Ein harter Satz, der in der Luft hängt wie ein unsichtbares Fallbeil. Anna wünscht sich, sie könnte Marions Tagebuch-Briefe zuerst lesen. Und Salita so unter Druck setzen, dass sie erzählt, warum sie sie gestohlen und versteckt hat. »Okay, Gaby, ich kann das alles verstehen, nur nicht, warum du dich so auf den Tod deiner Mutter stürzt. Soll ich herausfinden, dass sie sich umgebracht hat? Wärst du dann glücklich?«

Sie sieht verkatert, verhärmt, verbittert aus. Und jetzt lächelt sie in einer Weise, die Anna zum Gruseln findet. »Vielleicht. Obwohl Mord nicht auszuschließen ist, oder? Bei alten Leuten geht so was doch ruck, zuck.«

Anna sieht ihre Freundin entgeistert an. »Weißt du, es würde mich nicht mehr überraschen, wenn *du* sie umgebracht hättest ... Nur, was habe *ich* dann hier zu suchen?«

Gaby lacht künstlich. »Deinen schwarzen Humor hab ich immer schon gemocht, Anna. Vielleicht sollten wir zusammen ein Buch schreiben? *Mütter und andere Monster*. Wär kein schlechter Titel, oder?«

»Warum hast du sie nur so gehasst?«

Gaby legt den Kopf zur Seite, als wollte sie alle unheiligen Erinnerungen zusammenfließen lassen. Schließlich sagt sie: »Sie hat mich nie geliebt. Nur erzogen und mit dem Nötigsten versorgt. Vater hat sie verlassen, als sie mit mir schwanger war. Vielleicht gab sie mir die Schuld? Meine Schwester hat sie jedenfalls liebevoller behandelt, ich war immer nur diejenige, die alles falsch machte. Keine Schläge, aber Worte können ja auch wehtun. Als ich sechzehn war, hatte Mutter einen neuen Freund, ich glaube, sie war damals echt glücklich. Einen Lehrer an ihrer Schule, Witwer. Ich habe ihn verführt, nur so, aus Gemeinheit. Okay, das war nicht in Ordnung, aber damals schien es mir die perfekte Rache für meine kalte Kindheit zu sein. Na ja, jedenfalls hat sie uns erwischt, und sie zwang ihn, in der Schule zu kündigen. Keine Ahnung, was aus ihm geworden ist. Ist mir auch egal. Von da an war sie noch eisiger, bis ich dann mit achtzehn wegging.«

»Und trotzdem ist sie später zu euch gezogen.«

»Das war Jakobs Idee, er hat sie überredet und mit dem Argument überzeugt, dass sie dann ihre Rente sparen und noch tolle Reisen machen kann. Meinetwegen hätte sie in Düsseldorf bleiben können.«

»Und wie kam Marion mit Salita aus?«

Gaby scheint die Frage zu erstaunen. »Keine Ahnung, ganz gut, glaub ich. Sie haben manchmal zusammen gekocht. Und Salita erzählte ihr von den Pflanzen und Kräutern auf den Philippinen. Als ob das hier irgendjemanden interessiert.«

Vielleicht gut, dass sie nie Mutter geworden ist, denkt Anna. Ihr Narzissmus hätte der Liebe schmerzhafte Grenzen gesetzt. Seit sie hier ist, hat Gaby tatsächlich nie ernsthaft gefragt, wie es Anna in den Berliner Jahren ergangen ist. Alles kreist um ihre Befindlichkeiten. Ihre Ehe, ihre Mutter. Und auf die Frage, warum sie Anna nach Bonn geholt hat, findet sich immer noch keine schlüssige Antwort.

»Gibst du mir die Briefe morgen zu lesen? Vielleicht erfahren wir daraus was ... Ich glaube, ich gehe hoch, irgendwie bin ich fertig. Fernsehen oder ein gutes Buch.«

»Tu das, Anna. Ich schau mir Marions Briefe an, dann geh ich auch ins Bett. Es geht mir schon besser. Und danke, dass du da bist.«

Anstelle einer Antwort lächelt Anna. Dann steigt sie die Treppe hinauf in ihr Reich von Gabys Gnaden.

In ihrem Apartment wirft sie sich auf die Couch und schaut Nachrichten. Das Coronavirus hat sich in China ausgebreitet, ganze Städte werden abgeschottet, es herrscht rigoroses Ausgangsverbot. Alle Leute tragen die gleichen medizinischen Masken, es sieht aus wie in einem Katastrophenfilm. Wir sind ein glückliches Land, denkt Anna.

Wir haben keinen bösen Clown zum Präsidenten, keinen schlauen Despoten und keine diktatorische Regierung, die einfach Städte dichtmachen kann. Wir schätzen nicht, was wir haben. Was auch eine Art von Unglück ist.

15

Alma Bierhoff hat ihre Runden im Schwimmbad gedreht und Anna Marx ihre Frühstückszigarette geraucht. So sind beide für den Tag gerüstet, der noch grau und düster daherkommt, Wetter von nasskalter Gemeinheit, und sie treffen sich in der Halle neben dem Kamin, das Feuer ist künstlich, aber immerhin. Sie trinken Kaffee, sitzen auf dem Zweiersofa und schauen aus dem Panoramafenster auf den Rhein, nebelumwabert. Alma ist Annas heutige gute Tat, doch beide zeigen wenig Begeisterung für die Situation.

»Ich bewundere Sie«, sagt Anna zu der zierlichen Person mit weißem Pagenkopf. Typ Gepard. Alma trägt einen hellen Trainingsanzug und Turnschuhe, weil sie später laufen will, wenn das Wetter besser wird. Das Alter, so ihr Credo, ist kein Grund, sich gehen zu lassen. »Schauen Sie, mit achtzig hat man schon alles hinter sich gelassen – Familie, Beruf, die Zukunft, wenn Sie so wollen. Ich kann mich vollkommen auf mich besinnen, jeden Tag genießen und nur mehr das tun, was mir Spaß macht.«

Sex zum Beispiel, denkt Anna und schweigt mit zustimmendem Gesichtsausdruck.

Alma gestikuliert mit den Händen, wenn sie spricht. Sie hat blau lackierte, kurz geschnittene Fingernägel.

»Ich war mein Leben lang ein Fitnessfreak, lange bevor das überhaupt in Mode kam. Als Balletttänzerin leider nur zweite Garnitur, aber immerhin hatte ich Arbeit. Mein Mann war als Musiker auch nicht erstklassig, doch ein himmlischer Gefährte. Barpianist. Wir hatten eine tolle Ehe, Max und ich, leider fiel er vom Kirschbaum und brach sich das Genick. Er war ungeschickt, wissen Sie, außer am

Klavier und im Bett. Seine Lebensversicherung war ein kleiner Trost für den Verlust. Nach seinem Tod habe ich unsere Wohnung verkauft und bin hierhergezogen.«

Ein ganzes Leben in Stakkato. »Warum?«

Weit ausholende Handbewegung. »Weil ich hier alles habe, was ich möchte. Pool und Fitnessraum, Essen, das ich nicht selber kochen muss. Gesellschaft, wenn mir danach ist ... Warum sollte ich allein wohnen, wenn hier doch alles viel bequemer zu haben ist?«

Anna fällt keine gescheite Antwort ein, ihre persönliche Abneigung gegen die Zusammenrottung von Betagten in mehr oder weniger geschickt getarnten Hotels ist irrelevant. »Verstehe«, sagt sie. »Und einen Arzt gibt es auch im Haus, ist schon sehr praktisch alles.«

Alma lacht auf. »Sie meinen den guten Max?« Sie will etwas sagen, doch Nina Winkler kommt auf sie zu mit diesem Lächeln, das sie den ganzen Tag über trägt wie eine Karnevalsmaske. Sie erinnert Anna daran, dass sie zusammen zu Mittag essen wollen, haucht ein »Viel Spaß miteinander« und entschwindet wieder.

»Sie ist sehr engagiert«, sagt Anna, und der Gepard schweigt. Alma liebt Klatsch nicht so sehr wie der Rest der Bande, aber natürlich ist sie im Bilde über die Spielleidenschaft der Direktorin. Wer hat als Erstes davon gesprochen? Alma meint sich zu erinnern, dass es Marion war. Die Biologielehrerin mit ihrem Kräutergarten. Die alles registrierte, sich in alles einmischte und von allen geliebt werden wollte. So was funktioniert aber nicht, denkt Alma und sieht ihre Unterhalterin von der Seite an. Sehr sportlich sieht sie nicht aus. »Tun Sie was für Ihre Gesundheit?«

Anna überlegt. »Seit ich das Auto verkauft habe, gehe ich viel zu Fuß.«

»Das ist alles?«

Anna lächelt keineswegs entschuldigend. »Wir können nicht alle Fitnessfreaks sein. Was halten Sie von dem guten Doktor?«

Dass die gewaltige Fee, die seit Kurzem durchs Haus schwirrt, viele Fragen stellt, hat Alma schon gehört. Friedrich von Hempen ging sogar so weit, sie als Spionin zu bezeichnen, beauftragt von der Direktorin. Aber Friedrich übertreibt gerne, und er ist auch nicht halb so gut im Bett, wie er glaubt. Schnaufen kann ja wohl kein Ausdruck von Leidenschaft sein, sie tippt eher auf Kurzatmigkeit, weil zu wenig körperliches Training.

»Frau Bierhoff?«

Sie wendet sich Anna zu: »Entschuldigung. Manchmal schweifen meine Gedanken ab. Wohl eine Alterserscheinung, aber damit kann ich leben. Der Doktor? Ach wissen Sie, er verschreibt einem, was man haben möchte, und mehr. Er gehört noch zu den Medizinern, die ausschließlich an die Heilkraft der Chemie glauben. Aber er ist ein netter Mann. Eine Zeit lang dachte ich, dass wir uns mehr als sympathisch sind, aber dann kam Marion Hellich zu uns und ...«

Ein Motiv, denkt Anna sofort. Sie wartet ein paar Sekunden und vollendet dann den Satz: »... hat ihn sich gekrallt.«

Alma lächelt: »Ja, so könnte man es nennen. Frau Hellich hatte ein sehr einnehmendes Wesen. Und sie war mit Mitte siebzig ja noch recht jung. Vielleicht hat sie ja wirklich was für ihn empfunden, obwohl ich der Meinung bin, dass einem im Alter die ach so romantischen Gefühle abhandenkommen.«

»Gefühle altern nicht«, widerspricht Anna, das hat sie irgendwo gehört und glaubt nur halb daran.

Alma lächelt. »Schon möglich. Aber ich muss sagen, dass ich nicht eifersüchtig war. Friedrich schon. Er hat sich sehr um sie bemüht, als sie frisch hier war. Aber Marion war eine schwierige Beute.«

Sie kichert. »Er hält sich für Gottes Geschenk an die Frauen. Immer noch. Ich glaube, die Eitelkeit der Männer nimmt im Alter sogar noch zu. Vielleicht nährt sie sich von unterdrückter Verzweiflung, was meinen Sie?«

Anna hat dazu keine Meinung, warum sollte sie Männer verstehen? »Haben Sie sie gemocht – Marion Hellich?«

Die Gepardin schaut auf ihre Füße, die in Turnschuhen stecken. »Ach ja, nein. Sie war eine herrische Person irgendwie. Furchtbar neugierig, hat sich in alles eingemischt ... und für meinen Geschmack zu viel vom Tod geredet. Ich glaube, niemand fand das so toll, aber keiner hat sich getraut, ihr das zu sagen. Man wollte ja zu ihren Teestunden eingeladen werden ...«

Sie überlegt, ob sie weiterreden soll, denn jetzt klatscht auch sie, und das ist ihr eigentlich zuwider. Der einzige Störfaktor im *Paradies* ist dieses gegenseitige Beobachten und Kommentieren, und die Hellich war darin eine Meisterin.

Anna ist ganz Ohr.

»Dienstag- und Donnerstagnachmittag. In ihren Räumen. Jeweils drei Gäste. Sie hat selbst gebrauten Tee serviert und irgendwelche Kekse, die seltsam schmeckten. Ich war nur einmal eingeladen, worüber ich nicht traurig war. Ich gehe lieber joggen oder schwimmen oder mache Yoga oder Fitness. Sie sollten auch schön langsam anfangen, Ihrem Körper Gutes zu tun, Frau Marx. Vorausgesetzt, Sie wollen lange und möglichst gesund leben. Ich habe mir hundert vorgenommen, mindestens.«

Anna schüttelt sich innerlich. »Ich überhaupt nicht.«

Alma sieht sie beinahe mitleidig an. »Altersforscher haben herausgefunden, dass man, wenn man die hundert schafft, friedlich und schmerzfrei stirbt. Quasi wie in den Schlaf sinkt. In dem Alter kriegt man keine Krankheiten mehr. Das ist doch erstrebenswert, oder? Ich bin sicher, dass die Forschung in zwanzig, dreißig Jahren so weit ist, den Code des Alterns zu knacken. Vielleicht erlebe ich das noch, wer weiß. Bei Fruchtfliegen und Mäusen hat man es schon geschafft, mittels Pillen, Hormonen und Genmanipulation die Alterung hinauszuzögern. Das ewige Leben, Frau Marx, ist das nicht unser aller Traum?«

»Meiner nicht«, sagt Anna, ohne zu zögern. »Und was meinte Marion Hellich dazu? Schließlich war sie Biologin.«

»Lehrerin, keine Forscherin. Und wir haben sowieso nicht viel miteinander geredet. Als sie merkte, dass sie mich nicht so manipulieren kann wie die anderen, war es schnell vorbei mit uns beiden.«

Alma steht auf und reckt sich. Sie hat kein Gramm Fett am Leib, denkt Anna, dafür eine Menge Falten. »Ich wäre jetzt bereit für meinen Morgenlauf.« Sie schaut auf Annas Schuhe und befindet sie für ausreichend. »Wenn Sie wollen, können Sie ein Stück mitkommen. Ich bin keine Sprinterin mehr, also ...«

Geht doch, denkt Anna und läuft also mit, über die Straße den Weg hoch und von dort stadtauswärts. Alma gibt das Tempo vor, nicht einmal so schnell, und Anna denkt, dass es doch gar nicht so schwer ist, man muss nur richtig atmen und in einen Rhythmus kommen und über nichts nachdenken und ... Nach einem Kilometer oder so bleibt Anna stehen. Keuchend. Alma, schon einige Schritte voraus, winkt ihr zu und läuft dann weiter. Hat Anna gerade ein triumphierendes Grinsen gesehen? Egal. Gegen eine Gepardin aufzugeben, ist keine Schande. Sie atmet ein paarmal tief durch und kehrt dann um – im Schritttempo. Während sie geht, drückt sie auf Roberts gespeicherte Telefonnummer. Er wollte sich doch bei ihr melden, hat er wohl vergessen. Oder war der Abend so schlimm? Selbstzweifel auf langen Beinen. Roberts Anrufbeantworter springt an. Anna hasst die Dinger. »Ruf mich mal an«, spricht sie auf Band und legt dann auf. Drückt auf Wiederholung. »Anna Marx, falls du die Stimme nicht erkannt hast.«

Sie raucht noch eine Zigarette, bevor sie ins *Paradies* zurückkehrt. Die Verabredung mit Nina Winkler zum Mittagessen. Im Speisesaal, der an ein Bahnhofsrestaurant der gehobenen Sorte erinnert. Auch hier wieder Kunst am Bau. Anna fällt auf, dass auf den Bildern Blumenmotive vorherrschen. Und Flussmotive. Alles sehr naturalistisch gemalt. Und schlecht, soweit die Kunstbanausin das beurteilen kann.

Um Punkt zwölf beginnt der Service, die Gäste können zwischen drei Menüs wählen – Fleisch, Fisch und vegetarisch. Suppe oder eine andere Vorspeise und Dessert. Auf den Tischen stehen Wasserkaraffen, eine Filipina nimmt die Getränkebestellungen auf.

Haben die Leute Angst, dass das Essen ausgeht? Als Anna um Viertel nach zwölf eintrudelt, sind schon fast alle Tische besetzt. Nina Winkler winkt von einem Platz am Fenster. Anna steuert darauf zu, grüßt nach links und rechts und wird mit großer Neugierde gemustert, während sie durch den Saal geht. Sie erkennt die Baronin, die sich von ihrem Bridge-Trauma offenbar erholt hat, die Opernsängerin mit Turban, diesmal pink, und Friedrich von Hempen, der am Tisch einer üppigen Blondine sitzt.

Nina Winkler steht auf und lächelt wieder so verdammt herzlich, dass Anna ihre eigene Mundwinkelbewegung unvollkommen findet. Sie setzt sich hin und dankt für die Einladung.

»Im Gegenteil, ich freue mich, dass ich mich für dein Engagement ein wenig revanchieren kann, Anna. Die Speisekarten werden jeden Montag auf die Zimmer geliefert, aber wir drucken immer auch ein paar aus, falls Besucher mitessen wollen. Du hast die Wahl zwischen Schweinelendchen mit Pilzsauce, Forelle blau und Zucchiniauflauf.«

Anna wählt die vegetarische Variante, um sich selbst zu beeindrucken. Sie mag Schweine, lebendig, und versucht also, sie nicht zu essen. Meistens. Die Selbstdisziplin lässt zu wünschen übrig. Doch sie trinkt Wasser zum Essen, und bemüht sich, so verdammt herzlich zu lächeln wie ihr Gegenüber. Das auch mindestens eine Schwäche hat: Roulette. Ob sie die Winkler drauf ansprechen sollte?

»Wir haben bereits eine Nachfolgerin für die arme Marion, sie ist vor drei Tagen eingezogen. Luise Huber, sie sitzt neben Friedrich von Hempen, siehst du? Sie wirkt noch sehr jugendlich, findest du nicht?«

Alles eine Frage der Perspektive, denkt Anna. Sie widmet sich ihrer Grießklößchensuppe, die ganz herrlich schmeckt. Murmelt eine unverständliche Zustimmung, lobt das Essen.

»Ja, darauf legen wir großen Wert«, sagt Nina Winkler. »Obwohl es natürlich ein Kostenfaktor ist. Wir werden in diesem Frühjahr wohl die Preise anziehen müssen. Andererseits habe ich mir überlegt, dass wir Kochkurse veranstalten. Und vielleicht möchten sich die Seniorinnen ja in der Küche einbringen? So könnten wir Personalkosten sparen und gleichzeitig für sinnvolle Beschäftigung sorgen.«

»Ein prima Idee«, sagt Anna und versucht sich die Operndiva am Herd vorzustellen. »Aber dann müssen auch die Männer in die Küche – im Zeitalter der Gleichberechtigung.«

»Ach«, sagt Nina Winkler nur. Sie trägt noch ihren Ehering, wie Anna feststellt. Und sie hat kurze plumpe Finger mit viel zu langen, aber sehr gepflegten Nägeln. Sie sehen falsch aus.

Weil es gerade so gut zum Thema passt, fragt Anna nach den Fällen von Lebensmittelvergiftung im Sommer. Nina Winkler ist das Ganze sichtlich unangenehm. »Ja, da waren einige unpässlich, und dann gingen auch gleich die Gerüchte los, dass der Kräutergarten schuld war. Ich habe dem Küchenpersonal sofort verboten, sich von dort was zu holen. Aber es waren die Hühnerbeine, da bin ich ganz sicher. Eine Unterbrechung der Kühlkette, so was kann ja mal vorkommen. Und es waren wirklich nur leichte Fälle von Magenverstimmung ...«

»Bis auf Irmi Langer. Die musste ins Krankenhaus.«

Ein scharfer Blick. »Ja, einen Tag – und nur zur Vorsicht. Sie hatte zu viel davon gegessen. Und Max war übervorsichtig ... unser Doktor.«

Die Stimmung bei Tisch ist im Minusbereich, und Anna denkt, dass es jetzt auch schon egal ist, wenn sie noch weiter sinkt: »Stimmt es, dass im *Paradies* Dinge verschwinden?« Das Dessert wird serviert. Grüner Wackelpudding. Den hat sie schon als Kind gehasst. Sie stochert.

Nina Winklers Dauerlächeln erfährt eine Unterbrechung. Sie nimmt sich Zeit für die Antwort: »Bedauerlicherweise ja. Nicht in großem Umfang, aber hier und dort kommen Dinge abhanden. Wobei man natürlich auch immer in Betracht ziehen muss, dass ... Sachen verlegt werden, verstehst du?«

»Ja schon. Aber dann würden sie ja irgendwann wieder auftauchen, oder? Bei Frau Hellich sind eine teure Uhr und ihr iPhone verschwunden. Beide ziemlich neu und wertvoll, Geschenke ihrer Tochter.«

Anna hat betont leise gesprochen, doch ihr Gegenüber flüstert geradezu. »Also, ich werde der Sache nachgehen und mich sofort nach dem Essen darum kümmern. Beides hätte in dem Karton sein müssen, den Gaby Lehmann abgeholt hat. Vielleicht hat Willi Uhr und Handy in den Safe gelegt und … Wie auch immer, ich gebe dir spätestens morgen Bescheid – oder Gaby Lehmann. Wie geht es ihr überhaupt?«

Netter Versuch, denkt Anna. »Gut, danke. Aber wie ich hörte, war Frau Hellich ja nicht die Erste, bei der was verschwunden ist. Wurde eigentlich jemals die Polizei eingeschaltet?«

Nina Winkler sieht Anna an, als würde sie am liebsten jetzt die Polizei rufen und Anna vor die Tür setzen lassen. Oder ihr den grünen Wackelpudding, der noch beinahe unangetastet vor sich hin wippt, in den Mund stopfen. »Nein«, sagt sie schließlich. »Es waren keine wertvollen Sachen, ich meine … die Uhr und das iPhone natürlich schon, aber der Rest … Will Gaby Lehmann etwa Anzeige erstatten?«

»Ich glaube nicht«, sagt Anna. »Aber sie bat mich, der Sache nachzugehen. Weil in der Kiste der persönlichen Dinge, die sie erst vor Kurzem gesichtet hat, eben diese zwei Sachen fehlten.«

Irgendwas fällt klirrend zu Boden. Schuld war die Opernsängerin, die ihr Wasserglas vom Tisch gewischt hat. Ein kurzer Augenblick der Stille, dann kommt die Kellnerin mit Schaufel und Besen und kehrt die Scherben auf. Die Leute wenden sich wieder ihrem Essen zu.

»Ich habe schon tausendmal gesagt, dass sie am Tisch von Frau Langer nur Plastikgläser platzieren sollen.« Die Direktorin scheint dennoch froh zu sein über den Themenwechsel, bis Anna nachhakt. »Hast du denn irgendjemanden im Verdacht?«

Das runde, so vertrauenerweckende Gesicht neigt sich Anna zu. »Aber das muss vorerst wirklich unter uns bleiben. Elfi Pilz bekam vor einem halben Jahr eine Anzeige wegen Ladendiebstahls. Wurde wegen Geringfügigkeit eingestellt. Aber es könnte einen schon auf Gedanken bringen. Ich behalte sie im Blick, seit ich das weiß.«

»Und von wem weißt du es?«, fragt Anna leise.

Kurzes Zögern. »Von Marion Hellich. Elfi hat sich ihr wohl anvertraut. Marion hatte so eine Art, dass Menschen zu ihr kamen und ihr Herz ausschütteten. Wirklich, sie fehlt.«

Anna ist der Meinung, dass man nicht weitererzählen sollte, was einem anvertraut wurde. Aber das beherzigt sie selber auch nicht und fragt stattdessen nach den exklusiven Teekränzchen.

»Ach die ... Nun ja, ich kann nichts dazu sagen, denn ich war nie eingeladen. Schmeckt es dir nicht?«

Anna gesteht, dass sie Wackelpudding verabscheut. Und nein, sie möchte nichts anderes, alles war wunderbar, und sie ist ja soo satt. Sie legt die Papierserviette über das Grün. Und jetzt muss sie unbedingt nach draußen, um eine zu rauchen. Tausend Dank ... Und weg ist sie, begleitet von dem Versprechen, dass Nina Winkler sich sofort um die Sache kümmern wird.

Vor der Tür neben dem Riesenaschenbecher steht Max Wieland mit einer Zigarette. Anna gesellt sich dazu und lässt sich Feuer geben.

Er scheint erfreut, Anna zu sehen. »Heute schon wieder Gutes getan?«

Ein Seufzer. »Ich bin ein Stück mit Alma Bierhoff gelaufen, aber dann hat sie mich abgehängt. Wie sie richtig bemerkte, sollte ich mehr für meine Fitness tun. Aber mich interessiert etwas ganz anderes: Können Sie mir sagen, ob diese Lebensmittelvergiftungen im Sommer zum ersten Mal passiert sind?«

»Warum?« Bildet sie sich das ein oder weicht er zurück? Anna überlegt sich eine gute Lüge, ihr fällt keine ein. Die Wahrheit also: »Ich frage mich, ob sie irgendwie mit dem Giftgarten zusammenhängen – oder den Teekränzchen dienstags und donnerstags?«

Er hakt nicht nach, also scheint er zu ahnen, worauf sie hinauswill. Und es gefällt ihm nicht, das sieht sie ihm an. Wieland drückt seine Zigarette aus. »Auswendig weiß ich das nicht, falls ja, ist das sicher irgendwo in den Unterlagen vermerkt. Fragen Sie Zofia, die Krankenschwester.« Er sieht auf seine Uhr. »Um die Zeit ist sie immer im fünften Stock. Bei den Pflegefällen. Sie müssen läuten, es ist dort abgeschlossen. Aber langsam frage ich mich, in wessen Auftrag Sie hier herumschnüffeln, Miss Marple. Schon mal von dem Satz gehört, die Toten ruhen zu lassen?«

Anna findet den Vergleich beleidigend. So alt ist sie ja nun auch nicht. Doch bevor sie antworten kann, verschwindet er durch die Tür. Und kollidiert beinahe mit Elfi Pilz, der Yogalehrerin.

»Nanu, was ist dem denn über die Leber gelaufen?«
Elfi stellt sich zu Anna.

»Ich hab ihn gefragt, ob es einen zeitlichen Zusammenhang zwischen Marions Teekränzchen und den Krankheits- oder Todesfällen im *Paradies* gibt.«

Elfi schaut Anna an, als sei ihr eben ein Licht aufgegangen. Anna schaut auf Elfis Unterarm, doch die Uhr ist aus Plastik. Für eine Diebin, denkt Anna, muss ein Altersheim geradezu ein Paradies sein.

Elfi: »Wenn Sie das so sagen. Ich war zweimal eingeladen. Beim ersten Mal passierte nichts, aber an dem Donnerstag, da war mir hinterher speiübel. Dazu Magenkrämpfe und Kreislaufbeschwerden. Ich musste erbrechen, und als ich am nächsten Tag zu meiner Ärztin ging, meinte die, dass ich wohl was Falsches gegessen hätte. Verschrieb mir Elektrolyte und riet zur Diät. Nach ein paar Tagen war es gut. Ob es die Kekse waren? Die schmeckten komisch.«

»Oder der selbst gebraute Kräutertee«, sagt Anna. »Ging es noch jemandem so?«

Elfi überlegt, während sie an ihrer Zigarette hängt und Gift einatmet. Genussvoll. Sie schiebt die Zunge zwischen die Lippen, wenn sie angestrengt nachdenkt. »Es gab da ein paar Leute, denen hinterher schlecht wurde. Und dass die arme Irmi ins Krankenhaus musste, das war auch nach einem Teekränzchen, wenn ich mich recht erinnere. Also war's vielleicht gar nicht das arme Huhn. Jedenfalls schien Marion sehr besorgt, sie ist sogar mit ins Krankenhaus gefahren. Glauben Sie denn wirklich, dass *sie* uns alle vergiften wollte?«

»Nicht alle und nicht jedes Mal«, sagt Anna. »Es könnte gut sein, dass sie sich Einzelne herauspickte, es wäre ja sonst aufgefallen.«

»Aber warum?«

Elfis Gesicht ist ein großes Fragezeichen. Anna schaut in Richtung Kräutergarten. »Ich habe keine Ahnung. Aber ich würde es gerne rausfinden.«

Und dann wird ihr schwarz vor Augen.

16

Als sie aufwacht, sieht sie in ein gütiges, faltenreiches Gesicht, umrahmt von weißen Haaren wie ein Heiligenschein. Gott? Nach einem Leben voller Irrtümer auch das noch!?

»Na, da sind wir ja wieder«, sagt eine Stimme. Gott entfernt sich aus Annas Blickwinkel.

Sie liegt auf einer unbequemen Couch. Fühlt sich dizzy, ihr linker Arm tut weh. Aber sonst scheint alles in Ordnung zu sein. Sie dreht ihren Kopf und sieht den Doktor neben sich sitzen. Er lächelt beruhigend, so kommt es ihr vor. »Wo war ich denn?«

»Sie sind zu Boden gegangen. Kleiner Kreislaufkollaps. Ich habe Ihnen was gespritzt. Geht's wieder?«

Anna richtet sich auf, stützt sich auf die Ellenbogen und stößt einen Schmerzensschrei aus. Sie war immer schon wehleidig.

»Sie haben sich beim Fallen Ihren Ellenbogen angestoßen. Ist aber nur eine kleine Prellung. Elfi Pilz hat mich holen lassen, und wir haben Sie zu zweit in die Praxis geschafft. In einem Rollstuhl. Sie haben einen ziemlich niedrigen Blutdruck, dagegen sollten Sie was tun.«

»Bin ich vergiftet worden?«, fragt Anna.

Zu ihrer Empörung lacht er. »Meines Wissens nicht. Oder haben Sie Magenkrämpfe? Übelkeit?«

Anna verneint. Sie ist schon lange nicht mehr ohnmächtig geworden. Aber sie neigt dazu, der Blutdruck! Nur hasst sie es, sich jeden Tag irgendwelche Pillen einzuwerfen. »Tut mir leid, dass ich solche Umstände machte. Mir geht es schon viel besser.« Sie richtet sich auf und stellt die Füße auf den Boden. Zu schnell. Ein leichter Schwindel, er merkt es und hält sie am Arm fest. »Vielleicht sollten Sie noch ein wenig liegen bleiben. Hypotonie kann auch ernste Ursachen haben. Wann haben Sie den letzten Gesundheitscheck gemacht?«

Anna bleibt sitzen. Langsam geht es wieder, sie war nur zu hastig. »Ist schon eine Weile her. Mir fehlt nichts.« Hohe Selbstbeteiligung bei der Krankenversicherung ist ein Grund. Oder der ketzerische Gedanke, dass es sich kaum noch lohnt.

»Dann ist es ja gut«, sagt der Doktor, und jetzt fällt Anna sein Krebs ein, und sie fühlt sich schuldig. Aber nur kurz. Sie mag es nicht, wenn man sie festhält. »Danke, dass Sie mich verarztet haben! Muss ich irgendwas unterschreiben?«

Max Wieland lässt ihren Arm los. »Das geht schon in Ordnung. Ach, und wenn Sie zu Zofia gehen … Sie kann ganz schön grob werden, wenn man sie auf dem falschen Fuß erwischt. Aber sie hat ein Herz aus Gold.«

Anna steht jetzt etwas wackelig und schaut auf ihn herunter. »Haben wir das nicht alle?«

Er lacht wieder und geht zum Fenster, öffnet es. »Versuchen Sie, mal nicht zu rauchen, bis sich der Kreislauf stabilisiert. Und trinken Sie viel – natürlich keinen Alkohol.«

Anna ist schon an der Tür. Auf gute Ratschläge hat sie in ihrem Leben selten gehört. »Ein letzte Frage, Doktor. Nachdem Marion gestorben ist, gab es im Haus keine Vergiftungsfälle mehr – oder?«

Er steht am offenen Fenster und hat sich eine Zigarette angezündet. Dreht sich nicht zu ihr um, sondern sagt nur: »Das könnte gut sein.«

Konjunktiv, wirklich? Die Undankbare zieht die Tür krachend hinter sich zu. Der Doktor ist ein widerspenstiger Zeuge. Oder Täter. Und allmählich leistet sie Gaby Abbitte.

Dieses *Paradies* hat ein Schlangenproblem. Nur ist sie der Antwort auf die Frage, ob bei Marion Hellichs Tod nachgeholfen wurde, keinen Schritt näher gekommen. Die erscheint ja nun eher als Täterin denn als Opfer.

Anna, auf dem Weg zum Lift, der sie ins oberste Stockwerk bringen soll, hört, wie jemand ihren Namen ruft. Nina Winkler eilt auf sie zu. Anna bleibt stehen.

»Anna, wie gut, dass ich dich erwische. Ich habe gute Nachrichten. Die Handtasche von Frau Hellich ... Sie ist wieder aufgetaucht. Ein Segen, dass du nachgefragt hast.«

»Ach«, sagt Anna.

»Ja. Sonst wäre sie womöglich ewig in meiner Schreibtischschublade liegen geblieben. Der untersten, da schaue ich normalerweise nie nach.«

»Tatsächlich«, sagt Anna.

»Ja, und Willi hat sie ausgerechnet da reingelegt. Weil die Tochter von Frau Hellich, die ältere, sie bei uns vergessen hat. Und Willi hat mir das angeblich auch gesagt, aber ich kann mich überhaupt nicht daran erinnern. Wahrscheinlich hat Willi es in der ganzen Aufregung einfach vergessen. Und als dann niemand nachfragte ... Na, jedenfalls ist die Tasche wieder aufgetaucht, das ist doch die Hauptsache.«

»Und es ist alles drin?«

Nina Winkler nickt. »Ja, ich denke schon. Also eine Uhr ist in der Tasche und ein Smartphone und ein Portemonnaie. Ich habe eine Liste mit dem Inhalt gemacht, wenn du mir das quittierst, kannst du die Tasche gleich mitnehmen. Ich kann dir gar nicht sagen, wie erleichtert ich bin.«

Anna folgt der Direktorin in deren Büro, das im Parterre liegt. Es ist klein und sieht ganz schön chaotisch aus, das hätte Anna ihr gar nicht zugetraut. Hielt sie eher für den peniblen Typ. Die Marx pflegt ihre Vorurteile.

Auf dem Tisch liegt eine kleine grüne Handtasche aus Filz, eine prächtige Abscheulichkeit. Anna öffnet sie, checkt den Inhalt und vergleicht ihn mit der Liste. Dann unterschreibt sie. Was für ein Zufall, denkt sie, dass sie ausgerechnet an dem Tag auftaucht, an dem ich danach frage.

Ihr Gegenüber wirkt erleichtert. »Ich bin wirklich froh, dass wir das geklärt haben, Anna. Es hätte uns ja in ein schiefes Licht setzen können, nicht wahr? Und geht es dir wieder gut? Ich hörte von deinem kleinen Missgeschick.«

Immerhin bin ich nicht vergiftet worden, denkt Anna. »Kleine Kreislaufstörung. Nicht der Rede wert. Ich muss noch kurz hoch zu Schwester Zofia, dann werde ich Gaby Lehmann die Tasche bringen. Schön, dass du sie gefunden hast.«

Nina begleitet Anna zur Tür. »Was willst du denn von Zofia, wenn ich fragen darf?«

Anna lügt bedenkenlos. »Ach, ich wollte mir die Pflegestation doch noch ansehen, reine Neugierde.«

Bevor Nina Winkler etwas sagen kann, ist Anna zur Tür raus und fährt in den fünften Stock, klingelt an der verschlossenen Tür. Niemand öffnet, auch nicht nach dem zweiten und dritten Versuch. Anna widersteht dem Impuls, mit den Fäusten gegen die Tür zu schlagen. Ein andermal, denkt sie, und dass ihr die Schwester ohnehin nur bestätigen könnte, was Anna inzwischen zu wissen glaubt: Marion Hellich hat auf ihren Teepartys mit Pflanzengift experimentiert. Was Anna nicht weiß, ist, ob die zwei Toten auf Marions Konto gehen. Und schließlich: Wer hat sie selbst dann ins Jenseits befördert? Wenn überhaupt jemand nachgeholfen hat … In Altersheimen ist der Tod vermutlich die häufigste Form des Auscheckens.

Anna öffnet die grüne Scheußlichkeit erst wieder, als sie in ihrem Apartment ist. Leert den Inhalt auf den Tisch. Das Handy ist mausetot. Die Uhr ist hübsch. Der Lippenstift knallrot. Ein Kamm. Papiertaschentücher. Im Portemonnaie sind fünf Zwanziger-Scheine und ein paar Münzen. Das einzig Interessante hätte sie beinahe übersehen, weil es in einem Seitenfach steckt: ein Brief, zweimal gefaltet und in einer schwer lesbaren Schrift von Hand verfasst.

Liebe Gabriele!
Jeden Tag ringe ich mit mir, ob ich Dir diesen Brief geben oder zusenden soll. Ich kann mich nicht entscheiden. Weil es Dinge gibt, die besser ungesagt bleiben sollten zwischen uns. So wie wir niemals über den Vorfall sprachen. Du weißt, was ich meine. Du hast ihn nur verführt, um mich zu bestrafen. Meinen Freund, deinen Lehrer. Ganz nebenbei hast du auch sein Leben zerstört. Eine Jugendsünde, so hättest du es wohl genannt, wenn wir darüber gesprochen hätten. Doch wir zogen das Schweigen vor.

Als Jakob mich bat, zu Euch zu ziehen, dachte ich, dass diese Stille über all die Jahre wie ein Pflaster wirkte und die Wunde inzwischen verheilt sei. Und ich mochte deinen Mann wirklich sehr. Freute mich auf ein Enkelkind. Aber das war nicht Dein Plan. So lebensgierig. Immer wolltest Du alles. Und immer sofort. Und Jakob, als er es merkte, zog sich von Dir zurück. Vielleicht hat er Dich schlecht behandelt. Ich weiß nur, dass er zu mir immer sehr liebenswürdig war und in meiner Gegenwart ein höflicher und fürsorglicher Ehemann.

Ich war bei Deiner Schwester, als Jakob starb. Aber als ich nach Hause kam, Du warst unterwegs, um die Beerdigung zu organisieren, hat sich Salita mir anvertraut.

Denn sie war in ihrer Wohnung, als Jakob in seiner Werkstatt zusammenbrach. Sie hörte, dass er um Hilfe rief. Sie sah Dich hineingehen. Und sie wartete, dass Du sie rufst. Und die Notfallnummer wählst. Doch Salita stand an ihrer Tür … und nichts geschah. Du warst bei Deinem sterbenden Mann und hast was getan? Nach fünfzehn Minuten hast Du die Rettung angerufen. Sagt Salita. Warum sollte sie lügen?

Vielleicht wäre Jakob so oder so gestorben. Trotzdem bist Du für mich eine Art Mörderin. Hast Du ihn wirklich so gehasst? Habe ich ein Monster großgezogen?

Aber noch einmal zog ich das Schweigen vor. Und bat Salita, nichts zu sagen. Ich könnte mir vorstellen, dass Du sie für ihr Schweigen bezahlen musst. Du wirst verstehen, dass ich Deine Gegenwart nach Jakobs Tod nicht mehr ertragen habe. Vielleicht bleiben mir im Paradies noch ein paar gute Monate, bevor Alzheimer zuschlägt. Vielleicht reden wir doch noch miteinander? Vielleicht verzeihe ich Dir, wenn ich mich an nichts mehr erinnern kann?

Vielleicht schicke ich den Brief doch noch ab. Mit einer Kopie für die Polizei. Zu viele Fragezeichen, Gabriele. Vielleicht habe ich Dich wirklich nie geliebt.

Deine Mutter

Kein Datum. Anna kann nur vermuten, dass Marion den Brief eine Weile mit sich herumgetragen hat. Und er erklärt Salitas Auftreten. Sie ist praktisch unkündbar. Und die Marx weiß nun endlich, warum Marion nach Jakobs Tod ins *Paradies* gezogen ist.

Sie fotografiert den Brief und steckt ihn zurück in das schmale Seitenfach der Handtasche. Geht auf den Balkon, um zu rauchen. Und zu denken. Was für ein Schlamassel, in das sie da geraten ist. Ob es das Beste wäre, den Brief verschwinden zu lassen? Der Gedanke ist da, und sie schleudert ihm ein großes Nein entgegen. Marions letzter Brief sollte seine Adressatin erreichen.

Und wie aufs Stichwort hört sie Gabys Wagen in der Auffahrt. Anna nimmt Marions Handtasche und geht nach unten. Sie hasst, was jetzt kommen wird. Fürchtet sich. Doch sie war immer schon mutig, wenn sie gegen ihre Angst ankämpfte.

Gaby wechselt von Stiefeln in Ballerinas und tritt ins Wohnzimmer, als Anna die letzte Stufe erreicht hat.

»Schon zurück? Stell dir vor, was ich gerade im Radio gehört habe. Mit diesem Coronavirus haben sich schon über zweihundert Leute angesteckt, die meisten beim Karneval in Heinsberg.« Gaby hält inne. »Ist das Marions Handtasche?«

Annas Stimme klingt ein wenig theatralisch: »Ja, sie ist gefunden worden. Mit Brieftasche, Handy, Uhr. Und einem Brief. An dich gerichtet.«

Anna legt das grüne Ding auf den Tisch.

»Marion hatte einen grausamen Geschmack, was Handtaschen betrifft«, sagt Gaby und öffnet sie. Als Erstes zieht sie die Uhr heraus. Fährt mit der Hand über Gehäuse und Armband. Setzt ihre Lesebrille auf. »Das ist eine Fälschung.«

Das hat Anna nun nicht erwartet. »Wie kommst du da drauf?«

»Ich habe genau die gleiche Cartier. Ich zeige sie dir, dann merkst du es auch. Das Uhrglas hier steht weiter aus dem Gehäuse ... und die Verarbeitung der Schließe ... Das ist definitiv nicht die Uhr, die ich meiner Mutter geschenkt habe.«

Das lenkt jetzt aber sehr vom Thema ab, denkt Anna. »Ich glaub dir ja. Bedeutet das, dass jemand das Original gegen eine Fälschung ausgetauscht hat?«

»Sieht wohl so aus.« Gaby geht in die Küche und holt sich ein Glas Wasser. Sie kommt von der Pilates-Stunde. Würde gerne duschen. Findet, dass Anna einen seltsamen Ton draufhat.

»Willst du nicht lesen, was Marion dir geschrieben hat? Und hast du mit Salita gesprochen? Wo ist sie überhaupt?«

Gaby kommt zurück aus der Küche. Ihr Gesicht ist ausdruckslos. »Salita ist in ihrer Wohnung. Sie packt. Sie wird uns verlassen.«

»Dich verlassen. Hast du sie rausgeworfen?« Daran zu glauben fällt Anna schwer, nachdem sie den Brief gelesen hat.

Betont beiläufig die Antwort: »Sagen wir, in beiderseitigem Einvernehmen. Salita will zurück auf die Philippinen. Also ändert sie das Ticket, das ich ihr gekauft habe. Sie meint, dass sie in Cebu ein kleines Restaurant aufmachen wird. In einem Touristenort.«

Anna spürt Hunger. Das bekannte Gefühl, wenn Stress im Anzug ist. »Okay. Wie viel hast du ihr gegeben?«

»Was meinst du?«

Anna geht in die Küche und kommt ebenfalls mit einem Glas Wasser zurück. Whisky wäre besser. Aber es ist zu früh. Sie holt tief Luft. »Wenn du Marions Brief liest, verstehst du meine Frage. Tu es einfach. Dann ersparen wir uns das Geplänkel.«

Gaby holt den Brief aus der Handtasche. Setzt ihre Lesebrille auf. Sieht Anna kurz an, bevor sie sich auf das Schreiben konzentriert. Es ist sehr still in dem großen Raum. Das große Schweigen, denkt Anna, und was es zwischen Mutter und Tochter angerichtet hat.

Gaby sieht auf, nachdem sie zu Ende gelesen hat. Setzt ihre Brille ab und legt sie auf den Tisch. Dann nimmt sie den Brief und zerreißt ihn, bis nur noch ein kleiner Haufen Papierfetzen auf dem Tisch liegt. »Er wäre«, sagt sie, ohne Anna anzusehen, »ohnehin gestorben. Und es waren elf Minuten, ich habe auf die Pendeluhr geschaut. Seine Werkstatt war ja voller Uhren.«

»Woher weißt du das? Dass er ohnehin nicht überlebt hätte?«

»Vom Notarzt«, sagt Gaby. Ihr weicher rheinischer Singsang ist einer anderen Tonlage gewichen. Härter.

Anna beschließt, ihr nicht zu sagen, dass sie den Brief fotografiert hat. »Trotzdem war es unterlassene Hilfeleistung, oder? Und Salita hat dich danach erpresst. Wusstest du nicht, dass sie es Marion erzählt hat?«

Ein Lächeln, nicht von dieser Welt. »Nein. Ich habe es aber geahnt. Wieso wäre Marion sonst ins *Paradies* gezogen? Nur hatten wir uns angewöhnt, über nichts Wichtiges mehr miteinander zu reden. Und sie hat schon recht: Wir haben uns nie geliebt. Wir waren einander wohl zu ähnlich. Du weißt schon: unter der Maske rheinischer Herzlichkeit ein Herz aus Stahl.«

Das ist nicht der Punkt, denkt Anna, oder doch? »Immerhin ist deine Mutter nicht zur Polizei gegangen. Sie hat, wenn du so willst, dein Geheimnis mit ins Grab genommen.«

Gaby sieht Anna zum ersten Mal direkt an. »Hat sie nicht. Sie musste ja noch diesen Brief schreiben. Wer weiß, vielleicht hat Nina Winkler ihn auch gelesen?«

Da hat sie jetzt einen Punkt, denkt Anna, aber sie will nicht darauf eingehen. »Glaube ich nicht. Er war in diesem kleinen Nebenfach ziemlich gut versteckt. Und die Winkler hat mich sofort informiert, als sie die Handtasche in einer Schreibtischschublade fand. Nein, von der Seite ist nichts zu befürchten. Denke ich zumindest. Aber was ist mit Salita?«

Und was mit dir, liebe Anna? Gaby sieht ihre private Detektivin an und kämpft mit dem Gedanken, dass es völlig irrsinnig war, Anna nach Bonn zu holen. Man soll die Toten ruhen lassen. Hat sie jetzt noch eine Mitwisserin am Hals?

»Ich habe Salita Geld für ein kleines Restaurant gegeben, und sie verschwindet aus meinem Leben. Was hätte sie davon, zur Polizei zu gehen nach all der Zeit? Nein, nein, sie ist kein Problem mehr. Aber was ist mit dir, Anna? Verurteilst du mich?«

Diese Frage hat sich Anna bisher nicht gestellt. Und nun steht die Kuh auf dem Glatteis. In Fragen der Moral war sie noch nie rutschfest. Also erst einmal Zeit gewinnen: »Gegenfrage. Warum hast du es getan? Elf Minuten gewartet? Weil du wolltest, dass er stirbt?«

Gabys Gesicht spiegelt widersprüchliche Gefühle: Angst. Wut. Reue. Vielleicht auch nichts davon, nur das Bedauern, dass Anna diesen Brief gelesen hat.

»Ich habe mich das auch gefragt. Hinterher. Weil in dem Augenblick, in diesen elf Minuten war ich ... paralysiert. Wirklich. Ich konnte mich nicht bewegen. Ich stand da und sah auf ihn, wie er am Boden lag. Nein, er lag auf dem Perserteppich, ein Erbstück seiner Mutter, und er hielt seinen linken Arm. Und stöhnte. Und dann sah er mich an ... und es lag so viel Wut in seinem Blick ... vielleicht war es das. Ich konnte einfach nichts tun, verstehst du, ich starrte auf die Pendeluhr. Wie sich das goldene Pendel hin und her bewegte ... und seine Zeit ablief. Ich war wie hypnotisiert und dachte nur, dass ich nicht traurig war, dass er stirbt, sondern froh. Ich war froh, verstehst du? Und dann hörte ich Salitas Tür ... und das war das Signal. Ich griff nach seinem Handy, das auf dem Schreibtisch lag, und wählte die 112. Da lebte er noch, Anna, wirklich. Aber als die Rettung dann sieben Minuten später eintraf, da war Jakob schon hinüber. Sie konnten nur noch seinen Tod feststellen.«

Eine Atempause. Sie sehen einander an und fürchten sich beide. »Glaubst du mir das, Anna?«

»Ja«, sagt sie, obwohl sie nicht sicher ist. »Aber du und Marion – ihr hättet wirklich darüber reden müssen.« Den nächsten Gedanken spricht sie nicht aus: Wenn Gaby ahnte, was ihre Mutter wusste, hätte sie dann nicht ein gutes Motiv gehabt, Marion ins Jenseits zu befördern? Alte Detektivweisheit: Ein Verbrechen zieht das nächste nach sich. Nur dass Anna Marx in Bonn dann nicht ins Bild passt.

»Ja, hätten wir.« Gaby sieht Anna mit einem winzigen Lächeln an. »Jetzt würde ich gern mit dir rausgehen und eine rauchen. So wie früher.«

»Du warst nie eine richtige Raucherin«, sagt Anna. »Du wolltest nur zum Raucherclub gehören.«

Trotzdem gehen beide auf die Terrasse, Gaby schaltet den Heizstrahler ein. Anna gibt ihr eine Zigarette und Feuer. Sie sind Freundinnen. Oder? Und teilen jetzt ein böses Geheimnis. Anna wird den Notarzt wohl kaum befragen können, ob Jakob so oder so gestorben wäre. Würde es einen Unterschied machen?

Sie rauchen schweigend. Bis Anna sagt: »Bereust du es?«

»Ich weiß, dass es falsch war.«

Falsche Antwort, denkt Anna. Sie hört ihr Handy klingeln, das auf dem Wohnzimmertisch liegt, und vermutet, es ist Robert. Endlich ruft er zurück.

17

Es war nicht Robert am Telefon, sondern Fjodor. Mit der guten Nachricht, dass Anna nicht für die Schäden in ihrer Wohnung aufkommen muss. Weil sie das Haus im April ohnehin abreißen. Die Mieter werden bis Ende März vor die Tür gesetzt. Fjodor würde gern dagegen klagen, doch er hat kein Geld für einen Anwalt. Also hat er gejammert, dass er nie wieder eine so preisgünstige Wohnung finden werde und sich entschieden habe, in die Berliner Hausbesetzerszene abzutauchen. Krieg den Palästen und so. Anna wünschte ihm viel Glück.

Sie ist erleichtert, eine Geldsorge weniger, steht aber immer noch unter Schock. Und es fällt ihr schwer, Gaby in die Augen zu sehen. Sie schaut an ihr vorbei, auch als Salita kommt, um sich zu verabschieden. Zum ersten Mal schenkt die Filipina Anna ein Lächeln. Beinahe strahlend. Sie ist glücklich, aus dem in vieler Hinsicht kalten Deutschland wieder in die Heimat zu kommen. Und dankbar, dass Gaby ihr den Start in ein neues Leben finanziert. Tausend und abertausend Dank!

Die gute Gaby, denkt Anna zynisch. Die ihrer Ex-Hausangestellten verspricht, sie im nächsten Jahr in Cebu zu besuchen. Alle drei wissen, dass es eine Lüge ist, aber sie passt so schön in die Abschiedsvorstellung. Danach ruft Salita sich ein Taxi und geht mit zwei großen, altmodischen Koffern aus dem Haus, ohne sich noch einmal umzudrehen. Sie will zu ihrer Cousine nach Frankfurt und von dort ein paar Tage später den Heimflug nach Manila antreten. Eine, die es geschafft hat!

Gabys Seufzer kommt von Herzen, als Salita ins Taxi

steigt. Dann sagt sie: »Ich muss mir eine neue Haushaltshilfe suchen.« Anna schlägt eine Putzfrau vor, quasi als Zwischenlösung. Gaby meint, dass sie lieber jemanden im Haus haben will, um sich nicht so einsam zu fühlen.

»Aber ich bin doch hier«, sagt Anna.

»Ja, aber wirst du auch bleiben?«

Darauf hat Anna keine Antwort, und lügen will sie auch nicht. Also schweigt sie und sagt, dass sie hungrig ist, eine häufige Reaktion auf mehr oder weniger dramatisches Geschehen. Gaby schlägt vor, in *halbedel's Gasthaus* in der Rheinallee zu gehen. Zu Fuß. Frische, kalte Luft. Als sie auf die Straße treten, gehen die Laternen an und werfen helle Lichter auf die Abendspaziergänger im Villenviertel. Anna denkt an das Berliner Chaos, das schon so weit weg scheint. Alles hier ist so gediegen, so still und ordentlich, und wenn es das Böse gibt, spielt es sich hinter verschlossenen Türen ab.

Das Gasthaus ist edel, und das Essen ein Genuss nach Salitas gesammelten Kochkünsten. Anna und Gaby vermeiden Minenfelder und sprechen über Robert, der sich in Schweigen hüllt. Anna spielt die Möglichkeiten durch. a) Er will nichts mit ihr zu tun haben, weil er den gemeinsamen Abend scheiße gefunden hat. b) Er hat das Telefon verloren. Keine Cloud, somit sind alle Nummern weg. c) Er ist im Krankenhaus. d) Er liegt im Grab. Und nein, sie hat kein Auge auf ihn geworfen, sie fand ihn bloß nett und hätte den Abend mit ihm gern wiederholt. Und Gabys von Männern beherrschte Gedankenwelt findet Anna ganz schön angestaubt, weshalb sie ihr einen halb ernst gemeinten Vortrag darüber hält, ihre emotionalen Fixpunkte doch einmal zu überdenken. Weil angesichts ausgefeilter Dildos ein Dasein ohne die Herren der Schöpfung (der Ausdruck erfordert viel

Sarkasmus) ja durchaus vorstellbar, gegebenenfalls sogar wünschenswert sei. Kein Schnarcher im Bett. Kein Stehpisser in der Toilette. Keine Barthaare im Bad. Kein Sportfan vor der Glotze. Keiner, dem man was vorspielen muss im Bett. Ach, so viele Gründe dagegen – und George Clooney würde sowieso nie mehr um die Ecke kommen.

Anna findet sich sehr überzeugend, doch Gaby meint, dass sie wie eine Kampflesbe klinge. Was Anna ziemlich ärgert und zu der Bemerkung verleitet, dass Gaby ja wohl ihre Gründe gehabt hat, ihren Ehemann ins Jenseits zu befördern. Zu diesem Zeitpunkt hat sie schon drei Gläser Wein getrunken, einen herrlichen Gelben Muskateller aus der Steiermark.

Danach herrscht für einige Sekunden Schweigen, bis Gaby sagt, dass es ja nur unterlassene Hilfeleistung war, keine Beförderung. Da muss Anna lachen (der Wein), und Gaby dann auch. Es ist ein beinahe befreiendes Gelächter. Sie können darüber Witze machen. Anna kann ihrer Freundin wieder in die Augen sehen. Mit einem Gran Zweifel, aber darüber trinkt sie hinweg.

Mit der Wirtin, die Gaby gut zu kennen scheint, reden sie noch ein paar Sätze über Corona, immer mehr Fälle gibt es inzwischen in Nordrhein-Westfalen und schon die ersten Patienten auf Intensivstationen. Das Karnevalsgeschehen gilt jetzt als die größte Virenschleuder. Wieder kommt die Vermutung, dass Chinesen daran teilgenommen haben. »Hier im Villenviertel wird sich das Virus wohl kaum ausbreiten«, sagt die Wirtin. Anna findet den Satz vermessen, widerspricht aber nicht. Corona schien ihr immer noch weit weg zu sein, und wo zum Teufel liegt Heinsberg? Sie trinkt ein viertes Glas Wein und besteht darauf, die halbe Rechnung zu begleichen, für ihre Verhältnisse ein verschwenderischer Betrag. Dann wanken sie nach Hause, zwei nicht mehr ganz taufrische Damen in angeheitertem Zustand. Untergehakt. Zum ersten Mal seit ihrer Ankunft fühlt Anna sich Gaby nahe. Wofür es außer dem Gelben Muskateller nun wirklich keine plausible Erklärung gibt.

Am nächsten Morgen ist Gaby beim Friseur, wofür Anna dankbar ist. Niemand im Haus, der ihre Kreise stört. Sie macht Kaffee mit den umweltsündigen Kapseln, wickelt sich in Gabys Kaschmirdecke und stellt sich auf die Terrasse, um den Tag mit einer Zigarette zu begrüßen. Morgennebel über dem Rhein, die Bäume sind nur als dunkle Umrisse zu erkennen.

Jeder Tag soll dein schönster sein? Verlockend, aber schwierig bei nasskaltem Wetter, das sich auf die Haut und aufs Gemüt legt. Anna sehnt sich nach Frühling, blauem Himmel und Wärme. Nimmt sich vor, nach Abschluss ihrer *Paradies*-Recherchen Urlaub in der Sonne zu machen, in Südspanien vielleicht. Strandspaziergänge, Tapas und Rioja. Obwohl über den ersten Todesfall berichtet wird, versichert das spanische Gesundheitsministerium, dass es keinen Grund zur Besorgnis gebe. Einzelfälle wie in Italien. Man sei wachsam, aber nicht besorgt.

Anna bezieht ihre aktuellen Infos von *Spiegel online*, doch in Gabys Haushalt gibt es natürlich auch den *General-Anzeiger* und den *Stadtanzeiger*. Beide Zeitungen widmen sich ausführlich dem Infektionsgeschehen in Heinsberg, und Anna fühlt sich in ihrer Abneigung gegen den Karneval bestätigt. Sie durchforstet Polizeinachrichten und Todesanzeigen, denn sie macht sich allmählich Sorgen um Robert. Eine lausige Detektivin wäre sie, sein Schweigen einfach zu ignorieren. Es muss einen Grund haben, und Anna beschließt, vor dem anstehenden Heimbesuch in Roberts Wohnung vorbeizuschauen. Die Adresse hat sie von seiner Visitenkarte. Was soll schon groß passieren? Sie klingelt, er öffnet, sie stottert, er bittet sie herein oder erklärt ihr an der Tür, dass er auf ihre weitere Gesellschaft keinen Wert lege. Oder dass er mit Corona infiziert sei, weil er eine Karnevalsnacht in Heinsberg verbracht hat. Obwohl keiner weiß, wie ansteckend das Virus ist, heißt es, man soll in Quarantäne gehen für ein paar Tage. Wo zum Teufel steckt Robert? Wenn Anna Gewissheit hat, so oder so, kann sie aufhören, darüber nachdenken.

Doch Robert öffnet nicht auf ihr wiederholtes, ja schon impertinentes Klingeln an der Haustür. Anna schreibt »Warum meldest du dich nicht?« auf die Rückseite ihrer Visitenkarte und schiebt sie in seinen Briefkasten. Und während sie vor dem Haus steht, eine raucht und überlegt, was sie noch tun könnte, öffnet sich die Haustür. Eine Frau mittleren Alters mit Einkaufstasche und einem abscheulichen Pelzhut steht vor Anna und fragt: »Kann ich Ihnen helfen? Zu wem möchten Sie denn?«

Anna lächelt, so gut sie kann. »Guten Morgen. Zu Robert Fellner. Aber er öffnet nicht. Vielleicht schläft er noch?«

Die Frau mit Hut sieht auf ihre Uhr. »Es ist doch schon zehn. Fellner ... das ist der Journalist aus dem dritten Stock, oder ist er schon pensioniert?«

Sie nach dem Schlüssel zu fragen ist überflüssig, denkt Anna. »Wissen Sie denn, wann Sie ihn das letzte Mal gesehen haben? Ich mache mir Sorgen um ihn. Wir sind befreundet, und ...«

Ihr Gegenüber überlegt und sagt dann: »Vor zwei Tagen. Oder waren es drei? Jedenfalls trafen wir uns im Treppenhaus, ich brachte den Müll runter, und Herr Fellner hatte es offenbar eilig, aber er grüßte höflich wie immer, und dann hab ich ihn draußen in ein Auto steigen sehen.«

»Sein Auto?«

»Nein, Herr Fellner hat keines. Ich glaube, sie haben ihm irgendwann den Führerschein abgenommen wegen Trunkenheit am Steuer. Er hat früher gern einen über den Durst getrunken, wissen Sie. Aber nach dem Tod seiner Frau hat er damit aufgehört, Gott sei Dank, muss man sagen, ich hab ihn vorher schon öfter völlig dicht im Treppenhaus gesehen, da hat er kaum die Stufen nach oben geschafft ...«

Anna fragt, ob jemand im Auto saß.

»Tja, ich glaube schon. Der Motor lief. Es war ein großes schwarzes Auto, das weiß ich noch genau. Mit einem Behördenkennzeichen. Mein Mann ist Beamter, wissen Sie.«

Nein, Anna hat keine Ahnung, welcher Behörde die Autonummer zuzuordnen ist. Sie hat alles zu Robert Fellner gesagt, was wie weiß, und jetzt muss sie zum Einkaufen. Anna bedankt sich und macht sich auf den Weg zurück nach Bad Godesberg. Ins *Paradies*. Und kann nicht aufhören, an ihn zu denken. Ist Robert womöglich verhaftet worden?

Da sie keine Ahnung hat, bei wem sie an diesem Tag eingeteilt wurde, geht Anna zuerst ins Büro der Direktorin. Und hört laute Stimmen, sodass sie gerade noch ihre rechte Hand zurückzieht, bevor sie an die Tür pocht. Stattdessen versucht sie mitzuhören. Lehnt an der Wand neben der Tür. Identifiziert die Stimme von Nina Winkler und als zweite Willis hohes Organ, nicht mehr zwitschernd, sondern schrill. »Ich habe nichts getan«, kreischt Willi. Nina Winkler: »Es wird mir keine andere Wahl bleiben, als ...« Und dann weicht Anna zurück, denn Willi stürmt aus dem

Büro, beinahe hätte sie die Lauscherin gerammt, doch die ist gerade noch rechtzeitig ausgewichen.

Willi verschwindet hinter einer Tür im Flur. Anna weiß inzwischen, dass sie Subaporn Willbrecht heißt, der Familienname ihres Ehemanns. Und der nennt sie Willi. So verlor sie in der fremden Stadt auch ihren Vornamen, denkt Anna. Und was hat sie nun getan beziehungsweise nicht getan? Das würde Anna nur zu gern wissen. Da es für einen Rückzug ohnehin zu spät ist, klopft sie an die offene Tür und tritt ein.

Nina Winkler hat rote Wangen. Vor Zorn? Sie lächelt, aber gezwungen, und weist auf den freien Stuhl. »Ach ja, das Personal«, seufzt sie, während Anna sich setzt. Subaporn ist offenbar aufgesprungen, denn der Stuhl steht schief.

Als Anna nur mit einem Schulterzucken reagiert, fragt Nina, wie sie helfen könne.

»Ich weiß nicht, bei wem ich heute eingeteilt bin.«

Nina Winkler sortiert Papiere, die auf ihrem Schreibtisch liegen. Sie sieht Anna nicht an. »Oh, das macht Willi immer, aber ich glaube, es ist die Baronin. Ja, ich bin mir fast sicher. Manchmal ...« Sie hält inne und greift geradezu erleichtert nach dem Hörer, als das Telefon klingelt. »Einfach versuchen, liebe Anna, vielen Dank ...«

Die steht auf und verlässt das Büro, dem Impuls widerstehend, auch noch das Telefongespräch zu belauschen. Anna erinnert sich an die Etage und sogar die Apartmentnummer der Baronin, hofft, unterwegs Subaporn zu begegnen, aber sie trifft nur Friedrich von Hempen, der im Bademantel ins Schwimmbad unterwegs ist. An seiner Seite wieder die Blondine, der Neuzugang. Sie riecht nach Maiglöckchen.

Als Anna die Tür zur Bude von Beatrice von Kesten öffnet, stinkt es nach kaltem Rauch. Aber an diesen Duft ist sie gewöhnt.

Beatrice sitzt in ihrem Sessel vor der offenen Balkontür und raucht. Sie ist gekleidet, als wollte sie zu einem Bridgeturnier – natürlich ist sie nicht der Typ, der sich in Jogginghosen sehen ließe. Contenance, eines ihrer Lieblingswörter.

Sie senkt ihre Zeitung. »Ah, Anna Marx lässt sich blicken. Nur herein mit Ihnen. Ich war ein paar Tage unpässlich, aber jetzt geht es wieder. Was gibt es Neues in der großen, weiten Welt?«

Anna setzt sich ihr gegenüber. »Nicht viel. Bodo Ramelow wurde im dritten Wahlgang gewählt. Und es gibt den ersten Corona-Toten in Spanien.«

»Tee?«

Anna nickt, und ihr wird eingeschenkt. Kein Zucker. Da sie das Gebräu ohnehin nicht mag, kann sie auch auf Kalorien verzichten.

Die Baronin behandelt Anna deutlich gnädiger als beim Antrittsbesuch. »Na ja, solange es nicht überhandnimmt wie in China. Ein recht vulgäres Volk, die Chinesen, wie ich finde. Und von Herrn Ramelow halte ich gar nichts. Wie geht es Ihnen?«

»Gut«, sagt Anna, und dass sie sich auf den Frühling freut. Und darauf, dass in der Bonner Altstadt die Kirschbäume blühen.

Beatrice seufzt. »Ja, der lange Winter setzt uns allen zu. Wissen Sie, was ich an Ihnen mag, Frau Marx?«

Anna tippt aufs Rauchen.

»Sie reden mit unsereins nicht, als wären wir alle schwerhörig bis gaga. Keine lauten Töne und keine Babysprache. Die anderen Damen neigen nämlich dazu, und das Personal auch. Außer Willi.«

»Sie heißt Subaporn.«

»Ach wirklich? Was für ein seltsamer Name. Wie auch immer, sie ist das beste Stück im *Paradies*.«

Anna stimmt ihr zu, obwohl sie gar nichts weiß. Sie hat ihren Parka immer noch an. Es ist verdammt kalt im Zimmer, weil die Balkontür vermutlich ständig offen steht. Frau von Kesten ist in eine grüne Wollstola gewickelt und scheint sich an die Temperatur gewöhnt zu haben.

Anna nippt an dem heißen Tee. Er ist rötlich und schmeckt nach Hagebutten, pfui Teufel. »Ich habe vorhin zufällig mitgekriegt, wie Willi und die Direktorin sich anbrüllten. Allerdings nur die Tonlage, nicht die Worte. Ich wollte ja nicht lauschen.«

»Natürlich nicht«, sagt die Baronin. Ironie mag Anna auch bei anderen. Weshalb sie ihr jetzt eine Frage stellt, die sehr undiplomatisch ist: »Kann es sein, dass Subaporn ab und zu was mitgehen lässt? Kleinigkeiten. Schmuck zum Beispiel.«

Das heisere Gelächter erinnert an eine Krähe. Anna mag Krähen. Tauben aber nicht.

»Sie sind wirklich gut, meine Liebe. Wie kommen Sie darauf? Ja, ich denke schon, dass Willi ab und an der Versuchung nicht widerstehen kann, wenn was herumliegt. Sie braucht Geld. Ihr altes Wrack von Ehemann ist so gut wie ein Pflegefall, und wenn sie ihn hier unterbringen will, gibt es wahrscheinlich keinen Personalrabatt. Und natürlich verdient sie sagenhaft wenig, es ist wirklich eine Schande.«

Fall gelöst, denkt Anna, zumindest der zu Diebstählen im *Paradies*. »Ist es vorstellbar, dass Subaporn die Cartier von Marion Hellich gegen eine Kopie ausgetauscht hat?«

Für Sekunden des grausamen Schmerzes verzieht Beatrice ihr Gesicht. Die Gicht. Und die Wirksamkeit der Tabletten ist beschränkt. »Ach ja, na klar. Und jetzt weiß ich auch, weshalb Sie hier sind, Anna Marx. Um das für Marions

Tochter rauszukriegen. Hat die nicht genug Geld, was kümmert sie die Armbanduhr ihrer Mutter!«

»Nicht die Uhr, nur die Wahrheit«, sagt Anna, schon ziemlich in der Defensive. »Ich kann mir nicht vorstellen, dass Nina Winkler nichts davon weiß.«

Die Baronin nimmt zwei Tabletten aus der Packung, die auf dem Tisch liegt, und bittet um ein Glas Wasser. Anna holt es ihr aus dem Bad.

»Die Gicht, wissen Sie. Am Ende büßt man für all seine Sünden. Auch die, die man nicht begangen hat. Tja, unsere Direktorin dürfte zu klug sein, ihre beste Mitarbeiterin wegen ein wenig Tand zu feuern. Außerdem hat die gute Winkler selber Dreck am Stecken, um es mal vulgär zu formulieren.«

»Ach ja?«, sagt Anna. Ganz Ohr.

»Welch schlitzohrige Schnüfflerin Sie doch sind.« Die Baronin lacht eine Schmerzwelle weg und hofft auf die baldige Wirkung der Tabletten. »Und was wollen Sie jetzt machen? Die Polizei rufen?«

Anna schüttelt den Kopf. »Ich habe ja überhaupt keine Beweise. Aber ich werde mit Nina Winkler darüber reden.«

»Tun Sie das, und dann fragen Sie sie gleich nach den Schulden, die sie bei ihren Gästen hat. Dass die Winkler dem Roulette verfallen ist, haben Sie ja sicher schon herausgefunden, oder? Keine großen Beträge im Einzelnen. Doch Marion hat eine Umfrage gestartet und kam dabei auf eine hübsche Summe. Fast zwanzigtausend Euro alles zusammen. Jetzt fällt mir ein: Marion wollte die Winklerin damit konfrontieren und das Geld zurückfordern. Für alle.«

»Aber dazu ist es nicht mehr gekommen.« Anna spürt einen Hauch von Mord. »Marion Hellich muss den Laden wohl ordentlich aufgemischt haben, oder?«

Beatrice zögert und entscheidet dann gegen die Pietät: »Sie war eine furchtbare Person, wirklich! Hat sich in alles eingemischt und viel Unfrieden gestiftet. Ich meine, der Laden, wie Sie ihn nennen, war nicht perfekt. Die verschuldete Direktorin, Willi, die gelegentlich was mitgehen lässt, die Dementen im fünften Stock, unser Seniorencasanova, die brüllende Operndiva ... Aber wir alle haben uns damit arrangiert. Ein Paradies mit ein paar faulen Äpfeln, wenn Sie so wollen. Doch Marion Hellich war eindeutig die Schlange. Sie war böse. Ich glaube nicht, dass irgendjemand um sie getrauert hat, als sie starb. Im Gegenteil ...«

Anna zündet ihre zweite Zigarette an. Endlich, denkt sie, habe ich eine Quelle gefunden, die sprudelt. »Aber doch sicher der Doktor, oder? Die beiden sollen doch irgendwie ... liiert gewesen sein.«

Beatrice spürt, wie der Schmerz nachlässt. Und das ist Glück zu nennen. Wie enervierend bescheiden man doch wird im Alter. Und wie klatschsüchtig. War es richtig, der Rothaarigen so viel zu erzählen? Nun, zu spät für Reue. »Ach, ich weiß nicht. Man hat darüber geredet. Aber in unserer geschrumpften Welt wird auch der regelmäßige Stuhlgang zum Thema. Ich halte Max für zu klug, sich mit einer so intriganten Person eingelassen zu haben.« Ein tiefer Seufzer. »Andererseits sind Männer selten klug, wenn es um Sex geht.«

Mehr ist aus der Baronin nicht rauszuholen. Anna bohrt noch ein wenig, doch sie scheint des Themas überdrüssig. Stattdessen erzählt sie, warum sie beim letzten Bridgeturnier verloren hat. Im Wesentlichen geht es darum, dass ihre Partnerin schuld war, die Einzelheiten versteht Anna ohnehin nicht. Also fließen die Sätze an ihr vorüber wie Wolken, sehr weit oben. Sie nickt ab und zu. Nippt an der

Teetasse. Schaut verstohlen auf die Uhr. Schließlich ist es vier, Zeit für den Nachmittagstee im Speisesaal. Sie hilft der Baronin aus dem Sessel und begleitet sie nach unten. Als sie sich verabschiedet, hält Beatrice von Kesten Anna am Arm fest. »Was immer Sie tun – wir möchten, dass unsere Willi bleibt. Und wir werden alle bestreiten, dass Dinge verschwunden sind. Sie hat sie ja auch manchmal zufällig wiedergefunden, wenn danach gefragt wurde. Niemand ist zu Schaden gekommen.«

»Und die Cartier?«, sagt Anna leise.

»Ist doch nur eine Uhr. Und die Besitzerin ist tot.« Damit wendet sie sich ab und geht, auf ihren Stock gestützt, in den Speisesaal. In sehr aufrechter Haltung.

18

Ein spontaner Entschluss, nicht mit der Direktorin, sondern mit Subaporn zu reden. Anna sucht sie im Haus, und eine der Betreuerinnen schickt sie ins oberste Stockwerk. Diesmal steht die Tür offen. Anna klopft vorsichtig und geht rein in das Reich der Pflegefälle. Hier riecht es nicht nach Maiglöckchen, sondern nach Desinfektionsmitteln. Ein langer grauer Flur, von dem links und rechts Zimmer abgehen. Erinnert Anna an einen Horrorfilm, dessen Titel sie vergessen hat. Sie bemüht sich, leise zu gehen, doch ihre Gummisohlen knirschen auf dem Linoleumboden. Eine Gazelle war sie nie.

»Frau Marx! Was machen Sie hier?«

Es ist Subaporn. Sie ist aus einem der Zimmer gekommen und steht jetzt vor Anna, klein und zierlich und sehr wehrhaft. Anna senkt unwillkürlich ihre Stimme: »Man sagte mir, dass ich Sie hier oben finde. Können wir uns unterhalten? Es dauert nicht lange.«

Wenn sie ahnt, worum es geht, lässt sie es mit keinem Wimpernschlag erkennen. Subaporn Willbrecht deutet mit einer Handbewegung auf eine Tür zur Rechten. »Gehen wir ins Büro. Ich vertrete für drei Stunden Schwester Zofia. Sie musste zum Zahnarzt. Und außer mir ist nur noch eine Pflegerin hier oben. Also kann es sein, dass wir unterbrochen werden.«

»Kein Problem«, sagt Anna und folgt ihr in das kleine Zimmer, an das eine Teeküche grenzt. »Wie viele ... Gäste betreuen Sie hier?«

»Acht zurzeit. Pflegegrad vier bis fünf. Die schweren Fälle. Vier sind bettlägerig, zwei im Rollstuhl, und die zwei noch Mobilen machen am meisten Arbeit.«

Die Spezialistin für dumme Fragen: »Warum?«

»Weil sie immer wieder versuchen auszubüxen. Weshalb die Tür nach draußen normalerweise verschlossen ist. Eine der Praktikantinnen hat sie wohl offen gelassen. Diese jungen Mädchen sind keine große Hilfe. Die brauchen eher jemanden, der auf sie aufpasst.«

Ihr makelloses Deutsch mit einem Hauch von rheinischem Akzent findet Anna bemerkenswert. Danke, nein, sie will keinen Tee. Warum wird in diesem Haus ständig Tee getrunken? Und es fällt ihr schwer, das Gespräch zu beginnen. Kein Vorgeplänkel. »Es geht um die Cartier-Uhr von Marion Hellich.«

Keine Änderung des Gesichtsausdrucks. Doch Anna bemerkt, dass Subaporn ihre Finger aneinanderreibt. Sie hat so kleine Hände. Anna fühlt sich mal wieder riesig und ziemlich mies. Schmerz beiseite. »Sie ist gegen eine Fälschung ausgetauscht worden.«

Jetzt lächelt Subaporn Anna an. Es ist diese Art von Lächeln, die ganz isoliert auf den Lippen klebt. »Ich weiß. Marion hat es mir angeboten. Dass ich ihre Armbanduhr gegen eine Kopie eintausche. Sie sagte, ihr ist es egal, ob die echt ist oder nicht.«

Was immer Anna erwartet hat – das nicht! »Warum sollte sie so was tun?«

Subaporn hat einem Geräusch gelauscht, das Anna nicht hörte, jetzt springt sie auf und sagt: »Ich komm gleich wieder.«

Anna wertet das nicht als Fluchtversuch, aber sie steht ebenfalls auf und bleibt an der Tür stehen, während die Pflegerin auf einen alten Mann zuläuft, der versucht, das Fenster am Ende des Flurs zu öffnen. Er schreit auf, als Subaporn ihn von hinten festhält und auf ihn einredet.

Sanft, wie es Anna aus der Distanz erscheint. Die Pflegerin hat ihn an beiden Seiten an den Oberarmen gepackt. Der Mann ist kräftig bis dick, und er trägt einen Bademantel über Pyjamahosen. Filzschlappen. Er will nicht vom Fenster weg, doch mit vorsichtiger Unerbittlichkeit zieht sie ihn fort und führt ihn zu einem Zimmer. Der alte Mann schreit etwas, das Anna nicht versteht. Nur ein Wort: *Springen*.

Dann schließt Subaporn die Zimmertür von innen, und Anna geht zurück zu ihrem Stuhl. Genau aus diesem Grund wollte sie *nicht* in die letzte Etage. Weil sie das hier nicht sehen wollte. Traurig reicht nicht. Es ist verstörend. Ein Blick in eine mögliche Zukunft, die sie nicht will. Es dauert ein paar Minuten, bis die Pflegerin zurückkommt. Sie hat eine frische Schramme an der Wange.

»Was ist passiert?«, fragt Anna.

Subaporn tupft Desinfektionsmittel auf die Wunde. »Nichts weiter. Peter wollte seine Tabletten nicht nehmen und hat versucht, sie mir aus der Hand zu schlagen. Dabei hat er meine Wange erwischt. Er ist einer unserer beiden Problemfälle. Weil er in einem fortgeschrittenen Stadium der Demenz ist, aber noch sehr beweglich. Er versucht fast täglich, das Fenster zu öffnen, um hinunterzuspringen. Man kann es gar nicht öffnen, und das macht ihn dann so wütend, dass er zu schreien beginnt und auf das Glas eindrischt. Weshalb es eben besser ist, ihn vorher zu beruhigen.«

Warum lassen sie ihn nicht springen?, denkt Anna. Eine Frage, die sie nicht ausspricht. »Und dann bekommt er die Beruhigungspille.«

Subaporn seufzt. »Ja, manchmal geht es nicht anders. Das heißt aber nicht, dass wir unsere Gäste permanent unter Drogen setzen.«

Wenn es den Hauch eines Zweifels gibt, so ignoriert ihn Anna. Sie fragt nochmals, weshalb Marion Hellich ihre teure Armbanduhr gegen eine billige Kopie eintauschte.

Subaporn sitzt kerzengerade. Der lindgrüne Kittel ist bis zum Hals zugeknöpft. Sie trägt einen goldenen Ehering und eine Swatch. Das schwarze Haar ist hinten zu einem Zopf gebunden, kein Make-up mit Ausnahme eines erdbeerfarbenen Lippenstiftes. Sie sieht Anna in die Augen: »Sie hat Hilde einen Tee gegeben. Ich habe es gesehen. Sie hat zu Hilde gesagt, dass der Tee ihren Blutdruck senkt. Aber das stimmte nicht. Hilde ist gestorben. Am nächsten Tag.«

»An Herz-Kreislauf-Versagen«, sagt Anna.

Subaporns Augen sind weiterhin auf Anna gerichtet. Augen wie Murmelsteine. »Ja, das hat der Doktor gesagt. Und Hilde war schon sehr alt und nicht gesund. Aber der Tee hat ihr bestimmt nicht geholfen.«

»Und deshalb hat Marion Hellich ihre Uhr hergegeben?«

Achselzucken. »Schon möglich. Ich habe ihre Uhr bewundert und gesagt, dass ich aus Thailand genau so eine mitgebracht habe. Ich hab sie ihr gezeigt, weil ich sie damals trug. Und dann hat sie gemeint, wir sollten tauschen. Und das haben wir getan.«

Anna und ihr Bauchgefühl neigen dazu, diese idiotische Geschichte zu glauben. Das Hirn, das hochmütige, zweifelt. »Und was haben Sie mit der Uhr gemacht?«

Ohne zu zögern: »Ich habe sie verkauft. Ich brauche Geld. Mein Mann, der benötigt Pflege, und er hat eine ganz kleine Rente. Ich möchte ihn gerne hier unterbringen, weil das ein gutes Haus ist. Weil ich mich dann weiter um ihn kümmern kann. Zurzeit macht es meine Nichte zu Hause. Aber sie will eine Ausbildung zur Krankenschwester beginnen. Es ist nicht leicht in Deutschland mit den alten Leuten. Obwohl, bei uns in den Städten hat es auch schon angefangen. Man will sie nicht mehr ehren und bedienen und pflegen, bis sie sterben. Das ist eine traurige Geschichte.«

Ja, aber es ist eine andere. Nicht die, für die Anna sich gerade interessiert. Um sie wird sich sowieso keiner kümmern, wenn es so weit ist. Also wird sie sich was einfallen lassen – irgendwann, irgendwie. Es liegt noch in gewisser Ferne und kommt doch näher jeden Tag. »Da stimme ich Ihnen zu. Aber was ist mit all den anderen Sachen, die im *Paradies* verschwunden sind? Im Laufe der Zeit. War das auch alles auf freiwilliger Basis?«

Ein gefrorenes Gesicht. »Ja, natürlich. Manche waren Geschenke. Und manchmal ist was verlegt worden. Manchmal suchten wir und haben es wiedergefunden. Manchmal aber auch nicht. Hat sich jemand beschwert? Dann müssen Sie es der Direktorin sagen.«

Die weiß es vermutlich schon, denkt Anna. »Aber nein. Warum sollte ich? Geht mich nichts an, ich wollte nur die Geschichte mit der Uhr klären, weil Gaby Lehmann mich darum gebeten hat. Und das haben wir ja jetzt getan. Die Gäste hier mögen Sie sehr, nicht wahr?«

Subaporns Hand spielt mit dem langen Zopf. »Ja, und ich sie auch. Alle. Fast alle. Sie haben ihre Macken, das ist schon wahr. Aber wir kommen gut miteinander aus – sie und ich. Das weiß auch die Direktorin.«

Weshalb sie es laufen lässt, denkt Anna. »Sie sind nicht die Erste, die mir erzählt, dass Marion Hellich eine Art Giftmischerin war. Warum hat sie das wohl getan? Aus Bosheit? Oder weil sie die Wirkung ausprobieren wollte?«

Subaporn trinkt Tee. Ihr Blick ist abweisend. »Das habe ich nicht gesagt. Nur dass sie Hilde diesen Tee gab, denn das habe ich mit eigenen Augen gesehen. Am Abend ging es

Hilde schon schlecht, und am nächsten Tag ist sie gestorben.«

»Es gab wohl schon mehrere Fälle im Sommer – oder?«

»Ein paar«, meint Subaporn widerstrebend. »Warum fragen Sie das alles?«

Anna holt tief Luft. Von irgendwoher hört sie ein Jammern oder Heulen, es klingt auf jeden Fall schrecklich.

»Das ist Hannelore«, sagt Subaporn. »Ich schaue mal kurz nach ihr, bin gleich wieder da.«

Während sie weg ist, checkt Anna ihr Handy. Kein Anruf, keine Nachrichten. Keine Spur von Robert. Soll sie eine Vermisstenanzeige aufgeben?

Die Pflegerin kommt zurück und sagt, dass sie Hannelore Kopfhörer aufgesetzt hat. Mozart gegen die Stille, das beruhige sie immer.

Es muss viele Leute geben mit großer Wut auf das nur noch winzige Leben. Denkt Anna. Sagt: »Ich bewundere Sie. Ich könnte diesen Job nicht machen.«

Das Kompliment fällt auf harten Boden. »Jeder kann das. Man braucht nur eine gesunde Mischung aus Mitgefühl und Gleichgültigkeit.«

Eben, denkt Anna, die damit nicht klarkommen würde. Weil sie ein sentimentales Wrack ist. Sie weint ja schon bei traurigen Filmen und Büchern. »Gaby Lehmann wird mit dem Tod ihrer Mutter nicht wirklich fertig. Sie möchte wissen, wie ihre letzten Tage waren.« Das kommt der Wahrheit nahe.

Subaporn verschränkt ihre Finger. »Weil sie denkt, dass Marion sich umgebracht hat? Nein, das glaube ich nicht. Das können Sie ihr gerne sagen. Marion hat zwar dauernd vom würdigen Sterben geredet, aber damit wollte sie sich nur wichtigmachen. Glaube ich jedenfalls. Weil sie immer im Mittelpunkt stehen wollte. Alles musste sich um sie drehen. Und dabei konnte sie wahnsinnig freundlich sein, aber auch richtig gemein. Bevor Sie fragen: Nein, ich mochte sie nicht. Ich habe nur so getan, weil es nicht klug war, sich offen gegen sie zu stellen. Das hat nicht einmal die Baronin gewagt. Und Frau von Kesten ist bestimmt nicht der ängstliche Typ.«

Anna wechselt das Thema: »Haben Sie nie daran gedacht, zurückzugehen? Nach Thailand?«

Heftiges Kopfschütteln. »Nein, ich liebe es hier. Die Kälte, den Schnee, den Rhein, das Essen, den Karneval ... einfach alles. Ich bin seit über zwanzig Jahren in Deutschland, in Bonn, und ich möchte nirgendwo anders sein. Mein Mann hat mich aus einer Bar geholt, als ich siebzehn war. Und er hat mich mitgenommen. Und geheiratet. Er war immer gut zu mir. Ich hatte zwei Fehlgeburten. Eigentlich wollte ich Kindergärtnerin werden. Aber danach habe ich mit der Altenpflege begonnen. Ich finde alte Menschen sehr beruhigend.«

Der Gedanke ist Anna noch nie gekommen. Okay, Kinder sind auch anstrengend, aber schon irgendwie niedlicher. Die meisten Leute werden ja nicht netter im Alter. Die Marx jedenfalls nicht. Aber nun ist es Zeit für ein großes Kompliment: »Das *Paradies* kann froh sein, Sie zu haben. Alle sagen nur das Beste über Sie, wirklich!«

Tatsächlich errötet Subaporn. Schaut dann auf die Uhr und sagt: »Ich muss die Tabletten verteilen, sind wir hier fertig?«

Anna nickt. Bedankt sich. Steht auf und verlässt den Teil des *Paradieses*, den sie nie mehr betreten möchte. Sie fährt mit dem Lift nach unten, um draußen eine zu rauchen. Das Wetter meint es gut mit den Süchtigen, denn es ist wärmer geworden, ein Tag, der den Frühling erahnen lässt. Sonnenstrahlen treffen auf die weiße Haut der Rothaarigen. Ein Hauch von Frühling nach den schneelosen, nasskalten, dunklen Tagen, Wochen und Monaten. Anna schließt die Augen und genießt Vitamin D. Man kann auch mit geschlossenen Augen rauchen. Träumen …

Bis Elfi Pilz sie anspricht, die Yoga-Raucherin, und Anna sich umdreht und zu einem Lächeln zwingt. »Wie schön, sich immer wieder am Aschenbecher zu treffen«, lügt sie. Elfi hat ihre Senioren-Yogastunde hinter sich. Ob Anna sich nach ihrem Zusammenbruch denn wieder erholt habe?

Welche Übertreibung! »Es war nur eine kurze Ohnmacht. Niedriger Blutdruck.«

Elfis rundes Gesicht sieht besorgt aus. »Ich dachte schon, Sie hätten sich dieses Coronavirus eingefangen. Wir haben die ersten Toten bei uns, und ich finde, langsam sollten die Oberen mal was unternehmen. Die Zeitungen sind doch schon voll davon. Und in Italien soll es noch schlimmer sein. Dabei wollte ich zu Ostern in die Toskana zu einem Yoga-Workshop.«

»Bis dahin hat es sich wahrscheinlich erledigt«, sagt Anna so dahin. Sie hat keine Ahnung, was sie da redet. Die Zukunft, soweit es sie betrifft, ist ein großes schwarzes Loch. Aber heute, da scheint die Sonne, und sie friert nicht, während sie raucht. Auch eine Art von Glück. »Ich war heute im obersten Stockwerk – bei Subaporn.«

»Wer?«

»Willi nennen sie hier alle. Ich wollte mal mit ihr reden, und sie hat heute oben Dienst.«

»Oh, ich geh da nicht rauf«, sagt Elfi, »das würde mich nur runterziehen. Aber Willi hat diese asiatische Gelassenheit, die lässt nichts an sich rankommen. Ich persönlich finde sie ein bisschen spooky. Aber die Alten scheinen sie alle zu mögen. Ich glaube, die Einzige, mit der sie je richtig Krach hatte, war die gute Marion.«

»Ach ja?«, sagt Anna, während sie ihre Zigarette ausdrückt. Der Aschenbecher ist voller Kippen und sieht ekelhaft aus. In diesem Jahr wird sie mit dem Rauchen aufhören. Das zweite Mal, beim ersten Versuch ist sie gescheitert. Es wär doch nett, sich mal wieder heldenhaft zu fühlen.

»Ja, das war bei der Weihnachtsfeier im *Paradies*. Am 23., es war nur noch wenig Personal da, die meisten waren im Urlaub. Marion hatte sich schon vorher über die Dekoration aufgeregt, weil sie so spärlich war. Und den Weihnachtsbaum fand sie armselig, und so ging es immer weiter. Nina, die Direktorin, bekam einen Weinkrampf. Da hat Willi eingegriffen und die Hellich angeschrien, dass sie ja woanders feiern könne, wenn es ihr nicht passt. Im *Paradies* wolle sie sowieso niemand haben. So was in der Art ... Jedenfalls waren die Leute, die schon unten saßen und das mitkriegten, ziemlich verstört. Weil sie so was von Willi ja nicht kannten. So ein schrilles Kreischen. Jedenfalls hat die Hellich daraufhin was ganz Merkwürdiges gesagt ...« Nach der Kunstpause fährt Elfi fort: »Sie sagte: ›Ich will meine Uhr wiederhaben.‹«

»Und?«

»Und nichts. Willi hat sich umgedreht und ist in die Küche gegangen. Eine halbe Stunde später begann die Weihnachtsfeier. Nina hielt eine Rede. Ein Weihnachtsengel, die Tochter der Krankenschwester, verteilte Geschenkpäckchen. Gemeinsames Singen von Weihnachtsliedern. Alkoholfreier Punsch. Kekse und Stollen. Marion hatte sich wieder beruhigt, und Willi war schon weg. Die musste wohl zu ihrem Mann. Der ist schwer dement, und sie möchte ihn im *Paradies* unterbringen. Also, ich finde schon, dass Nina ihr Personalrabatt geben müsste. Dafür, dass Willi ständig Überstunden schiebt und nicht grad üppig bezahlt wird.«

»Ist denn noch was frei im Pflegetrakt?«

Elfi sieht nach oben zu den Fenstern, die versperrt sind. »Ich glaube nicht. Aber sie muss halt warten, bis eine oder einer stirbt.«

»Klingt romantisch«, sagt Anna.

»Na ja, so normal kündigen tut ja wohl keiner. Obwohl, die Hellich hat öfter damit gedroht, wieder auszuziehen. Angeblich wollte ihre ältere Tochter, dass sie zu ihr nach Düsseldorf zieht. Und da war noch eine Freundin in Koblenz ... aber es waren immer nur Drohungen. Nina hat sie dann wieder beruhigt.«

»Wie war denn das Verhältnis der beiden?«

Elfi stupst die Rothaarige mit dem Finger auf die Herzgegend, geschützt durch einen Pullover und den Parka. »Da ist aber jemand wieder neugierig, was? Alma Bierhoff nennt Sie die Frau mit den vielen Fragen. Also die beiden ... Ich glaube, Nina wäre die gute Marion am liebsten losgeworden. Sie war anfangs ganz okay, wurde aber allmählich zu einer Unruhestifterin, sie hat sich über alles Mögliche aufgeregt, und na ja, ihr Todesgequatsche, das ging den meisten hier schon arg auf den Geist. Einmal hat Marion sogar einen Vortrag darüber halten wollen im Foyer. Aber das hat Nina ihr verboten. Ich glaub, das war das einzige Mal, dass sie sich gegen Marion erfolgreich gewehrt hat.«

Häppchenweise, denkt Anna, kommt Marion Hellich zum Vorschein, und es ist ganz und gar kein nettes Bild. Gaby ist ihr schon irgendwie ähnlich, nur fehlt ihr die Stärke ihrer Mutter. Sie möchte geliebt werden, nicht gefürchtet. So wie die meisten Leute. So wie Anna Marx.

»Mein schönstes Weihnachten«, erzählt Elfi jetzt unvermittelt, »hatte ich auf Mauritius. Ein Yoga-Lehrgang, zu dem mich mein damaliger Freund eingeladen hat.«

Interessiert sie das? Anna raucht und genießt die Sonnenstrahlen.

»Die Wärme. Das Meer. Die Palmen. Es war ein Traum. Leider hat mich der Typ kurz danach verlassen. Für eine Society-Tante. Er träumte von einem eigenen Yogastudio.«

Am Ende war das der, mit dem Gaby ein Techtelmechtel hatte, denkt Anna plötzlich und bemüht sich um eine mitfühlende Miene. Und schaut dann hoch zum zweiten Stock, Irmi Langer steht am offenen Fenster. Anna winkt ihr zu, doch die Operndiva beachtet sie nicht. Sie trägt wieder einen ihrer farbenprächtigen Turbane. Und sie beginnt zu singen, mit einer Stimme, die noch erstaunlich kräftig ist.

Sie sehen beide nach oben, und aus dem Foyer kommen, vom Gesang angelockt, ein paar Gäste. »Das ist die Selbstmord-Arie der Gioconda«, sagt Elfi Pilz.

Anna hat keine Ahnung, sie ist der Oper abgeneigt, seit sie in Bayreuth fünf Stunden zubringen musste. Danach hat sie die Affäre mit dem Musikredakteur beendet. »Warum singt sie das?«

Elfi zeigt nach oben. Irmi hat sich auf einen Stuhl gestellt und singt dabei weiter. Dann setzt sie sich vom Stuhl aus vorsichtig auf das Fensterbrett, was bei ihren Körpermassen nicht einfach aussieht. Trotzdem singt sie weiter.

»Die Callas war die beste Interpretin«, sagt Elfi.

»Was macht sie da?«, sagt Anna gleichzeitig.

Nina Winkler steht auf einmal neben den beiden. »Es sieht aus, als ob sie springen wollte. Ich rufe die Rettung.« Sie tippt hektisch in ihr Handy.

Anna geht spontan ein paar Schritte auf das Haus zu und applaudiert. Ruft nach oben: »Bravo! Zugabe!« Sie hält das für einen genialen Schachzug in Anbetracht der Lage, doch die Diva schenkt ihr nur ein Nicken, singt weiter, und mit dem letzten Ton der Arie löst sie sich aus dem Fensterrahmen und stürzt nach unten. Zwei Stockwerke. Es geht rasend schnell, Anna springt rückwärts, und Irmi Langer landet in den kahlen Rosenbüschen. Hinter ihr ein Aufschrei aus vielen Kehlen.

Aus der Ferne sind die Sirenen zu hören. Anna läuft zu Irmi, die auf dem Rücken liegt. Auf der Erde zwischen zwei Rosenbüschen. Sie blutet aus Kratzwunden und wimmert leise. Anna versucht, sich an den Erste-Hilfe-Kurs vor fünfzehn Jahren zu erinnern. Den Körper nicht bewegen, wie auch? Sie breitet vorsichtig ihren Parka über Irmi und wird von einer Frau zur Seite gedrängt, die mit einem polnischen Akzent spricht. Die Krankenschwester, vom Zahnarzt zurück.

Nina Winkler steht neben Anna und sagt: »Es ist alles meine Schuld.«

Krankenwagen und Rettung fahren vor und stellen die ohrenbetäubenden Sirenen ab. Sanitäter laufen auf die Frau in den Rosenbüschen zu.

Vor dem Eingang zum *Paradies* haben sich noch mehr Bewohner versammelt.

»So was nennt man einen starken Abgang«, sagt Friedrich von Hempen.

»Sie ist doch gar nicht tot«, widerspricht Alma, die Joggingkleidung trägt.

»Der Gesang war jedenfalls grauenhaft.« Die Baronin hat neben dem Rollator ihr Opernglas mitgebracht, weil sie auf die Ferne nicht mehr gut sieht.

Die Diva wird vorsichtig auf eine Trage gehievt und in den Krankenwagen geschoben.

Die Direktorin kommt auf Anna zu. »Gibst du mir auch eine Zigarette bitte. Ich hab vor zehn Jahren aufgehört. Aber jetzt ...«

Anna hält ihr Packung und Feuerzeug hin. Nina Winkler nimmt einen tiefen Zug. »Es ist meine Schuld. Ich habe kurz vorher mit ihr gesprochen und ihr nahegelegt, dass wir die Pflegestufe erhöhen und sie in den fünften Stock zieht, sobald ein Platz frei wird. Weil sie ja doch allmählich Rundum-die-Uhr-Betreuung braucht. Ich hatte alles Mögliche erwartet. Dass sie zu schreien beginnt, mit Dingen wirft. Aber sie war ganz still. Das hätte mich stutzig machen sollen. Stattdessen bin ich gegangen. Und dann ...«

»Du kannst nichts dafür, das war eine Kurzschlusshandlung«, lügt Anna. »Außerdem war der Sturz nicht so tief. Und sie hatte Glück, dass sie nicht auf dem Asphalt aufkam.«

Glück, wirklich?

Nina Winkler ist keineswegs beruhigt. »Wo ist Max überhaupt?«, fragt sie ins Leere.

Anna schaut nach oben. An Irmis offenem Fenster steht Dr. Max Wieland und schaut nach unten. Als er sieht, dass Anna ihn beobachtet, zieht er sich vom Fenster zurück.

19

»Und dann? Was passierte dann?«

Anna steht mit Gaby in der Küche und putzt Rosenkohl. Nicht ihr Lieblingsgemüse, aber immerhin gibt es dazu Steaks. Keine Kohlehydrate. Ist nur so, dass Wein diese Einsparung wieder wettmacht. »Na ja, sie haben sie weggebracht. Ins Johanniter-Krankenhaus wahrscheinlich, das ist das nächste. Sie ist so seitlich auf dem Rücken gelandet und hat sich mindestens den Arm gebrochen. Sie stand unter Schock.«

»Und du konntest sie nicht auffangen?«

Anna legt die Rosenkohlhälften auf das eingeölte Blech. »Bist du verrückt? Die Frau wiegt mindestens hundert Kilo. Die hätte mich plattgemacht.«

»Na ja«, sagt Gaby, »du bist auch recht kräftig.«

Sie meint fett, denkt Anna. Sie bevorzugt den Begriff »üppig«, rundherum rund halt. Gaby ist sehr schlank. Aber das rächt sich im Alter. Hofft Anna, die ihr Leben lang dünn sein wollte, aber wiederum nicht so sehr, dass sie dafür gehungert hätte. Oder auf Alkohol verzichtet. Sie schiebt das Blech in den vorgeheizten Ofen. »Du weißt, dass das einer meiner wunden Punkte ist. Da musst du nicht noch reinbohren.«

Gaby würzt die Steaks und gibt zu wenig Öl in die Pfanne. »Sorry, war nicht so gemeint. Aber sie wird ja wohl nicht sterben, oder?«

»Warte noch mit den Steaks. Nein, ich glaube, sie hatte großes Glück. Ein paar Brüche und Wunden von den Rosenbüschen. Morgen wissen wir mehr.«

Anna checkt ihr Handy, doch die Nachricht ist von der

Telefongesellschaft. »Robert hat sich immer noch nicht gemeldet. Jetzt mach ich mir langsam richtig Sorgen.«

»Ach was, vielleicht hat er nur sein Telefon verloren. Oder es ist kaputt. Oder geklaut.«

»Und warum öffnet er dann nicht auf mein Klingeln? Reagiert nicht auf meine Nachricht in seinem Briefkasten? Ich fahre morgen noch einmal hin. Dann ...« Ja, was dann? Anna spielt mit dem Gedanken, seine Tür zu behandeln. Das hat ihr mal jemand beigebracht, es ist bei bestimmten Schlössern ziemlich leicht, sie aufzukriegen.

»Gibt es sonst noch was Neues aus dem *Paradies*?«

Gaby hat eine Flasche Grauburgunder aus dem Kühlschrank geholt und füllt zwei Gläser. Seit Anna im Haus ist, trinkt sie mehr. Dafür nimmt sie weniger Schlaftabletten.

Anna erzählt ihr von Subaporn alias Willi, die Marions Selbstmord ausschließt, was immer das heißen mag. Von den Teepartys, die Marion gab. Den leichten bis schweren Vergiftungen, die im *Paradies* auftraten exakt in der Zeit, in der Marion dort wohnte. Nicht zu vergessen die beiden Todesfälle! »Es sind nur Gerüchte. Nichts, das bewiesen werden könnte. Genauso wenig wie die Umstände des Todes deiner Mutter. Es ist mehr so ein Gefühl, aber nach allem, was mir zugetragen wurde, teile ich Subaporns Ansicht, dass deine Mutter nicht der Suizidtyp war. Ich habe Aussagen aller Bewohner, mit denen ich gesprochen habe, notiert. Ich schicke dir meine Notizen per Mail. Aber ich denke wirklich, Gaby, dass wir es damit gut sein lassen. Mehr werde ich nicht herausfinden. Und ich schreibe dir gern eine Abschlussrechnung.«

Gaby steht mit dem Rücken zu ihr. Sie ist mit den Steaks beschäftigt, die sie langsam in die heiße Pfanne gleiten lässt. Sie kleben fest, zu wenig Öl. Sie gießt ein paar Tropfen nach.

Als Kind war sie magersüchtig, davon hat Marion nichts mitbekommen. Weil Marion immer nur mit sich selbst beschäftigt war. Es hörte auf, als Gaby sich zum ersten Mal verliebte. Ihr Retter hieß Markus und war ein edler Ritter. Bis er sie mit ihrer Lieblingsfeindin betrog. Heute kann sie darüber lachen. Es war eben die Zeit, in der alle mit allen ins Bett gingen. Sie ja auch. Bei Anna ist sie sich nicht so sicher. Die war immer schon irgendwie anders. Sie dreht sich zu ihr um: »Warum hast du von der Berg eine Urne mitgebracht? Denkst du vielleicht, dass ich dich umbringen will?«

Anna möchte lachen, aber es gelingt ihr nicht. »Woher weißt du das mit der Urne? Warst du in der Wohnung?«

Hoppla, denkt Gaby, die sich keiner Schuld bewusst ist. »Ich war oben, um dir Marions Briefe hinzulegen. Ich hab sie nur überflogen, ihre Handschrift geht mir auf den Geist. Und eigentlich hast du recht. Es ist Zeit, mit dem Kapitel abzuschließen.«

Die Urne steht neben der Kommode auf dem Boden. Anna war noch nicht oben, weil sie sich zum Abendessen nicht umziehen wollte. Sie denkt, dass Gaby ihr die Briefe auch so hätte geben können. Und dass der Mangel an Privatsphäre ein echter Kündigungsgrund wäre. Bleibt die Frage, wohin sie ziehen soll. »Okay. Und nein, ich hab keine Angst, dass du mich meucheln könntest. Warum auch? Ich hab die Urne bei der Berg gesehen und fand sie lustig. Weil ich immer schon boxen wollte und nie die Kurve gekriegt hab. Dafür ruhe ich dann in aller Ewigkeit in einem Boxhandschuh, der sich als Urne tarnt.«

»Anna, du bist wirklich schräg«, sagt Gaby, die die zwei Steaks in der Pfanne umdreht und den Fettspritzern ausweichen muss. Sie trägt eine Schürze mit dem Logo einer teuren Modemarke. Seit Jakobs Tod hat sie sich überwiegend mit Geld getröstet. Mit allem, was man damit kaufen kann. Sogar Anna hat sie gekauft, ein bisschen wenigstens.

»Obwohl es noch eine andere Möglichkeit gibt. Hab ich kürzlich im Radio gehört. Irgendein Start-up in Amerika hat sich ein Verfahren ausgedacht, bei dem deine Leiche durch Kompostierung in fruchtbaren Boden verwandelt wird. Du kommst in einen Behälter mit Mikroorganismen und Pflanzengewebe oder so ähnlich, und durch irgendwelche biochemischen Prozesse entsteht ein feuchtes und sauerstoffreiches Milieu, und so entwickeln sich Organismen, die den Körper sozusagen von innen auffressen. Dauert ungefähr vier Wochen – und du bist nährstoffreiche Erde.«

»Faszinierend«, sagt Gaby und holt die Steaks aus der Pfanne. Sie sind nicht medium, sondern eher well done, woran Anna schuld ist mit ihrem morbiden Gerede. So wie Jakob schuld war, dass sie einfach nicht den Notruf wählen konnte. »Das Essen wäre so weit.«

Sie tragen die Teller und Gläser ins Esszimmer, Gaby hatte schon gedeckt.

»Es kostet um die fünftausend Dollar, als Humus wiedergeboren zu werden«, sagt Anna abschließend. Dann widmet sie sich Steak und Rosenkohl, der vielleicht ein wenig zu lang im Ofen war. Er schmeckt bitter. Sie spült den Geschmack mit Wein hinunter. An dem Grauburgunder ist nichts auszusetzen.

»Seit wann bist du ein Umweltfreak?«, fragt Gaby.

»Mmh. Noch nicht so lange, zugegeben. Doch allmählich glaube ich auch, dass wir verbrecherisch mit dem Planeten umgehen.«

»Und das willst du dann posthum wiedergutmachen, indem du zu Kompost wirst?«

»Warum nicht? Dann hätte ich das Geld für die Urne allerdings umsonst ausgegeben. Willst du sie haben?«

»Nein. Ich hatte nie einen Bezug zum Boxen.«

»Andererseits sind fünftausend eine Menge Geld. Ich bleibe bei der Urne. Aber wir kommen vom Thema ab. Du meinst also auch, dass es Zeit ist, den Auftrag abzuschließen.«

Mit einem Fragezeichen, denkt Gaby. Den Aussagen von alten Leuten, die Marion vermutlich nicht gemocht hatten. Wer schon, mit Ausnahme von Jakob, aber den umgarnte ihre Mutter auch wie den Messias. Vermutlich die späte Rache für den Verlust ihres Liebhabers an die minderjährige Tochter. Wahrscheinlich hat Anna recht: Sie sollte mit Marions Tod ihren Frieden machen. Wenn es schon mit der Lebenden nicht möglich war. »Okay. Schick mir deinen Bericht und die Rechnung. Abzüglich der Anzahlung. Aber was willst du dann machen?«

Nicht Yoga und nicht Golf, denkt Anna. »Weiß nicht. Ich könnte wieder ein Detektivbüro eröffnen. Oder so eine alternative Begräbniskiste wie Lena Berg. *Die schöne Leich* ... was meinst du?«

»Du bist so was von morbid. Aber vielleicht lässt sich damit wirklich Geld verdienen?«

Anna hat ihr Fleisch aufgegessen, während Gaby stochert. Das Steak war für Annas Geschmack zu durch, aber schon noch essbar. Nach dem Gourmetessen vom Vortag eher ein kulinarischer Niedergang. »Kann ich denn noch eine Weile hier wohnen bleiben? Bis ich was gefunden habe?«

Gaby prostet Anna zu. »Du kannst hier wohnen, solange du willst. Bis zum Tag des Boxhandschuhs ... Nein ernsthaft, ich bin froh, nicht mehr allein zu sein. Einsamkeit steht mir nicht.«

»Danke«, sagt Anna. Das Wort ist ihr immer schon schwergefallen. Aber sie ist Gaby tatsächlich dankbar. Womöglich würde sie sonst in Berlin auf der Straße sitzen. Ihr Lächeln ist aufrichtig, und das Thema der Privatsphäre ihrer Wohnung wird sie ein andermal ansprechen. »Aber bevor ich große Pläne mache, muss ich der Sache mit Robert auf den Grund gehen. Ich spüre es, da ist irgendwas faul. Vielleicht hat ihn der BND gekidnappt … wegen seiner Recherchen, du weißt schon.«

»Jetzt aber.« Gaby ist aufgestanden und hat die leeren Teller in der Hand. »Deine blühende Fantasie war schon in Redaktionszeiten berühmt-berüchtigt.«

Anna antwortet nicht, sondern hilft beim Ab- und Einräumen in die Spülmaschine. Sie dachte immer, dass Fantasie zu ihren guten Eigenschaften gehört. »Ich geh mal raus eine rauchen. Kennst mich doch. Ich bin der Bullterrier, der nicht loslassen kann.«

Gaby weiß es und überlegt, welche Strategie die geschickteste wäre. Und dann entscheidet sie sich für eine Variante, der sie im Leben selten gefolgt ist: die Wahrheit.

Als Anna vom Rauchen zurückkommt, schenkt sie zwei Gläser ein mit der Bemerkung, dass noch eine zweite Flasche im Kühlschrank sei. »Ich muss dir jetzt was gestehen, Anna.«

Oh Gott, sie hat ihre Mutter doch ermordet! Anna greift nach dem Weinglas.

»Es geht um Robert. Unseren Robert.«

Anna ist erleichtert, erst der zweite Gedanke gilt dem Possessivpronomen.

Gabys Gesicht ist fleischgewordenes schlechtes Gewissen. »Weißt du, wir hatten mal kurz was, Robert und ich. Das war in der Phase, in der ich so unglücklich war, dass ich

Jakob mit allem betrogen hätte, das zwei Beine und einen Schwanz hat.«

Sie schließt die Einbeinigen aus, denkt Anna und brütet sekundenlang über die Diskriminierung in der Sprache. Sie greift wieder nach dem Weinglas. »Du hast Robert umgebracht, willst du mir das sagen?«

»Blödsinn.« Gaby steht auf und holt aus der Küche die zweite Flasche. »Hältst du mich für eine Massenmörderin oder was? Tatsache ist, dass Robert hier anrief vor ein paar Tagen. Er hat sich entschuldigt, dass er mir nicht zum Tod meiner Mutter kondoliert hat. Und dann kamen wir ins Gespräch, und ... wie soll ich sagen ... wir haben uns getroffen. In der Stadt. Und irgendwie sind da wieder alte Gefühle aufgebrochen, nein, ich bin nicht unsterblich verliebt oder so was. Aber wir sind in seine Wohnung und hatten dort Sex. Er ist kein übler Liebhaber, viel besser als Jakob, aber natürlich kommt keiner an den Yogalehrer ran. Obwohl, der hat die Sache immer so endlos ausgedehnt. Das konnte schon auch in Langeweile ausarten.«

»Früher hast du nie über Sex geredet«, sagt Anna. Sie ist nicht wirklich überrascht. Ein ganz klein wenig gekränkt vielleicht. Obwohl es ja nicht so ist, dass Robert sie betrogen hätte.

Gaby lacht. »Vielleicht werde ich auf die alten Tage noch frivol, wer weiß? Jedenfalls haben wir uns danach noch einmal getroffen, und er klagte mir sein Leid, weil neben seinem Haus gebaut wird und er doch sein Manuskript fertig schreiben muss.«

»Mata Hari in Bonn.«

»Genau. Und da fiel mir ein, dass wir doch diese Finca auf Mallorca haben. Liegt total einsam in den Bergen, aber mit einem tollen Meerblick. Irgendein spanisches Ehepaar kümmert sich darum, und eigentlich wollte ich das Haus längst verkauft haben, weil ich lieber in Hotels wohne.«

Da könnte ich hinziehen, denkt Anna. Dazu müsste ich nur noch Spanisch lernen und eine Idee zum Geldverdienen haben. »Du solltest es nicht verkaufen. Außer du brauchst die Kohle.«

Gaby schüttelt den Kopf. »Nein. Also, um es kurz zu machen, ich habe Robert angeboten, dass er in der Finca wohnen kann, um dort sein Buch zu Ende zu schreiben. Vier Wochen oder so. Er fand das eine großartige Idee … Du bist doch nicht böse, oder?«

»Warum sollte ich? Ich hatte ja nie was mit Robert«, erwidert Anna. Aber ein Stückchen beleidigte Leberwurst ist schon in ihr, und sie beißt davon ab. »Das hättest du mir aber auch früher sagen können. Oder er. Weil ich mir wirklich Sorgen gemacht hab – und du wusstest das!«

Gaby findet, dass es mit der Zerknirschung reicht. »Ihm wurde am Flughafen sein Handy geklaut. Er hat mich dann vom Haustelefon angerufen und sich inzwischen ein neues besorgt. Er wollte dich ja zurückrufen. Jedenfalls, jetzt weißt du es. Du musst dir keine Sorgen mehr um Robert machen.«

Nie mehr, denkt Anna. Sagt: »Dann ist es ja gut. Können wir da nicht auch einmal hinfliegen?«

Gaby errötet, Anna sieht es ganz genau.

»Na klar können wir das. Tatsächlich fliege ich übermorgen. Für eine Woche oder so. Ein bisschen Wärme tanken.«

Jetzt fühlt sie schon so was wie Neid. Finca und Wärme und Meerblick und Sex. Immer nur lächeln, Anna. »Das verstehe ich gut …«

»Weißt du, ich hatte mal kurz was mit so einem Ministerialtypen von der Staatskanzlei in Düsseldorf. Und der hat mich vorgestern angerufen, wegen der alten Zeiten und so. Und er hat mich – ganz im Vertrauen natürlich – in Sachen Corona gewarnt. Die Pandemie – ja, so nannte er es – würde jetzt zum Politikum. Am 13. März verabschieden sie in Düsseldorf ein Maßnahmenpaket. Der Gau sag ich dir! Die schließen Schulen und Kindergärten! Großveranstaltungen werden verboten. Amüsierbetriebe, Kinos, Museen zugemacht ... Und er meint, die Restaurants und Cafés und Bars kommen auch noch dran, wenn die Zahlen weiter so steigen. Friseure, stell dir vor! Fitnessstudios. Ist das nicht furchtbar? Sie arbeiten wie wild an Hygienekonzepten.«

»Kann ich mir nicht vorstellen«, sagt Anna. »Die können ja nicht einfach so alles zumachen. Und was heißt Hygiene?«

»Weiß ich doch auch nicht. Aber sie können. Warum sollte er mich anlügen?«

»Und vor diesem Schreckensszenario flüchtest du dich in Roberts Arme.«

Das klang selbst in Annas Ohren ein wenig bitter. So wie der Rosenkohl schmeckte.

Gaby legt ihre Hand auf Annas. »Nun sei doch nicht böse auf mich. Ich will nur nach dem Rechten sehen, ein paar Tage Sonne tanken, okay, etwas Sex haben. Dafür hast du das Haus hier ganz für dich. Und das Auto kannst du auch benutzen, wenn du willst. Und ich verspreche dir, dass wir zwei auch mal hinfliegen. Wenn es wärmer ist und man den Pool nutzen kann. Im Mai vielleicht ...«

»Gibt's dort kein Corona?«

Gaby hebt die Schultern. »Keine Ahnung. Aber so schlimm wird es wohl nicht sein. Ist ja eine Insel. Ich fliege wie gesagt übermorgen. Du könntest mich zu Flughafen bringen.«

»Ist gut«, sagt Anna. Sie ärgert sich über Robert und mehr noch über sich selbst. Wie blöd, sich Sorgen um den Idioten zu machen. Gaby hat recht, ein gewisser Hang zur Dramatik kann bisweilen in Paranoia ausarten. Vielleicht, weil im real existierenden Leben der Anna Marx nicht viel passiert. Abgesehen von verschwundenen Freunden, die sich ihr Handy klauen lassen. Giftmischerinnen. Alterskranken Diven, die aus dem zweiten Stock stürzen. Es war surreal, erst der Gesang und dann der Fall. Dazu das sachkundige Publikum, das immerhin von Applaus absah.

Dröges Leben. Außer einer Freundin und Auftraggeberin, die Anna jetzt schon zweimal getäuscht hat. Von wegen rheinische Frohnatur!

»Du bist sauer auf mich. Gib es zu.« Gaby sieht Anna mit einem Lächeln an, das um Verzeihung bittet. Oder zumindest so aussieht.

»Ein bisschen schon. Weil du ja wusstest, dass ich nach ihm suche. Ich bin schon so alt, ich mag meine Zeit nicht mehr verschwenden.«

»Du bist nicht alt«, sagt Gaby.

Das Thema, das beide bewegt, wenn auch auf unterschiedliche Weise. Anna weiß hier und jetzt nur, dass sie so bald wie möglich ausziehen muss. Sie weiß nur noch nicht, wie sie das anstellen könnte. »Mental nicht, da bin ich irgendwo bei fünfundvierzig stehen geblieben. Aber ich bin nicht wegen dir und Robert böse, wirklich nicht. Es ist doch schön, wenn du jemanden gefunden hast, dem du vertraust.«

Die steile Falte zwischen den Augenbrauen. Die lässt sich nicht wegbotoxen. Gaby trinkt ihr Glas leer. Sie hat drei Pfund zugenommen, seit Anna in Bonn ist. Sie ist sich keineswegs sicher, dass es eine gute Idee war, Robert in ihr Leben und in die Finca zu lassen. So eine spontane Idee nach dem Sex. Und dass der toll war, ist auch gelogen. Er war okay. Eine Angelegenheit im Dunkeln. Im Grunde war ihr Yoga-Typ der Sexiest Man Alive. Danach kam nichts mehr, kommt nichts mehr. Und da ist sie wieder, diese Verzweiflung über ein Leben, das Gabriele Lehmann, geborene Hellich, so viele Jahre verschlafen, verschwendet hat. Sie kann sich nicht mehr daran erinnern, wie es ist, jung zu sein. Annas Anwesenheit tröstet. Weil es der noch schlechter geht, immerhin ist sie pleite. »Sobald es warm genug ist, fliegen wir beide nach Mallorca, Anna. Versprochen.«

Anna lächelt nur. Breit, wie es so ihre Art ist.

20

Sie hat heute schon wieder damit gedroht, ihren Zuschuss zu streichen. Als wären Kinder nicht verpflichtet, ihre Eltern zu unterstützen. Hat sie vergessen, dass ich sie anzeigen könnte? Mein eigen Fleisch und Blut!

Sie war immer schon ein oberflächlicher, boshafter Mensch. Ein Kind, das mir fremd war, eine unerreichbare Jugendliche und charakterlose Erwachsene.

Geld ist ihr Maß aller Dinge. Geld war der Grund für die Ehe mit Jakob. Geld der Grund, dass sie ...

Sie kommt mich nur besuchen, damit die Leute denken, dass sie sich um ihre Mutter kümmert. In Wahrheit sieht sie aus dem Fenster, wenn sie bei mir ist. Erzählt mir von Dingen, die mich nicht interessieren. Der Bonner Gesellschaft. Der neuesten Mode. Der Designer-Handtasche, die sie sich gekauft hat ...

Kein Wunder, dass Jakob sie bald durchschaute – und verachtete. Er ist auf ihr hübsches Gesicht hereingefallen und ihr sonniges Wesen, mit dem sie geschickt verbirgt, wie hohl und kalt sie wirklich ist.

Lisbeth und Gabriele sind grundverschieden. Kein Wunder, dass sie sich nie mochten, schon als Kinder nicht. Manchmal denke ich darüber nach, dass Gabriele gar nicht meines ist, im Krankenhaus vertauscht wurde. Es passieren die seltsamsten Dinge ...

Furchtbares geschieht. Heute habe ich meine Brille gesucht. Ich habe sie im Speisezimmer auf dem Tisch vergessen. Wahrscheinlich, weil mich unsere Operndiva so genervt hat. Ständig hat sie was runtergeworfen. Oder auch, weil die Demenz mich langsam, aber sicher an-

kriecht. Der Feind in meinem Inneren. Ich weiß, dass ich ihn nicht besiegen kann.

Der gute Doktor hat die Diagnose gewissermaßen bestätigt. Er sprach darüber, als ob es eine Erkältung wäre. Du nimmst diese und jene Pillen, die kaum nützen, dir aber die Illusion vermitteln, du könntest die Krankheit wegschlucken. Doch in Wirklichkeit wartest du darauf, dass der Körper schneller aufgibt als der Geist. Der gnädige Tod aus heiterem Himmel. Aber genau das ist die Crux. Der Gedanke, die Kontrolle zu verlieren, macht mich erst recht wahnsinnig. Ich bin eine Wahnsinnige. Durch nichts und niemanden aufzuhalten.

Heute ging ich aus meinem Apartment und wusste nicht, ob ich zum Lift nach links oder rechts musste. Absolute Leere. Ich stand da und starrte auf das Flurlicht, als ob es mir den Weg weisen könnte. Da kam Willi vorbei. Ich tat so, als ob nichts wäre, und folgte ihr einfach. Nach rechts, dorthin, wo der Lift ist. Rechtsrechtsrechts. Ich muss es mir einprägen. Habe angefangen, mir Notizen zu machen und an die Pinnwand im Klo zu heften.

Habe die letzten Besuche von Gabriele kurzfristig abgesagt. Ich fühle mich nicht wohl, sagte ich ihr, und sie schien nachgerade erleichtert, mich nicht sehen zu müssen. Dafür kam Lena zu Besuch, spontan, sagte, sie hätte in Bonn zu tun und wie lange wir uns nicht gesehen haben. Spontane Ereignisse sind mir ein Gräuel. Aber ich tat so, als freute ich mich. Wir tranken Tee, und sie erzählte mir von ihren Geschäften, die schlecht liefen. Was sollte mich das kümmern? Doch dann rückte sie mit der Wahrheit heraus: Lena wollte ihr Bestattungsgeschäft im Paradies vorstellen, und ich sollte ihr dabei helfen. Hatte Prospekte mitgebracht mit ihren Urnen und Särgen. Wollte eine Begräbnis-PR-Show durchziehen im Advent. Mit Glühwein und Stollen und warmen Worten zur höchstpersönlichen Vorsorge im Sterbefall. Und ich sollte ihr dabei helfen. Tja, den Zahn habe ich ihr gezogen. Eine Urne hatte ich ja schon gekauft, das sollte ihr genügen. Sie war nicht glücklich, als sie ging. Ich hatte ihr von meinem selbst gebrauten Tee eingeschenkt. Sehr gering dosiert. Immerhin waren wir mal Kolleginnen, Freundinnen.

Ich brauche Geld. Gabriele kann ich nicht fragen. Ich brauche Geld, weil ich beim Glücksspiel verloren habe. Ich Idiotin. Als ob ich nicht wüsste, dass ich eine durchschnittliche Bridge-Spielerin bin. Nein, es musste auch noch die kleine Poker-Runde bei Nina sein. Anfangs habe ich nur aus Neugierde mitgemacht. Aber irgendwann hat es mich dann gepackt. Eine späte Leidenschaft. Friedrich hat sie beim Alterssex gefunden. Alma in ihrem Fitnesswahn, mit dem sie den Tod zu besiegen hofft. Die Baronin lebt für ihr Bridgespiel. Und ich liebe Poker. Seltsam, dass ich erst jetzt darauf gekommen bin.

Doch leider verliert man beim Poker öfter, als man gewinnt. Und jetzt muss ich sehen, wie ich zu Geld komme. Ich will meine Uhr wiederhaben. Aber Willi behauptet, dass sie sie verloren hat. Hält die mich für blöd? Sie hat sie verkauft, da bin ich ganz sicher. Ich habe in meinem Leben keine Reichtümer oder Preziosen angehäuft. Also wüsste ich nicht, was ich verkaufen könnte, um meine Spielschulden zu bezahlen.

Das einzig Wertvolle ist mein kleiner Garten. Der giftige Teil. Diese wunderschönen Pflanzen und Kräuter, der Blaue Eisenhut oder der Rote Fingerhut.

Letzterer erinnert mich an Gabriele. Außen wunderschön und innen toxisch. Pflanzen, so habe ich vor langer

Zeit gelernt, können nicht weglaufen, also schützen sie sich mit Gift vor ihren Feinden. Ob das auch auf Gabriele anwendbar ist? Oder auf mich? Weit laufen kann ich auch nicht mehr.

Auszüge aus den Briefen, die Marion Hellich an sich selbst schrieb. Sie beginnen immer mit »Liebe Marion«, tragen aber weder Datum noch Unterschrift. Ein Tagebuch in Briefform. Anna hat ihre Schwierigkeiten mit Marions Handschrift, doch sie liest sich ein und markiert die interessanten Stellen mit rotem Stift. Kein gutes Wort für Gaby. Eine Poker-Runde im *Paradies*. Also hatte nicht nur die Direktorin Spielschulden, sondern auch Marion. Die eine beim Roulette, die andere beim Poker. Und wer war noch dabei beim illegalen Glücksspiel – außer Marion und der Direktorin? Anna hat vor, es herauszufinden, sie wird nach dem Mittagessen im *Paradies* erwartet. Also hat sie lange geschlafen, ausgiebig gefrühstückt und sich dann in ihr Apartment zurückgezogen, um Marions Briefe zu lesen.

Gaby war schon früh joggen und ging nach Kräutertee und Müsli in ihre Gemächer, um zu packen. Die Stimmung ist ein bisschen angespannt, es muss an Annas unterschwelliger Aggression liegen. Denkt Gaby. Sie entschuldigt sich dafür, immer noch keine Putzfrau gefunden zu haben, und Anna versichert, dass sie gut ohne auskomme. Sie habe in ihrem ganzen Leben noch nie jemanden dafür bezahlt, ihren Dreck wegzumachen.

In Hotels aber schon, sagt Gaby und hat in dieser Sache das letzte Wort. Sie wird Anna noch mit allem, was das Haus betrifft, vertraut machen, bevor sie nach Mallorca fliegt. In die Wärme. Weg von den Meldungen, die sich mehr und mehr um diese bescheuerte Coronaseuche drehen. Weg von Anna, die nach der Wahrheit um Jakobs Tod nun auch noch die Geschichte mit Robert verkraften muss. Gaby weiß schon, dass sie ihr mit beidem einiges zugemutet hat. Andererseits hat ihr Anna eine saftige Rechnung geschrieben. Klar, das hatten sie vereinbart, der Tagessatz war auch im Rahmen, wenn nicht ein Freundschaftspreis. Aber das Ergebnis war für die hohe Summe dann doch mager. Wofür Anna vermutlich nichts kann, denkt Gaby. Immerhin hat sie Marion posthum als Giftmischerin entlarvt. Wie konnte Mutter es wagen, sie anzuklagen, wenn sie selber …

Diese Gedanken schiebt Gaby jetzt zur Seite. Sie überlegt lieber, ob sie die blaue oder die rote Golfjacke einpacken soll. Mehr Pullover oder T-Shirts? Unwichtige Entscheidungen sind ihr schon immer schwergefallen. Zwei Cocktailkleider fürs Ausgehen. Sie wird Robert einladen, doch er muss nicht denken, dass sie die goldene Gans ist, die für ihn Eier legt. Sollte er allerdings ein berühmter Autor werden, wäre das Gleichgewicht der Kräfte schon interessanter. Dann könnte es sein, dass sie sich in ihn verliebt.

Anna hat die Briefe gelesen, die Tageszeitungen, die Notiz, die Gaby ihr geschrieben hat. Zur Alarmanlage. Den automatischen Rollläden. Mit den Notrufnummern für alles, was im Haus kaputtgehen könnte. Anna weiß, sie wird sich einsam fühlen, wenn Gaby weg ist. Einfach, weil die verdammte Hütte so riesig ist. Sie könnte eine Party geben, denkt Anna. Ein paar Leute aus dem *Paradies* einladen, andere kennt sie ja nicht mehr in Bonn. Elfi, die Yogalehrerin. Lena Berg, die Bestattungsfrau. Vielleicht könnte sie sich von ihr ein paar Tipps holen, denn tatsächlich spielt sie mit dem Gedanken, Ähnliches zu versuchen. Ein todsicheres Geschäft, wenn man einmal drin ist. Krisenfest, denn Leute sterben immer. Man braucht nur einen Gewerbeschein und ein paar Vermarktungsideen. Einen Leichenwagen. Anna denkt von sich, dass sie sogar ein Talent für Grabreden hat. Und eine schöne, tiefe, tragende Stimme. Ein wenig heiser manchmal. Das kommt vom Rauchen. Aber damit wollte sie ohnehin in diesem Jahr aufhören. 2020 soll das Jahr werden, in dem alles neu ist. Annas Wohnort, Annas Job, Anna, die Sport treibt, gesünder isst, nicht mehr raucht und wenig trinkt.

Darüber muss sie lachen. Wenn sie lacht, bekommt sie oft Schluckauf. Ein unerotisches Phänomen, das einige romantische Situationen versaut hat. Luft einatmen und halten mit aufgeblähten Backen ... Wie sieht das denn aus? Nun gut, die Romantik hat sich aus ihrem Leben ohnehin verabschiedet, so wie einiges andere auch. Kein Grund zur Panik. Luft anhalten. So lange, bis das Zwerchfell aufgibt. Lippen nachziehen. Ein paar Barthaare am Kinn mit der Pinzette ausrupfen. Alles wandert nach unten irgendwie. Oder sackt. Wie gewohnt schneidet sie eine Grimasse, bevor sie sich von ihrem Spiegelbild verabschiedet. Und dann von Gaby, die immer noch in ihrem Ankleidezimmer steht und sich nicht entscheiden kann.

So wie sie neben Jakob stand und nicht entscheiden konnte, die Notrufnummer zu wählen. Annas böser Gedanke, während sie »Tschüss, bis heute Abend« sagt. Anna wird auf dem Rückweg zum arabischen Imbiss gehen und Essen mitbringen – Hummus, Falafel, Salate. Last Supper, denn am nächsten Morgen fliegt Gaby. Ihr Angebot, dass Anna die Wohnung nutzen kann, so lange sie möchte, ist verlockend. Und schrecklich. Klingt nach Gnadenbrot. Und so stapft Anna mit düsteren Gedanken durch Godesbergs Villenviertel hinunter zum Rhein. Ins *Paradies*. Sie muss die Direktorin fragen, wer auf diesen bescheuerten Namen gekommen ist.

»Es war Max. Mein Ex. Er hat es wohl scherzhaft gemeint, aber ich fand es eine wunderbare Bezeichnung für ein Seniorenheim. So hoffnungsvoll irgendwie.«

Sie sind in Nina Winklers Büro, das an diesem Tag erstaunlich aufgeräumt ist. Anna denkt, dass es dem Doktor ähnlich sieht, seine Zynismen auch noch zu verewigen. Anna fragt unverblümt nach der Poker-Runde und erntet Schweigen. Dann: »Wer hat dir denn das erzählt?«

»Marion hat so eine Art Tagebuch geführt. Wer war denn noch mit von der Partie?«

Zu viele Geheimnisse, die mit Marions Tod an die Oberfläche gespült wurden. Die Rothaarige, die ihnen von Gaby Lehmann wie eine Laus in den Pelz gesetzt wurde, kann ganz schön lästig sein. Nina Winkler holt tief Luft. »Ein paar Leute aus dem Haus. Ein harmloser Zeitvertreib. Ich meine, alles, was die Leute unterhält oder geistig fit hält, ist ja durchaus zu begrüßen. Und wir haben nicht mit hohen Einsätzen gespielt. Wirklich nicht.«

»Trotzdem hatte Marion Schulden vor ihrem Tod. Hat sie jedenfalls geschrieben.«

Ach, daher weht der Wind. Nina winkt ab. »Marion war eine unbegabte Kartenspielerin, aber sie wollte ja unbedingt dabei sein. Bei allem. Nichts durfte ihr entgehen, also hat sie beim Bridge mitgemacht und beim Pokern. Wo sie meist verlor. Ich glaube, Max hat ihr ausgeholfen, als sie unbedingt weiterspielen wollte, aber pleite war. Unbedeutende Summen. Wir waren sowieso nur eine Amateurrunde.«

Sie sieht Anna schon beinahe flehend an. »Ich hab heute aber wirklich keine Zeit, mit dir zu plaudern. Zwei unserer

Pflegerinnen sind ausgefallen, und Willi weiß nicht, wo ihr der Kopf steht. Außerdem muss ich für die Versicherung einen Bericht zu Irmi Langer schreiben.«

»Oh Gott. Wie geht es ihr?«

»Sie ist im Johanniter. Oberschenkelhalsbruch, gebrochener Arm und diverse Prellungen und Schnittwunden. Aber sie kommt durch. Sagt der Arzt. Da sie keine Angehörigen hat, wäre es doch nett, wenn du sie besuchst.«

Anna hasst Krankenhäuser. »Klar, kann ich machen. Ist sie denn schon ansprechbar?«

»Ja, soweit es ihre Demenz zulässt.« Und damit öffnet die Direktorin ihre Tür und komplimentiert Anna hinaus. »Am besten, du schaust auch bei der Baronin vorbei. Sie schien mir heute Morgen ein wenig depressiv.«

Anna verlässt folgsam das Büro.

In der Lobby begegnet sie Friedrich von Hempen, der sie begrüßt wie eine alte Freundin. »Sollen wir eine Tasse Kaffee miteinander trinken? Hier geht das Gerücht, dass Sie eine Spionin sind, aber meinetwegen können Sie mich ruhig aushorchen.«

Anna trinkt schwarz, ohne Zucker. Friedrich nimmt zwei Würfel und viel Milch. Sie tragen die Tassen nach draußen, und sie stellt sich neben den Aschenbecher.

»Waren Sie auch bei der Poker-Runde dabei?«

Er grinst, gibt ihr Feuer und schnorrt eine Zigarette. »Ein paarmal. Aber Glücksspiel ist nicht so meins, ich bevorzuge Bridge. Und Schach. Und Sex.«

»Mit wechselnden Partnerinnen«, sagt Anna und lächelt ihn entwaffnend an.

»Ja, warum denn nicht? Das ist doch der Witz an Sex – das Wechselspiel. Ich bin nun wirklich alt genug, um mir Unmoral leisten zu können.«

»Durchaus«, sagt Anna, ohne zu zögern. »Und wer spielte noch so mit?«

»Ich mag neugierige Frauen. Also, die Direktorin natürlich, die Baronin, die Yogalehrerin manchmal, der Doktor ... und Marion, die ständig verlor und trotzdem immer wieder auftauchte. Noch ein paar andere, die Sie nicht kennen. Es war meistens eine Fünferrunde mit wechselnder Besetzung, und es gingen keine wirklich großen Beträge über den Tisch. Aber Marion hat da sicher ein paar Hundert Euro gelassen im Lauf der Zeit.«

»Glauben Sie, dass Marion sich umgebracht hat?«

Er sieht auf seine Uhr. »Oh Gott, wir klatschen hier, und ich wollte doch Luise besuchen. Meine neueste Eroberung. Es geht ihr bloß nicht so gut, sie hat sich wohl einen Virus eingefangen. Marion? Möglich ist alles, aber ich kann es mir nicht vorstellen. Sie hat damit kokettiert, aber ich persönlich glaube nicht, dass sie es wirklich ernst meinte.«

»Bis zum nächsten Mal«, sind seine letzten Worte, dann eilt er durch die Tür ins *Paradies*. Anna löscht ihre Zigarette und folgt ihm.

Beatrice von Kesten senkt ihre Zeitung, als Anna nach kurzem Klopfen eintritt. Es ist wie immer kalt im Zimmer. Die Baronin trägt ein Nerzjäckchen über dem beigen Pullover, die übliche Perlenkette, einen karierten Rock, nur die Füße in dicken Socken stören das Gesamtkunstwerk. Durch die Lesebrille mustert sie ihre Besucherin mit einem Hauch von Zuneigung. »Hallo ... die Spionin gibt sich die Ehre. Haben Sie eine Zigarette für mich? Meine sind ausgegangen, ich habe eine Praktikantin gebeten, mir welche zu besorgen. Sie ist schon gefühlte Stunden weg, das dumme Ding.«

Anna setzt sich ihr gegenüber, den Parka lässt sie an. Sie rauchen erst einmal schweigend. Schließlich sagt Anna:

»Ich habe von der Direktorin gehört, dass Irmi Langer nicht mehr in Lebensgefahr ist.«

»Wie schön. Obwohl es besser gewesen wäre, wenn sie es geschafft hätte, nicht wahr? Bevor sie in den fünften Stock kommt. Da wollen wir alle nicht hin.«

»Davon sind Sie aber noch weit entfernt«, sagt Anna und meint es ehrlich.

Achselzucken. »Wer weiß das schon. Nichts wird besser, so viel steht fest. Und wer einmal da oben gelandet ist, kommt nur noch in der Waagrechten raus. Insofern kann ich Irmi schon verstehen. Sie hat durchaus ihre lichten Momente. Aber meistens ist sie eine Zumutung. Es war mir schleierhaft, warum Marion sich so hingebungsvoll mit ihr abgegeben hat. Irmi war wie ihr fetter Schoßhund, so kam es mir jedenfalls vor. Wahrscheinlich hat sie Marions Tod nicht verkraftet. Sie ist so allein, Willi ist die Einzige, die noch ab und zu nach ihr sieht.«

»Die Direktorin meint, ich sollte Irmi im Krankenhaus besuchen.«

Die Baronin kämpft mit einem kurzen Hustenanfall, und Anna schließt ungefragt die Balkontür.

»Tun Sie das, meine Liebe. Vielleicht erwischen Sie ja eine ihrer guten Minuten. Was halten Sie von dieser Corona-Geschichte?«

»Die Einschläge kommen näher, oder? Es wird gemunkelt, dass ab Mitte März ein paar Einschränkungen im öffentlichen Leben kommen. Sogar in ganz Deutschland.«

»Ach ja? Das hätten sie besser mal vor den Karnevalsorgien gemacht.« Sie schlägt mit der Faust auf die Zeitung. »Mir kommt die Landesregierung immer wie eine bessere Karnevalsgesellschaft vor. Sie dehnen die Büttenreden halt aufs ganze Jahr aus.« Sie senkt ihre Stimme: »Ich war früher Kommunistin, wissen Sie. Habe als junge Frau ein paar Jahre in Kuba zugebracht. Im Rückblick war das die aufregendste Zeit meines Lebens. Da habe ich übrigens auch Bridge gelernt.«

Anna pfeift anerkennend. »Und Sie pokern jetzt auch ...«

Ein scharfer Blick. »Ach das. Illegales Glücksspiel im *Paradies*. Haben Sie also auch schon rausgefunden. Was will Ihre Freundin damit erreichen, dass Sie hier rumschnüffeln?«

»Sie wollte wissen, ob ihre Mutter Selbstmord begangen hat. Das ist alles.«

Ihre Blicke kreuzen sich, und Anna gibt als Erste auf. »Ich denke, Marion Hellich ist so gestorben, wie es im Totenschein steht. Und damit wären wir am Ende dieser Geschichte.«

Ein kurzes, heiseres Lachen. »Na, Sie geben aber schnell auf, Anna Marx. Selbstmord war es nicht, das glaube ich auch. Aber da gibt es ja noch eine dritte Möglichkeit, oder?«

Annas Auftrag ist beendet, doch ihre Neugierde ist unbezahlbar. »Mord?!«

Frau von Kestens Augen ruhen auf Annas Zigarettenpackung. Sie antwortet erst, nachdem sie einen tiefen, genüsslichen Zug gemacht hat. »Na ja, eigentlich haben Sie mich erst auf den Gedanken gebracht. Mit Ihren vielen Fragen. Wenn wir mal jegliche Pietät gegenüber den Toten außer Acht lassen, dann war Marion tatsächlich die Schlange im Paradies. Sie sammelte Informationen über uns alle. Sie wusste zum Beispiel, dass mein Enkel den Rauchmelder außer Gefecht gesetzt hat. Ich hab es wohl Irmi gegenüber mal erwähnt. Jedenfalls hat Marion uns allen gegenüber so kleine Andeutungen gemacht, was sie alles wusste. Die Direktorin eingeschlossen. Unser Yoga-Mäuschen auch. Und es würde mich nicht wundern, wenn sie beim ein oder anderen eine Erpressung versucht hat. Wir hüten doch alle unsere kleinen Geheimnisse.«

»Und dann noch ihr Giftgarten«, sagt Anna.

»Genau! Und die Teepartys mit Folgen ... Obwohl man bei uns alten Hennen ja nie wissen kann, ob es nicht doch ein natürlicher Tod war. Ich denke ja, dass der Doktor mit ihr unter einer Decke steckte. Die hatten eine Art Beziehung, die schwer zu durchschauen war.«

»Aber warum sollte er sie dann umbringen?«

Giftig: »Das habe ich doch nicht gesagt. Ich glaube eher, dass eines ihrer Erpressungsopfer der Sache etwas nachgeholfen hat. Was hat man in unserem Alter denn noch groß zu befürchten? Lebenslänglich?« Ihr Lachen geht in Husten unter.

Anna ignoriert es. »Oder es war die Direktorin. Was hatte Marion über Nina Winkler wohl alles in der Hand?«

»Ihre Spielschulden natürlich. Und zwei illegal Beschäftige: eine Putzfrau und der Mann, der die Gartenarbeit macht. Mehr fällt mir dazu nicht ein. Vielleicht hat Nina im obersten Stockwerk ein illegales Bordell betrieben ... ein Scherz. Elfi Pilz jedenfalls hat Marion gehasst. Das war ganz offensichtlich.«

»Warum gehasst?«

»Weil Marion was von einem Ladendiebstahl herausgefunden hat. Und einmal in der Bridge-Runde ausstreute, dass Elfi ein heimliches Verhältnis mit einem Pfarrer haben soll.«

Anna hat einen Konditor in Erinnerung, aber warum nicht? Und was hatte Marion gegen die Baronin sonst noch in der Hand, abgesehen von der Geschichte mit dem Rauchmelder? Ach ja, die soll beim Bridge schummeln. Anna hält es für klüger, dies nicht zu erwähnen. »Aber die Frau muss doch auch ein paar gute Eigenschaften gehabt haben?«

Beatrice denkt nach, fröstelt. »Ja sicher. Sie war freundlich und hilfsbereit, immer zur Stelle, wenn man sie brauchte. Anfangs dachten wir alle, dass Marion ein Gewinn für das *Paradies* wäre. Bis sie so nach und nach ihr wahres Gesicht zeigte. Aber da war es schon zu spät, da wusste sie schon zu viel.«

Die Baronin lehnt sich erschöpft zurück. Es klopft an der Tür, und die Praktikantin erscheint mit einer Stange Zigaretten. Sie legt sie mit dem Wechselgeld auf den Tisch und erntet nur ein ungnädiges »Waren Sie in der Zwischenzeit auf dem Mond?«

Als sie draußen ist, schließt Beatrice von Kesten die Augen. »Die Wahrheit ist so anstrengend«, flüstert sie. »Ich glaube, ich brauche jetzt ein wenig Ruhe. Sie können morgen wiederkommen, vielleicht unternehmen wir dann einen kleinen Spaziergang, wenn das Wetter es zulässt … Und machen Sie die Balkontür wieder auf, bevor Sie gehen. Und geben Sie mir die Decke, die auf dem Bett liegt. Und stellen Sie das Radio an. Deutschlandfunk Kultur. Danach sind Sie entlassen …«

Anna ist schon an der Tür, als die Baronin sagt: »Sie sollten zum Doktor gehen. Der weiß sicher mehr als wir alle.«

21

»Marion hatte Angst vor dem Doktor.«

Der Satz fällt, kurz nachdem Anna am Köln/Bonner Flughafen vorgefahren war. Haltezone. Sie fragt zurück, wie Gaby jetzt darauf käme?

Gaby steigt aus und holt ihr Gepäck aus dem Kofferraum. »Keine Ahnung, fiel mir grad ein, sie hat es wohl mal erwähnt.«

»Und war die Angst begründet? Hat sie noch was gesagt?«

»Ich glaub nicht. Aber ich hab ihr bei den Besuchen oft gar nicht zugehört. Es war so langweilig im *Paradies* ... Du, ich muss los. Danke fürs Fahren und hab eine schöne Zeit. Wenn irgendwas ist ... Handy oder Festnetznummer.«

»Klar«, sagt Anna. »Genieß die Sonne – und Grüße an Robert.«

Das musste noch sein. Anna startet den Wagen und winkt Gaby kurz zu, bevor sie ausschert. Der Porsche fährt sich gut, doch das ist nach zwanzig Jahren mit einem alten Jaguar kein fairer Vergleich. Ein komisches Gefühl, wieder am Steuer zu sitzen. Sie tritt aufs Gas, als sie auf der Autobahn ist, und denkt über den Satz nach. Hieß es nicht, dass die beiden was miteinander hatten, Marion und der Doktor? Aber Gerüchte blühen im *Paradies* wie Christrosen im Winter. Sie wird Max Wieland fragen müssen.

Sie schaltet das Radio ein, um die Nachrichten zu hören. Der Sprecher berichtet von einem ersten Maßnahmenpaket der Landesregierung zur Eindämmung des Coronavirus in Nordrhein-Westfalen. Ab 13. März werden die Besuche in Alten- und Pflegeheimen sowie Kliniken beschränkt. Ab

16. März sollen Grundschulen und weiterführende Schulen geschlossen werden. Der Vorlesungsbeginn wird bis zum Ende der Osterferien verschoben. Landeseigene Kultureinrichtungen werden ab sofort bis nach Ostern für die Öffentlichkeit geschlossen. Veranstaltungen, auch mit weniger als tausend Teilnehmern, sollen abgesagt werden, sofern sie nicht unbedingt nötig sind. Die Regierung hat das Infektionsgeschehen unter Kontrolle. Es sind reine Vorsichtsmaßnahmen. So der Nachrichtenmann. Er hat eine schöne Stimme, und sie klingt nicht besorgt.

»Wie gut, dass ihr euren Karneval noch über die Bühne gekriegt habt«, sagt Anna zu ihm. Sie steht auf Stimmen und glaubt nicht, dass die Regierung diese Geschichte unter Kontrolle hat. Sie öffnet das Seitenfenster und zündet sich eine Zigarette an, während sie den Fuß vom Gaspedal nimmt. Rennfahrerin wäre sie auch gern geworden, aber das war noch illusorischer als Boxen. Sie bereut eher die Dinge, die sie *nicht* getan hat als jene, die sich als falsch erwiesen. Und jetzt stehen wieder Entscheidungen an, denen sie sich stellen muss. Wie verdient sie künftig ihr Geld, weil sie von der Rente nicht leben kann? Schafft sie es, eine eigene, bezahlbare Wohnung zu finden? Wäre ja möglich, dass Robert in die Villa einzieht, und dann wäre Anna Marx definitiv das dritte Rad am Wagen. Ja, es kränkt sie, dass er zu feige war, sie anzurufen. Die meisten Männer, die Anna in ihrem Leben näher kennenlernte, waren in Gefühlsdingen die allerletzten Angsthasen. Frauen in ihrer überragenden emotionalen Intelligenz stellen sich jedem Zweikampf dieser Art, auch wenn sie damit rechnen müssen, als schwer verletzte Verliererin vom Schlachtfeld zu kriechen.

Sie überlegt, ob sie direkt zum *Paradies* fahren soll, und entscheidet sich dafür. Wenn erst Besuchsbeschränkungen für Altersheime gelten, kann es sein, dass sie gar nicht mehr reinkommt. Und der Doktor muss ihr noch ein paar Fragen beantworten. Anna, der Bullterrier. Eine Weile hat sie sogar mit dem Gedanken gespielt, sich einen anzuschaffen. Ein Wesen, das die Einsamkeit mindert. Aber dann schreckte sie vor der Verantwortung zurück, vor den Kosten und davor, bei jedem Wind und Wetter mit dem lieben Vieh in den nächsten Park zu gehen. Also bleibt es dabei, dass sie jedem Bullterrier, dem sie begegnet, mit Wehmut nachschaut. Vielleicht nächstes Jahr, denkt Anna und parkt vor dem *Paradies* ein.

Es ist einer dieser Tage, die den Frühling erahnen lassen. Sonnenstrahlen, die kaum wärmen, aber mehr verheißen. Wolken, die am blauen Himmel flanieren. Ein Flugzeug zieht Kondensstreifen hinter sich her. Entlang des Rheins tummeln sich Radfahrer und Jogger. Anna kann die Kirschblütenzeit in der Altstadt kaum erwarten. Und stapft den Kiesweg hinauf zur Seniorenresidenz.

Sie trifft Nina Winkler am großen Aschenbecher vor dem Eingang. Mit einer Zigarette in der Hand.

»Hast du jetzt angefangen zu rauchen?«

Die Direktorin sieht Anna an, als wünschte sie sie zur Hölle. »Nein. Nur hier und jetzt. Ich bin völlig mit den Nerven runter, wie du dir vorstellen kannst.«

Kann sie nicht, Anna nickt dennoch.

Nina holt tief Luft. »Schriftliche Anweisungen aus dem Gesundheitsministerium: Wir müssen ein Hygienekonzept erarbeiten. Wegen dieser Corona-Geschichte. Und Besuchsbeschränkungen erlassen. Und das Personal soll Masken tragen. Woher ich die nehmen soll, sagt mir aber keiner. Geschweige denn, wer sie bezahlen soll. Ich habe in drei Apotheken angerufen, Masken sind ausverkauft. Und Desinfektionsmittel. Ich habe Max gebeten, mir was zu besorgen, und er will es versuchen. Und als ob das nicht alles schlimm genug wäre: Unser Neuzugang, Luise Huber, musste ins Krankenhaus. Verdacht auf Corona. Wenn sich das bestätigt, stellen sie uns alle unter Quarantäne. Dich übrigens auch, du warst ja fast jeden Tag hier.«

Sie redet sehr schnell und in hohem Ton, und was sie sagt, gefällt Anna ganz und gar nicht. »Dann werden doch sicher alle erst einmal getestet, oder?«

»Keine Ahnung, ja vermutlich. Aber wer testet wo? Ich versuche seit Stunden, das Gesundheitsamt anzurufen. Meinst du, da geht einer ran? Es ist immer nur besetzt. Im Ministerium auch. Und sag bloß kein Wort zu einem unserer Gäste. Außer mir wissen nur Max und Willi Bescheid. Oh Gott, ich weiß überhaupt nicht mehr, wo mir der Kopf steht. Zu wem willst du heute?«

»Zur Baronin. Und vielleicht noch zum Doktor.«

»Bist du etwa auch krank?«

Sie geht einen Schritt zurück, Anna findet das komisch. »Nicht, dass ich wüsste. Raucherhusten, das ist alles. Tut mir wirklich leid, dass du so im Stress bist. Wenn ich irgendwie helfen kann?«

»Vielleicht die Apotheken abklappern, ob es noch irgendwo Masken oder Desinfektionsmittel zu kaufen gibt.«

»Kann ich machen. Wie viel?«

»Alles, was du kriegen kannst. Die Rechnung sollen sie an mich schicken.«

Warum hat sie das gesagt? Anna bereut ihre spontane Hilfsbereitschaft. Sie kann Nina Winkler nicht einmal besonders leiden. Subaporn schon. Ach was, sie hat ja ohnehin nichts zu tun.

Nina Winkler zeigt nach oben. Der Doktor steht am Fenster und raucht. »Frag ihn doch, ob er schon was erreicht hat in Sachen Hygieneartikel. Dann musst du vielleicht gar nicht los.«

»Mach ich.« Anna versucht ein aufmunterndes Lächeln. Sie möchte nicht in Nina Winklers Haut stecken, jetzt schon überhaupt nicht. Ein Altersheim in Quarantäne scheint der Hölle näher als dem *Paradies*. Auf dem Weg zum Lift begegnet sie Friedrich von Hempen, der sie fragt, ob sie schon von Luises Pech gehört habe.

»Ja, sie musste ins Krankenhaus ... Hoffentlich ist es nichts Schlimmes!«

Er senkt seine Stimme: »Hohes Fieber und böser Husten, dabei kam sie mir immer topfit vor. Die Rettungsleute haben mir gesagt, dass ich mich auch testen lassen soll. Von wegen Corona. Aber mir geht es doch gut.«

Wir brauchen wahrscheinlich alle Tests, denkt Anna. Sagt es aber nicht. Das sollen der Doktor und die Direktorin entscheiden. Sie erklärt, auf dem Weg zur Baronin zu sein.

»Wenn Sie den Doktor zufällig sehen, dann fragen Sie ihn gleich, wie es denn nun weitergehen soll. Die Chefin hat angefangen zu rauchen. Das ist kein gutes Zeichen.«

Anna sagt »Mach ich« und steigt in den Lift. Jemand hat *Fuck Corona* auf die Wand im Aufzug gesprüht. Graffiti im Altersheim? Sie denkt, dass es vielleicht eine der Praktikantinnen war.

Auf ihr Klopfen an der Tür reagiert die Baronin nicht. Als Anna sie vorsichtig öffnet, schreit Beatrice von Kesten laut »Draußen bleiben!«

»Wir wollten doch spazieren gehen.«

Die Baronin hustet anklagend: »Erst wenn wir wissen, ob dieses Weib uns alle angesteckt hat. So lange will ich hier niemanden sehen. Und Willi weiß Bescheid, dass sie mir das Essen vor die Tür stellen sollen.«

Wenn Anna das übertrieben findet, sagt sie es nicht. Sondern: »Ich melde mich dann«, bevor sie die Tür leise schließt. Sie geht weiter zum Büro des Doktors. Er sitzt an seinem Schreibtisch und telefoniert, gibt ihr ein ungeduldiges Zeichen, sich zu setzen. Nimmt den Hörer vom Ohr. »Hallo, Anna Marx. Ich bin in der Warteschleife des Gesundheitsministeriums. Ich denke mal, dass heute so ziemlich jede Pflegeeinrichtung in Nordrhein-Westfalen am Telefon hängt. Und das nennen die dann eine Corona-Hotline ...«

Er knallt den Hörer wütend auf die Gabel und zwingt sich zu einem Lächeln. »Wahrlich, wir leben in finstern Zeiten ... Was kann ich für Sie tun?«

»Müssen wir uns alle testen lassen, falls Luise Huber infiziert ist?«

Böse lächelnd: »Prinzipiell schon. Aber es gibt noch keine Tests – es sei denn, man wird ins Krankenhaus eingeliefert. Es gibt auch keine Masken, die sollen irgendwann nächste Woche verfügbar sein. Ich habe einen Apotheker-Freund, der überlässt uns ein kleines Kontingent, und was er noch an Desinfektionsmitteln dahat. Ein Freundschaftsdienst, ich muss das Zeug gleich bei ihm holen. Mögen Sie mitkommen nach Mehlem? Mit dem Bus allerdings, aber es gibt dort eine nette kleine Weinstube. Warteschleifen machen mich immer durstig.«

Warum nicht?, denkt Anna, sie wollte ohnehin noch einmal in Ruhe mit ihm reden. »Gern, und wir können das Auto nehmen, Gabys Wagen, sie ist heute nach Mallorca geflogen.«

Er ist aufgestanden und zieht sich einen Mantel an, setzt die Baskenmütze auf. Roter Schal um den Hals. »Na prima. Haben Sie auch gesehen, dass Nina seit Neuestem raucht?

Ich fürchte, sie ist mit den Nerven am untersten Ende. Was passieren wird, wenn sich bei der Huber eine Covid-19-Infektion bestätigt, möchte ich mir nicht vorstellen.«

Er pfeift, als er den Wagen sieht. Dirigiert Anna nach Mehlem zu der Apotheke. Sie bleibt im Wagen, während er zwei Kartons holt, die er auf dem Rücksitz verstaut. Dann lotst er sie zum *Weinhäuschen*, das Anna aus alten Zeiten kennt. Es ist mittags ziemlich gut besetzt, aber sie finden noch einen Platz am Fenster. Zum Draußensitzen ist es zu kalt, obwohl die Sonne scheint.

Max Wieland bestellt eine Flasche Wasser und einen Sauvignon Blanc von Borell Diehl. »Ich darf Sie einladen – fürs Chauffieren. Ich habe lustigerweise keinen Führerschein. Bin immer mit dem Rad gefahren. Aber jetzt bin ich dafür nicht mehr fit genug. Die Untertreibung des Jahres. Warum wollten Sie mich sprechen? Doch nicht wegen Corona!«

Sie warten beide, bis die Kellnerin Wein und Wasser eingeschenkt hat. Ein Glas nur, denkt Anna, weil sie ja Auto fahren muss. Sie überlegt, mit der Tür ins Haus zu fallen. Aber ja, er ist nicht der Typ für lange Vorreden. »Warum hatte Marion Hellich Angst vor Ihnen?«

Er starrt sie erst entgeistert an, dann beginnt er zu lachen. Anna denkt, dass er schöne Zähne hat, die sicher nicht echt sind.

»Hat sie aus dem Grab gesprochen? Oder nein, wahrscheinlich hat sie das in einem ihrer Briefe an sich selbst geschrieben. Sie war immer so beschäftigt, die gute Marion – mit sich selbst und anderen. Konnte nie einfach still dasitzen und nichts tun ... Schmeckt Ihnen der Wein?«

»Sehr gut.« Anna nimmt einen zweiten kleinen Schluck und sieht ihm über den Glasrand hinweg in die Augen. Sie sind graublau. Er war sicher mal ein attraktiver Mann, denkt Anna. Ist es in gewisser Weise immer noch, trotz der tiefen Falten.

Sein spöttischer Blick verunsichert sie. Und dann denkt sie auf einmal: Er war's.

Ein Gedanke der äußerst spekulativen Sorte. Eher ein Bauchgefühl.

»Ich glaube, sie hatte Angst vor Ihnen, weil sie ahnte, dass Sie sie töten wollen.«

Sie hat es beinahe geflüstert, und doch kommt es ihr vor, als ob alle im Raum sie jetzt anstarren.

Er lächelt nicht mehr. Sagt: »Gehen wir zum Rauchen vor die Tür?«

Anna nickt und zieht ihren Parka an, bevor sie rausgehen in den Garten, der an warmen Sommerabenden immer überfüllt war. Sie war zweimal mit Philipp da, doch er hatte jedes Mal Angst, dass jemand sie zusammen sehen könnte. Die Paranoia untreuer Ehemänner. Sie stehen zum Rhein gewandt an der Mauer und rauchen erst einmal schweigend. Postkartenidylle vor Fluss und Drachenfels, kein Japaner geht hier weg, ohne ein Foto zu machen. Anna hält einen kleinen Abstand von Max Wieland – für alle Fälle.

Seine Stimme ist belegt: »Haben Sie einen Hauch von Beweis für diesen Satz?«

Anna schüttelt den Kopf. »Nein. Aber sie hatte doch Alzheimer und wollte sterben, und Sie sollten ihr das ermöglichen. Und natürlich hatte sie Angst davor.«

»Hat sie das so geschrieben? Es stimmt – und auch wieder nicht. Marion war so narzisstisch, dass sie mitunter die Wirklichkeit nach ihrem Gusto zurechtbog. Die Alzheimer-Diagnose war keineswegs eindeutig, sie hat weder eine CT noch eine MRT machen lassen. Es gab Hinweise – Vergesslichkeit, die ein oder andere Aufmerksamkeitsstörung.

Aber das konnten genauso gut altersgemäße Aussetzer sein. Doch sie war wie besessen von dieser Alzheimer-Furcht. Dem Kontrollverlust. Marion musste immer alles unter Kontrolle haben. Das ganze *Paradies* im Idealfall.«

Anna raucht und hört zu.

Er schaut Anna nicht an, sondern auf den Rhein, dem ja alles egal ist. »Ja, sie wollte ihren Tod selbst bestimmen. Ort, Zeit und Methode. Deshalb hat sie mich auch mit allem Charme, dessen sie fähig war, umgarnt. Wir hatten sogar Sex, na ja eine Art von Sex. Die vielen Pillen, die ich schlucke, sind nicht unbedingt potenzfördernd. Ich war zu dem Zeitpunkt gerade mit meiner eigenen Endlichkeit konfrontiert und gewissermaßen ein leichtes Opfer. Sie hatte ... Marion hatte die Gabe, jedem das Gefühl zu geben, etwas Besonderes zu sein. Dieses bewundernswerte Talent zur Schmeichelei. Allerdings habe ich ziemlich schnell durchschaut, dass ich ihr lediglich als Selbstmordgehilfe von Nutzen war. Und ich begriff irgendwann, dass ihr Interesse an Pflanzen über die Botanik weit hinausging. Fingerhut, Engelstrompete, Hortensien, Bilsenkraut ... Marion hatte eine erstaunliche Sammlung todbringender Gewächse. Es ist so, dass die Dosierung der kritische Punkt ist. Fingerhut zum Beispiel ist in geringer Menge wirkungslos – verdoppeln Sie aber die Dosis, kommt es zum Herzstillstand. Es ist ein sehr schmaler Grat, viele Giftpflanzen kommen ja auch in der Medizin zur Anwendung, als Krebsmedikamente zum Beispiel. Sollen wir reingehen?«

Dort nimmt Anna einen kräftigen Schluck Wasser und weist den Gedanken von sich, dass der Doktor versuchen könnte, sie zu vergiften.

Er redet leiser jetzt. »Marion experimentierte also. Die Herbstzeitlose war eine Zeit lang ihr Favorit, das Gift lässt sich ganz leicht in Flüssigkeit auflösen. Die Crux ist, dass es vor dem Herz-Kreislauf-Versagen zu Übelkeit und Lähmungserscheinungen kommt. Kein schöner Tod. Was im Übrigen auf die meisten Gifte zutrifft.«

»Und Sie haben das alles mitgemacht?«

Er sieht sie beinahe entrüstet an. »Natürlich nicht. Ich bin so peu à peu darauf gestoßen. Die ersten Fälle von Koliken, Durchfall … Ich dachte zunächst an Lebensmittelvergiftungen. Wir alle. Zumal auch Marion zweimal mit Vergiftungssymptomen zu mir kam. Nina war schon so weit, das gesamte Küchenpersonal zu feuern. Aber ich wurde misstrauisch. Als Marions Nachbarin an Herz-Kreislauf-Versagen starb, bat ich einen befreundeten Pathologen, sich die Leiche genauer anzusehen. Es war die Nachbarin, mit der Marion Streit hatte, ich glaube, es ging um zu laute Musik. Sie hatte eine tödliche Dosis des Blauen Eisenhuts intus, wie die Obduktion ergab. Mein Freund schluckte meine Geschichte vom Selbstmord und unternahm nichts. Beim zweiten Todesfall war ich im Urlaub, vielleicht war's tatsächlich eine natürliche Ursache. Oder eben nicht. In Altersheimen wird mit Totenscheinen nicht lang gefackelt. Nur war Nina wie ich der Meinung, dass man etwas unternehmen müsste.«

»Und?«

Er räuspert sich. »Ich habe also mit Marion gesprochen. Sie hat es nicht einmal abgestritten. Sie meinte sogar, sie habe der Neunzigjährigen einen Gefallen getan. Und die zweite – Sophia hieß sie, glaube ich – habe sie sogar darum gebeten, ihr behilflich zu sein, weil sie ihre schmerzhaften Gichtanfälle nicht mehr ertragen wollte. Bilsenkraut kam zum Einsatz. Das alles erzählte mir Marion ohne einen Hauch von Reue oder Schuldbewusstsein.«

»Todesengel im Paradies.«

»Wie bitte?«

»Nichts. Aber wäre es nicht richtig gewesen, die Polizei einzuschalten?«

Er seufzt. Sieht Anna an, als wollte er Vergebung für alle Sünden seines Lebens. »Ja, natürlich. Ich war dafür, aber Nina schreckte davor zurück. Sie hatte solche Angst vor dem Skandal, vor dem Bankrott. Dass man das *Paradies* schließen würde. Und: Sie hatte Angst vor Marion. Es war eine unmögliche Situation.«

Er sieht auf ihr Telefon, das auf dem Tisch liegt. Es ist nicht im Aufnahmemodus. Ein zweites Mal wird er die Geschichte nicht erzählen. Unter keinen Umständen! Das sagt er ihr auch. Und er sieht ihr an, dass sie versteht, was er damit sagen will.

Die Weingläser sind leer. Er bestellt für sich noch eins, Anna schüttelt den Kopf. Eine Gruppe japanischer Touristen besetzt die freien Tische. Sie tragen Gesichtsmasken, fotografieren sich gegenseitig und gehen abwechselnd nach draußen für Selfies vor Rhein und Drachenfels. Sie sind jung. Sie kichern viel, und Anna beobachtet sie mit einem Anflug von Neid. Dem Neid der Alten auf die Jungen.

Max Wieland setzt sein Glas ab. »Den Rest können Sie sich wohl denken.«

»Schon«, sagt Anna, »aber wie haben Sie es gemacht?«

»Ganz und gar schmerzlos. Eine Überdosis Insulin. Kurz bevor sie starb, hat sie begriffen, weshalb ich es tat. Es schien mir, als würde sie verstehen. Marion hat nicht gelitten.«

»Aber Sterbehilfe war es nun nicht.«

Er betrachtet seine Hände. Arthrose, die aber nicht so todbringend ist wie sein Krebsgeschwür. »Nun, man könnte sagen, ich habe Marions Wunsch vorzeitig erfüllt. Wenn man die Sache wohlwollend betrachtet.«

Oder zynisch, denkt Anna. »Gab es keine andere Möglichkeit?«

Max Wieland lächelt, als ob ihn ihre Frage amüsiere. »Gibt es immer, aber diese schien mir die einfachste. Weil Marion nicht aufgehört hätte mit ihren verdammten Giftmischereien. Ihren Allmachtsfantasien gepaart mit Alzheimer-Paranoia. Natürlich hätten wir zur Polizei gehen können, aber das wollte ich Nina ersparen.«

»War sie denn eingeweiht?«

Er denkt nach für ein paar Sekunden. »Geahnt hat sie es vielleicht, aber ich wollte sie nicht damit belasten. Was hätten Sie an meiner Stelle getan?«

»Ich weiß es nicht. Ich lebe ja auch zum ersten Mal.«

Er lächelt. »Und ich weiß gar nicht, weshalb ich es Ihnen erzählt habe, Anna. Wie ein gütiger Beichtvater sehen Sie ja nicht gerade aus.«

Erwidert sie sein Lächeln? Nur kurz, kaum wahrnehmbar. Anna flüstert: »Und was soll ich jetzt machen? Absolution erteilen? Sie anzeigen?«

Er sieht sie an, als wöge er ab, wozu sie fähig ist. »Sie sind nicht der Typ, der gleich zur Polizei läuft, oder? Ich bin todkrank, wie Sie wissen. In einem halben Jahr ist es für mich vorbei – spätestens. Man könnte es aber auch abkürzen. Also tun Sie, was Sie für richtig halten.«

Anna schaut an ihm vorbei auf den großen Fluss. »Ich muss darüber nachdenken.«